Agnes Krup

Leo und Dora

aufbau

Agnes Krup

Leo und Dora

Roman

aufbau

MIX
Papier aus verantwortungsvollen Quellen
FSC® C083411

ISBN 978-3-351-03899-1

Aufbau ist eine Marke der Aufbau Verlage GmbH & Co. KG

1. Auflage 2022

Einbandgestaltung U1berlin, Patrizia Di Stefano
Satz LVD GmbH, Berlin
Druck und Binden CPI books GmbH, Leck, Germany
Printed in Germany

www.aufbau-verlage.de

»Das Leben ist doch Kitsch!«

Sammy Gronemann

1948

I

Samstag, 26. Juni

»Sir? Wir sind gleich da.« Ein Finger klopfte leicht auf seine Schulter.

Leo fuhr hoch und rieb sich die Augen. Die Bahn arbeitete sich aus einem Tal heraus. »Amenia Station« stand auf dem etwas angeschlagenen Blechschild, das durch das Zugfenster zu sehen war. War er tatsächlich noch einmal eingenickt? Was für seltsame Namen die Orte hier hatten. Ten Mile River, das musste das Flüsschen sein, das sich eine ganze Weile neben dem Bahndamm hin und her gewunden hatte. Und direkt am Bahnhof Wassaic hatte ein Schuppen eine »Milchsammelstelle« verkündet.

»Nächste Station, Sir. Fünf Minuten«, sagte der Schaffner und nickte ihm freundlich zu, während krachend eine Waggontür ins Schloss fiel. Der Zug ruckte an, und Leo verzog schmerzhaft das Gesicht. Der verflixte Rücken! Die elenden durchgesessenen Polster des Zugabteils gaben ihm den Rest. Noch fünf Minuten. Ihm waren die letzten Stunden der Reise, seit er in der New Yorker Grand Central Station in die Bahn gestiegen war, länger erschienen als die zwei Wochen zuvor.

Vielleicht lag das am Krieg, dachte Leo. Eigentlich hatte er in New York einige Tage mit den Liebreichs verbringen wollen, vor ihrer Abreise nach Südamerika. Er hatte Alma und Hugo seit mehr als zehn Jahren nicht gesehen. Sie hatten ihm die Stadt zeigen, ihn ein paar wichtigen Leuten vorstellen wollen, bevor sie ihn in ihr Landhaus in Connecticut verbannten, wo er, auf Almas Geheiß, endlich ein neues Buch schreiben sollte. Aber Leos Schiffspassage von Jaffa hatte sich wegen der Angriffe um ein paar Wochen verschoben. Alma und Hugo hingegen hatten pünktlich ihre Wohnung auf der Upper East Side dem Untermieter übergeben, der dort die nächsten drei Monate verbringen würde. Und ebenso pünktlich hatten sie die *Argentina* bestiegen, die sie nach Buenos Aires bringen würde, wo Hugos Tochter gerade ein Baby bekommen hatte. Hugo, ein Großvater, dachte Leo ärgerlich – dabei war Hugo noch keine sechzig, nur ein paar Jahre älter als er selbst.

Dank des Krieges in Palästina also – oder Israel, wie man jetzt wohl denken und sagen musste – hatte er von New York nichts gesehen und war statt im Gästezimmer der Liebreichs in einem nicht sehr komfortablen Hotel auf der 42nd Street gelandet, in der Nähe vom Bahnhof Grand Central, nur für eine Nacht. Es war sauber; er konnte sich nicht beschweren, Alma hatte es für ihn bestellt. Und Alma hatte das Zimmer auch bezahlt, wie aus einem Telegramm von ihr hervorging, das ihn auf der Überfahrt erreichte, kurz nachdem sein Schiff die Azoren passiert hatte. Leo war sich ziemlich sicher, dass Hugo nichts davon wusste.

Er hatte während der ganzen Reise, seit über zwei Wochen, mit niemandem geredet. Nicht einen einzigen gescheiten Schachpartner hatte er gefunden, der großspurige Palermitaner, der in Neapel zugestiegen war, hatte sich rasch als kompletter Amateur erwiesen. Gewiss, mit dienstbeflissenen Passbeamten hatte er knappe Dialoge führen müssen, mit servilen Gepäckträgern und mit mürrischen Kellnern, die während der Überfahrt dünne Suppe ausgeteilt und zähe Bratenscheiben auf unaufgewärmte Teller geklatscht hatten. Der Schaffner in diesem Zug würde der letzte in dieser Kette vorüberziehender dienstbarer Geister sein.

Hugo und Alma hatten ein Auto, mit dem er am Bahnhof abgeholt würde, ein ganz neues Chevrolet Kabriolett, blassgrün, wie Alma ihm stolz geschrieben hatte. Es stehe ihm während seines Aufenthalts zur Verfügung. Er hatte abgewinkt, er habe keinen Führerschein. Nun, dann werde ihn Pete Reynolds hin und wieder herumfahren, das war das Faktotum, der Mann von Mary, der Haushälterin, die abends für Leo kochen sollte. Die Landschaft sei sehr schön, hatte Alma geschrieben, Balsam für die Seele und bestimmt inspirierend für seine Arbeit. Von letzterem hatte Leo die Bahnfahrt nicht überzeugt. Nachdem der Zug erst die grauen Wohnklötze und dann die endlosen weißbezäunten Vororte New Yorks hinter sich gelassen hatte, war er ruckelnd und pfeifend durch niedrige Birken- und Tannenwäldchen gekrochen, an felsigen Hügelketten entlang, durch Marschen, von kleinen Flüsschen durchzogen, aus denen sich hier und da eine Biberburg erhob.

Eine sumpfige, struppige Indianerlandschaft war das. Während er eingenickt war, hatte Leo immer wieder die Uferpromenade am Wolfgangsee vor sich gesehen, die Tennisplätze in Ischl, den Ausblick von der Katrin an einem Sommermorgen. Unwirsch schüttelte er den Kopf. Er kam nicht aus dem Salzkammergut, sondern aus dem Krieg, schon wieder aus einem Krieg, und wahrscheinlich sollte er dankbar sein für dieses befriedete Lederstrumpf-Land.

Der Zug pfiff erneut, bremste abrupt. Leo verzog wieder das Gesicht, stand ächzend auf und legte die Hand ins Kreuz, bevor er sich vorsichtig nach dem Gepäcknetz streckte.

Hätte der Schaffner ihm nicht die Reisetasche herunterheben können? Doch der Mann war beschäftigt. »Sharon Station!«, rief er mit Stentorstimme, während er mit großen Schritten die Waggons durchquerte. »Sharon Station! Zug nach Pittsfield, wir erreichen jetzt Sharon Station!«

Zumindest hatte der Schaffner seinen großen Koffer auf den Bahnsteig gestellt, sah Leo, als er aus der Waggontür auf das Trittbrett kletterte. Suchend blickte er sich um. Ein paar Männer mit leinenem kleinem Wochenendgepäck waren mit ihm ausgestiegen, auf dem Bahnsteig hüpften Kinder aufgeregt auf und ab, junge Frauen in Sommerkleidern winkten den Ankömmlingen zu. Ein Automobil war nirgends zu sehen, geschweige denn ein blassgrünes Kabriolett.

»Einsteigen bitte, alles einsteigen! Zug nach Pittsfield, nächste Station Millerton!«, rief der Schaffner.

Niemand stieg ein, die Waggontüren schlugen zu, der Zug ruckte an. Der kleine Bahnsteig leerte sich. Als müsse er sich vergewissern, nahm Leo seine Brille ab und zog ein nicht mehr ganz frisches weißes Taschentuch aus der Hosentasche. Er putzte die Brille und setzte sie wieder auf. Die zuckerbäckrigen Schnitzereien im Giebel des verwitterten Stationshäuschens traten jetzt klarer hervor. Der Schriftzug auf dem weißemaillierten Stationsschild blieb derselbe: »Sharon Station«.

Nur ein magerer Junge mit einem pickligen Gesicht unter einer Schiebermütze war auf dem Bahnsteig zurückgeblieben. Er hielt eine Sackkarre und sah unverwandt zu Leo herüber. »Mr. Perlstein?«, rief er jetzt, etwas zögernd. Er sprach Leos Namen amerikanisch aus und versah ihn mit einem stimmbrüchigen Kiekser.

Leo runzelte die Stirn. Wie ein gestandener Handwerker und Chauffeur wirkte der Bursche nicht. »Pete Reynolds?«

Der Junge schüttelte den Kopf. »Anton. Ich soll Sie abholen.«

»Hat Mr. Reynolds dich geschickt?«, hakte Leo nach.

Wieder ein Kopfschütteln. »Nein, Miss Dora. Aber Sie sollen Pete gleich anrufen, wenn Sie im Roxy sind.«

»Ich kenne keine Miss Dora und keine Miss Roxy«, sagte Leo scharf. »Ich erwarte meinen Chauffeur, der –«

»Nicht *Miss* Roxy«, unterbrach ihn der Junge. »Das Roxy ist das da.« Mit der Hand wedelte er in Richtung eines kastenförmigen Gebäudes mit einem hohen mehrgiebligen Dach, das auf der anderen Straßenseite stand.

»Hier liegt ein Irrtum vor«, sagte Leo noch etwas schärfer, er hörte selbst, wie sich dabei ein stärkerer Wiener Akzent in sein Englisch schlich. »Ich bin Leopold Perlstein, auf dem Weg nach Sharon in Connecticut, in das Haus –«

Der Junge nickte und lud Leos Koffer auf die Sackkarre. »Sie sind Mister Perlstein, genau. Ich bringe Sie jetzt ins Roxy.« Er rückte seine Mütze zurecht und schob los. »Das Haus in Sharon ist letzte Nacht abgebrannt«, erklärte er über die Schulter.

»Abgebrannt?«, schrie Leo fassungslos. Der Junge hatte ihn eine hohe hölzerne Treppe heraufgewinkt, die auf eine überdachte Veranda führte, und war mit der Sackkarre nebst Koffer um das klobige Gebäude herum verschwunden. Auf der überdachten Veranda erwartete Leo eine kleine, zierliche Frau, mit einer zu großen Schürze über ihrem Sommerkleid und bemehlten Händen. Sie nickte, entweder als Antwort auf Leos Frage oder zur Begrüßung.

»Mr. Perlstein? Ich bin Dora. Es stimmt leider, das Haus der Liebreichs ist gestern Nacht abgebrannt, vermutlich eine defekte elektrische Leitung. Sie hatten ja gerade erst alles renoviert«, fügte sie mit einem Seufzer hinzu und wischte die Hände an der Schürze ab.

Leo starrte sie an. Sie mochte um die vierzig sein, in ihr dunkles Haar, das sie im Nacken zu einem Knoten geschlungen hatte, mischten sich ein paar graue Strähnen, und in den Augen- und Mundwinkeln hatte sie kleine Fältchen. »Aber es muss doch … Selbst wenn es einen Brand gegeben hat, wird es doch eine Möglichkeit geben, in dem Haus …«

Sie erwiderte seinen Blick, nicht unfreundlich. »Das Haus ist abgebrannt,« wiederholte sie. »Das *ganze* Haus.«

Leo versuchte zu verstehen, was sie sagte. Er musste sich konzentrieren, und dafür brauchte er eine Zigarette, aber er hatte die letzten aus seinem Etui im Zug geraucht. Er sah auf die bemehlten Hände der Frau. Sie waren schmal, mit langen Fingern, und doch wirkten sie kräftig, Hände, die stets wussten, was sie taten. Seine eigenen hingegen zitterten, das spürte er.

»Und der Chauffeur, Mr. Reynolds?«, fragte er schließlich und hob den Blick wieder. »Vielleicht könnte er …«

»Auch die Garage, Mr. Perlstein«, sagte die Frau, die Dora hieß, geduldig. Sie sah ihn fast mitleidig an; ihre Augen waren von einem schimmernden Grau. Oder waren sie grün? »Pete hat darum gebeten, dass Sie ihn gleich anrufen, wenn Sie hier sind. Das Telefon steht in der Halle, kommen Sie doch bitte herein.«

Die sogenannte Halle war ein enger, dämmriger Flur, den sie durch einen kleinen Windfang erreichten. Seine rechte Hälfte wurde von einer steilen Treppe ausgefüllt. Außerdem gab es mehrere Türen, und an einer Reihe von Garderobenhaken hingen Spazierstöcke, Regenschirme, ein Sortiment von Hüten und Kindermützen. Am Ende des Flurs war ein brauner Kasten an der Wand angebracht, mit einer Kurbel an der Seite. Auf einem Tischchen darunter stand, mit einer Schnur verbunden, die Sprechmuschel, von der der Hörer hing.

Leo runzelte die Stirn. So etwas gab es noch? Mochte man über Tel Aviv sagen, was man wollte, aber er hatte in der Gotlieb Street seit Jahren ein Telefon mit Wählscheibe.

Dora wischte sich die Hände an der Schürze ab, setzte sich an das Tischchen und nahm die Sprechmuschel in die eine Hand, den Hörer in die andere. »Ellie? Ich bin's. Ja, er ist gerade angekommen, der Zug war ausnahmsweise mal pünktlich. Kannst du uns mit den Reynolds verbinden?« Sie schwieg eine Weile. »Hallo, Pete? Ja, er ist hier. Warte.«

Leo nahm den Hörer, den sie ihm hinhielt, und bückte sich zur Sprechmuschel hinunter. »Mr. Reynolds? Hier ist Leopold Perlstein. Ich muss Ihnen sagen, ich bin …«

»Hullo, Mr. Perlstein«, dröhnte es aus der Leitung. »Fatale Sache, das. Sieht so aus, als habe der Elektriker gepfuscht. Der war nicht von hier, den haben sich die Liebreichs aus Sheffield kommen lassen, angeblich, weil er sich mit diesen neumodischen Klimaanlagen so gut auskennt. Ich hatte es Hugo ja gleich …« Ein Klicken ertönte in der Leitung. »… wollte ja nicht hören. Wenn er einfach mit unserem Elektriker gearbeitet hätte, hier in Sharon, das ist mein Schwager, verstehen Sie, der hätte …«

»Pete? Pete?«, rief es in die Leitung. »Bist du das? Ist er schon hier?«

»Gerade angekommen, Maisy«, bestätigte Pete.

»Sag bloß, der Zug war pünktlich!«, rief die Frauenstimme.

»… war schon nichts mehr zu retten, als die Feuerwehr kam«, erklärte Petes Stimme sachlich. »Und das schöne neue Auto! Ich hatte gerade noch mal vollgetankt.«

»Pete, wenn es weiter nichts gibt, dann würde ich gern meine Cousine anrufen und ihr das Rezept von –«

»Wer spricht denn da?«, rief Leo ärgerlich. »Mr. Reynolds? Hallo? Pete? Sind Sie noch da?«

»… schon telegraphiert«, hörte er wieder Petes Bassstimme. »Keine Ahnung, wann sie die Nachricht erhalten, ist ja nicht so einfach auf hoher See, und ihr Schiff kommt erst in zwei Wochen in Buenos Aires an.«

»Ja, in zwei Wochen«, murmelte Leo und schluckte. »Hören Sie, Mr. Reynolds, wenn Sie den Liebreichs zurücktelegraphieren könnten, dass …«

»… sie möchte den Zitronenkuchen unbedingt zu Tante Mabels Geburtstag machen«, erklärte die Maisy-Stimme jedem, der es hören wollte.

»Jetzt seien Sie doch mal still! Man versteht ja sein eigenes Wort nicht!«, rief Leo verzweifelt. Da war er wieder, der Wiener Akzent.

»Verstehen Sie ihn nicht?«, fragte Dora besorgt und nahm ihm die Hörmuschel aus der Hand. »Pete, ich bin's wieder. Er spricht nicht so gut Englisch.«

»Natürlich spreche ich gut Englisch«, sagte Leo aufgebracht. »Ich lebe seit zehn Jahren in Tel Aviv, was glauben Sie, was man dort spricht? Und schon in den zwanziger Jahren war ich verantwortlich für die englische Korrespondenz bei der Anker-Versicherung in Wien. Ich verstehe nur nicht …«

Dora hörte nicht zu. »Pete? Maisy, warte mal kurz, lass mich mit Pete reden. Ja, es wird gehen, obwohl es etwas eng wird. Ja, ja, ich erkläre es ihm schon. Ja, genau. Nein, du brauchst nicht extra vorbeizukommen.«

»Fragen Sie ihn«, sagte Leo dringlich, »fragen Sie ihn, ob er die Liebreichs nicht bitten kann, mir ein Hotel …«

»Oh, entschuldige, Maisy. Das hättest du sagen sollen, dass deine Cousine das Rezept jetzt gleich braucht. Ja, ich weiß, dass Zitronenkuchen über Nacht durchziehen muss. Ellie, ich mach jetzt Schluss, dann kannst du Maisy verbinden. Bye.« Dora hängte den Hörer ein. »Gemeinschaftsleitung«, sagte sie erklärend. »Da muss man sich kurzfassen.«

»Aber – aber vielleicht könnte mir Mr. Reynolds ein Hotel …«

»Dies *ist* ein Hotel, Mr. Perlstein«, sagte Dora.

Leo sah sich in dem engen Flur um, als könnte der sich unter seinen Blicken ausdehnen. Dann sah er wieder auf die Frau. Sie hatte etwas Altmodisches an sich, und es lag nicht am Haarknoten oder der unförmigen Schürze. Er sah wieder auf ihre bemehlten Hände, und der Anblick beruhigte ihn ein wenig.

»Wir sind eigentlich voll besetzt«, fügte Dora hinzu. »Die Sommersaison.« Sie wandte sich zur Treppe und zögerte. »Es ist – es ist das einzige Zimmer, das frei ist, und eigentlich vermiete ich es nicht. Aber es wird gehen. Ich zeige es Ihnen. Bitte seien Sie leise, bei uns gibt es nach dem Lunch immer eine Mittagsstunde.« Auf halber Höhe der Treppe drehte sie sich noch einmal nach ihm um. »Willkommen im Roxy, Mr. Perlstein.«

II

Samstag, 26. Juni

Es knurrte. Nein, es krähte vielmehr. Oder klopfte es?

Leo blieb ganz still liegen, die Augen geschlossen. Seit Jahren war ihm kein guter Stoff für einen Roman mehr eingefallen, aber an Alliterationen schien es selbst seinen Träumen nach wie vor nicht zu mangeln.

Es klopfte wieder. An die Zimmertür. Ohne Zweifel. Leo rieb sich die Augen und setzt die Brille auf, die er auf den Nachttisch gelegt hatte. Wie konnte es sein, dass er schon zum zweiten Mal an einem Tag einfach eingenickt war? Über dem Bett erhob sich eine Dachschräge. Er rieb sich noch einmal die Augen.

Es klopfte wieder, sehr energisch diesmal. Leo rappelte sich hoch und räusperte sich laut.

»Ich hab Ihren Koffer, Mr. Perlstein«, keuchte der Junge. Er zerrte Leos abgeschabten Lederkoffer ins Zimmer und wuchtete ihn auf den Kofferständer. »Und ich wollte Ihnen sagen, dass es das Abendessen heute früher gibt.«

»Das hat mir Miss Dora vorhin auch schon gesagt«, antwortete Leo ungnädig. »Wegen des – Tanzabends. Im Casino?«

»Genau«, bestätigte der Junge. »Brauchen Sie noch etwas, Mr. Perlstein? Sonst …«

Leo schüttelte den Kopf. »Danke, Albert.«

»Anton«, sagte der Junge.

»Anton.«

»Dann bis später, Mr. Perlstein«, sagte Anton. »Dann helf ich jetzt im Casino mit den Vorbereitungen. Wenn Sie nichts mehr brauchen.« Es krähte.

»Krähen Hähne nicht eigentlich morgens, Anton?«

»Eigentlich ja. Aber unserer kräht auch sonst immer mal.« Anton machte eine Pause. »Wenn er … wenn er sich über was aufregt.« Er trat rückwärts aus dem Zimmer und verschwand.

Leo stand auf und ließ die Scharniere des Koffers aufschnappen. Er seufzte erleichtert. Seine ägyptischen Zigaretten waren längst aufgebraucht, aber er hatte sich auf dem Schiff mit amerikanischen Chesterfield eingedeckt, auch wenn sie ihm eigentlich nicht stark genug waren. Er riss eine Packung auf und fischte aus der Innentasche seines Jacketts Streichhölzer und das silberne Zigarettenetui. Während er rauchte, füllte er sorgfältig eine neue Reihe von Zigaretten hinein, bis sie die Gravur, die innen angebracht war, völlig verdeckten.

Er öffnete das Fenster. Die Aussicht, das musste er zugeben, war nicht übel. Sie führte über ein weites, von Gebüschen und hohen Bäumen umstandenes Feld, das sich über einen sanften Abhang erstreckte. Große Findlinge waren hier und dort darauf verteilt. Am Horizont entlang zog sich eine hohe Hügelkette, und über allem schwebten am blauen Sommerhimmel pittoreske weiße

Wölkchen. Die Sonne war nicht zu sehen, das Zimmer musste nach Norden führen. Aber zu spüren war sie hier unter dem Dach, obwohl Miss Dora ihm versichert hatte, dass das Wetter um diese Jahreszeit noch angenehm frisch sei.

Suchend sah er sich nach etwas um, das er als Aschenbecher benutzen konnte. Der Zahnputzbecher! Ein gestreiftes Etwas. Er stand auf einem kleinen Glasregal über einem etwas angeschlagenen Waschbecken. Leo nahm das Waschzeug aus dem Koffer, reihte auf dem Glasregal sein Rasierzeug auf, eine Zahnbürste, ein Fläschchen Odol, einen Kamm, letzteren mehr aus alter Gewohnheit. Auf seinem Kopf gab es nicht mehr viel zu kämmen.

Er trat näher an das Waschbecken. Aus dem Spiegel über dem Regal sah ihm ein blasses, angestrengtes Gesicht entgegen, mit Ringen unter den Augen, die auch die Rahmen der runden Brillengläser nicht verdecken konnten. Seine Augen, dunkel, waren durch die Gläser verkleinert, seine Nase trat lang und knochig hervor und sein Mund, der ihm früher immer zu voll erschienen war, schien schmal und bitter. Obwohl er sich am Morgen rasiert hatte, lag ein bläulicher Schimmer auf seinen hageren Wangen, und der kahle Schädel glänzte matt zwischen den abstehenden großen Ohren.

Er sah aus wie ein alter Mann, dachte er. In Tel Aviv hatte er das nie gedacht, vielleicht, weil er seit zehn Jahren jeden Tag in denselben Spiegel schaute. Vielleicht war es dieser andere, fleckige Spiegel, der ihn auf den neuesten Stand der Dinge brachte. Vielleicht war es der andere Kontinent, auf dem er noch nie gewesen war. Auf dem er genau eine einzige Zuflucht hatte. Gehabt hatte. Abgebrannt. Die Situation kam ihm vage bekannt vor. Wahrscheinlich würde er seiner Lage irgendwann etwas Komisches abgewinnen können, doch im Moment war er zu müde dazu. In einigen Monaten oder in einem Jahr, da war er sich sicher, würde daraus eine Anekdote geworden sein, die sich bestens eignete, im Kaffeehaus erzählt zu werden. Aber bis dahin war noch eine lange Zeit.

Er band die Krawatte ab und hängte sie zu dem Jackett über die Lehne des einzigen Stuhls, der im Zimmer stand, vor einem kleinen Tisch am Fenster. Einen Schrank schien es nicht zu geben, doch dann bemerkte er, dass sich hinter einer mit einem Knauf versehenen Tapetentür so etwas Ähnliches verbarg, eine Abseite mit einer Kleiderstange und mehreren Regalen, aus der es nach Naphthalin roch. An den Wänden daneben hingen ein paar billige Drucke von Gebäuden, die er nicht kannte.

In dem Wandschrank verstaute er das, was er in Palästina seine Sommer-Uniform nannte, ein Dutzend kurzärmliger weißer Hemden, ein paar hellgraue Sommerhosen, die in den Klemmbügeln hoffentlich ihre Bügelfalte wiederfinden würden. Ein zweites Jackett. Auf der Innenseite der Tapetentür war zwischen zwei Reißzwecken ein rotes Ende Geschenkband angebracht, offenbar eine Halterung für seine drei oder vier Krawatten. Seine Unterwäsche und Socken legte er in eine kleine Kommode, die neben der Tür stand. Sie wackelte gefährlich, als er die widerstrebenden Schubladen aufzog. Das zweite Paar Schuhe schob er darunter.

Es knurrte. Leo begriff, dass es sein Magen war, der sich zu Wort meldete. Seit ein paar Scheiben Toast morgens im New Yorker Hotel hatte er nichts gegessen; Dora hatte ihm erklärt, dass er das Mittagessen verpasst habe und aus der Küche wegen der Vorbereitungen zu dem extra frühen Abendessen auch kein Imbiss zu bekommen sei.

Sein Magen knurrte heftiger. Er zog noch einmal an seiner Zigarette und drückte sie am schwarzweiß gestreiften Zahnputzbecher aus. Das Fliegengitter im Fensterrahmen klemmte, aber es gelang ihm, es ein paar Fingerbreit hochzuschieben, bis er die Kippe hinauswerfen konnte.

Zum Abendessen hatte Leo die Sommer-Uniform aufgefrischt, ein kaum verknittertes Hemd angezogen, eine Krawatte neu gebunden und den Staub der Zugfahrt von seinen Schuhen gebürstet. Das Speisezimmer befand sich, wie ihm Dora erklärt hatte, im Untergeschoss, und um dorthin zu gelangen, musste er nicht nur die zwei steilen Treppen zurück in den kleinen Flur mit dem Telefon, sondern eine weitere Treppe hinunter, die von einem großen Aufenthaltsraum abführte. Dieser Raum war jetzt leer, er verfügte über einen ausgefegten Kamin, eine große Standuhr und mehrere Gruppen von abgenutzten Polstermöbeln, neben denen Stapel ausgelesener Zeitschriften lagen. Auch ein paar kleine Spieltische gab es, wie er zu seiner Freude feststellte, und einen Eckschrank mit Spielen. Er entdeckte ein Pochbrett, Spielpläne für Halma und eine Art Mensch-ärgere-dich-nicht, ein paar Würfelbecher und Kartensätze – die meisten stellten sich zu seiner Enttäuschung als Quartettkarten für Kinder heraus. Aber immerhin gab es einen Backgammon-Kasten, und unter ein paar Kartons mit Puzzlespielen lugte ein hölzernes Schachbrett hervor.

An den Gesellschaftsraum schloss sich, dem Geklapper und den Gerüchen nach zu urteilen, die Küche an. Und davor, neben einem großen Gong an der Wand, entdeckte er die Treppe ins Untergeschoss. Was für eine idiotische Idee, dachte er, den Gästen das Essen im Keller zu servieren.

Doch eine Überraschung erwartete ihn, als er hinabstieg – es war gar kein Keller. Er hatte nicht bemerkt, dass das Gebäude in einen Abhang gebaut war; eine Fensterfront zog sich an der gesamten Seite des Untergeschosses entlang. Eine Glasveranda war vorgebaut, wo an einem niedrigen langen Tisch eine Zahl von Kindern beim Essen saß, die wegen der Abtrennung angenehmerweise nur zu sehen und nicht zu hören waren.

Leo sah sich um. Eine Reihe von kleineren Tischen war bereits mit Paaren besetzt, die sich gedämpft unterhielten; von einem der Tische klang ein überlautes, kokettes Kichern herüber. Es war angenehm kühl im Raum, obwohl die Abendsonne hereinschien.

»Mr. Perlstein?«

Der magere Junge hatte jetzt ein weißes Hemd an und eine schwarze Schürze umgebunden.

»Ich zeige Ihnen Ihren Tisch.« Er zögerte. »Unter der Woche essen die Gäste meist gemeinsam, dann stellen wir die Tische zusammen. Nur am Wochenende, wenn die Herren zu Besuch kommen … Dann sind die meisten Familien gern einmal unter sich. Wenn Sie heute Abend vielleicht-« Er deutete auf einen kleinen Tisch in einer Ecke, wo ein einzelnes Gedeck aufgelegt war. »Und morgen«, fügte er fast entschuldigend hinzu, während er Leo folgte und ihm ein Glas Wasser einschenkte, »morgen gibt es Beefsteak zum Mittag, mit Zwiebeln. Weil Sonntag ist.«

»Morgen!«, sagte Leo, dessen Magen wieder knurrte. »Hauptsache, es gibt heute Abend erst einmal etwas Gescheites.«

Er ließ sich auf seinen Stuhl fallen, dankbar für den Einzeltisch, und entfaltete die Serviette. Ein hölzerner Serviettenring, dunkelblau angemalt, lag daneben, offenbar ein Zeichen dafür, dass es nicht zu jeder Mahlzeit im Roxy frische Servietten geben würde. Er ließ den Blick wieder durch den Raum schweifen und meinte, einige der Männer zu erkennen, die mit ihm aus dem Zug gestiegen waren, und die jungen Frauen, die sie erwartet hatten. Alle waren für den Abend umgezogen, die Frauen trugen ärmellose oder sogar fast schulterfreie Kleider und Pumps oder Riemchensandalen mit Absatz. Die laute Kicherin am Fenstertisch war eine Rothaarige mit einem im Rücken tief dekolletierten grünen Kleid mit weißen Punkten. Ihr gegenüber saß ein großer blonder Mann, die Haare nass zurückgekämmt, gut aussehend, dachte Leo, jedenfalls in der Kategorie dieser langen, amerikanischen Pferdegesichter. Jetzt hob der Mann die Hand und winkte einem winzigen Knirps jenseits der Glaswand, der ebenso blond war wie er und schon einen Ansatz desselben Pferdegesichts zeigte. Selbst die Kinder am Katzentisch in der Veranda waren herausgeputzt, die Mädchen in Kleidern mit Rüschen und Bändchen, die Jungen mit Krawatte und gebügelten kurzen Hosen. Dieser Tanzabend schien eine große Sache zu sein.

»Danke, Al-. Anton.« Der Junge hatte einen Haufen Grünzeug vor ihn hingestellt, und daneben kullerten ein paar rosige Würstchen über den Teller. Zögernd stach er die Gabel in das Kaninchenfutter. Er unterdrückte einen Fluch - fast hätte er sich einen Zahn ausgebissen. Was war das? Er untersuchte die Salatblätter genauer und entdeckte eine ganze Anzahl von kleinen, steinhart gerösteten Brotwürfeln. Ein Minenfeld von einem Salat!

Suchend sah er sich um, während er die feindlichen Fremdkörper aussortierte. »Anton? Gibt es vielleicht Essig und Öl?«

Der Junge eilte heran. »Hier, sehen Sie, Mr. Perlstein …« Er deutete auf eine Glasflasche in einem Metallständer auf dem Tisch. »Das ist die Salatsoße. Sie müssen die Flasche nur schütteln, bevor Sie sie aufmachen.«

Misstrauisch betrachtete Leo das etikettierte Objekt. Es enthielt etwas, das aussah wie vergilbte Mayonnaise. »Und Senf für die – die –« Ihm fehlte das passende Wort für das Fleischprodukt auf dem Teller. »Oder«, fügte er hoffnungsvoll hinzu, »vielleicht Meerrettich?«

»Meerrettich für die Hotdogs?«, fragte der Junge ungläubig. Er drehte den Metallständer. »Da, in der anderen Flasche ist Ketchup. Ich bringe Ihnen noch ein paar Brötchen.« Er schoss davon.

»Lass gut sein«, sagte Leo, als Anton zurückkam und sich hilfsbereit mit der Salatsoßenflasche zu schaffen machte. »Ich esse es so. Bring mir einfach ein Glas Wein zum Essen.«

Ratlos sah der Junge ihn an. »Ich kann – vielleicht möchten Sie ein Ingwerbier?«

Leo schüttelte sich. Irgendwann gab er den Kampf mit dem krachenden grünen Salat und den nach nichts schmeckenden Würstchen auf und zündete sich eine Zigarette an.

Anton kam wieder angelaufen. »Mr. Perlstein? Miss Dora sieht das nicht so gern.«

Leo sah sich suchend um. »Sieht was nicht so gern?«

»Wenn die Gäste rauchen, Sir.« Anton räumte Teller und Besteck vom Tisch. »Außer auf der Terrasse natürlich, und im Casino. Und abends im Salon oben, später, wenn die Kinder im Bett sind.«

Leo unterdrückte schon wieder einen Fluch. Es stimmte, auch hier war kein Aschenbecher in Sicht. »Was gibt's denn als Hauptgang?«

Der Junge starrte ihn an, offenkundige Verzweiflung im Blick. »Es gibt – es gibt nachher noch Erfrischungen, Sir. Im Casino.«

Nach dem Abendessen leerte sich der Speiseraum rasch; die Männer standen zusammen draußen vor der Glasveranda. Die Kinder spielten schon auf dem Rasen, Croquet oder Ball, sehr vorsichtig, um die guten Kleider nicht schmutzig zu machen, und die Frauen waren die Treppe hinauf auf die Zimmer verschwunden oder staksten auf ihren hohen Hacken über das Gras davon in Richtung der kleinen Sommerhäuschen, um sich »frischzumachen«, wie Leo den Männergesprächen entnahm. Er fand vor dem Haus eine hölzerne Bank und zündete sich eine neue Zigarette an.

Drei solcher weißgestrichenen Hüttchen standen auf dem Rasen verteilt, ein Badminton-Netz war aufgespannt, von einem Baum hingen ein paar Schaukelbretter herab. Zu seiner Linken, nahe der Glasveranda, gab es mehrere eingezäunte Hochbeete, in denen unbegrenzter Nachschub von Grünzeug zu wachsen schien. Und am unteren Ende des Hangs, am Ende des Rasens, stand ein größeres, fast quadratisches Gebäude, vor dessen Eingang Anton mit einem pausbäckigen jungen Mädchen Lampions aufhängte. Nach und nach setzten sich die Hotelgäste dorthin in Bewegung, und Leo begriff, dass es das vielbeschworene Casino sein musste. Er sah den vergnügt schnatternden Menschen nach, rauchte und beobachtete, wie auf der anderen Seite der Bahngleise die Sonne langsam den Hügeln entgegensank. Es würde noch eine Weile nicht dunkel werden; Alma, in ihrer unerschütterlichen Gründlichkeit, hatte ihm schon vor Wochen geschrieben, dass auch die Amerikaner die Unsitte, im Sommer die Uhr eine Stunde vorzustellen, seit dem Krieg beibehalten hätten. Vielleicht weil sie glaubten, dachte Leo, dass ihnen das die Organisation eines kommenden Krieges erleichtern würde? Lange würde es bis dahin sicher nicht dauern. Die Briten hatten schließlich auch nur wenige Jahre gebraucht, um in Palästina in einen neuen hineinzugeraten.

Wenn Alma und Hugo sich doch nur melden würden von ihrer verdammten *Argentina*. Ob sie wenigstens das Telegramm von Pete schon erhalten hatten? Wenn doch nur das Haus nicht abgebrannt wäre. Wenn er nur kein Buch schreiben müsste und keine Schulden bei den Liebreichs hätte. Dieses Buch – seine letzte Chance als Autor, das war ihm klar. Seine letzte Chance, anzuknüpfen an seine großen Erfolge. Sonst würde er für den Rest seines Lebens Angestellter der Sphinx-Versicherung in Tel Aviv bleiben. Konnte man das eigentlich noch »anknüpfen« nennen, nach fast zwanzig Jahren? Eher müsste er ein Lasso zurückwerfen auf diese längst vergangene Zeit. Er schüttelte sich unwillkürlich. Vielleicht war es die Landschaft, die ihn jetzt schon in amerikanischen Metaphern denken ließ.

Wenn nur in Palästina kein Krieg wäre. Wenn er nur nicht hier säße. Er war todmüde, doch an Schlaf war nicht zu denken, solange es noch hell war, schon gar nicht mit den lärmenden Kindern, die über den Rasen tollten. Und durch die geöffneten Fenster des Casinos war jetzt Musik zu hören, Gelächter, Stimmen. Er seufzte. Er konnte sich das Tanzvergnügen genauso gut einmal aus der Nähe anschauen.

Auch dieser Raum überraschte ihn, er war großzügig geschnitten, mit Fenstern nach drei Seiten. Das

Abendlicht fiel herein, und auch hier drinnen waren an Wäscheleinen Lampions aufgehängt. An der fensterlosen Wand war ein niedriges Podium angebracht, und darauf standen zwei Männer in Hemdsärmeln, mit Akkordeon und Geige ausgerüstet. Ein dritter bearbeitete ein Klavier.

Zwei oder drei Paare bewegten sich schon durch die Mitte des Casinos, darunter die Rothaarige, die auch von vorn hübsch anzuschauen war. Sie war noch keine fünfundzwanzig, da war er sich sicher. Leo war kein Kostverächter, war es nie gewesen, und die Tatsache, dass sie sich Wange an Wange mit dem Pferdegesicht durch den Raum schob, hätte früher seinen Jagdinstinkt nur verstärkt. Oft hatte er gewonnen, auch wenn die anderen Männer größer gewachsen waren als er oder mehr Haar hatten. Oder weniger abstehende Ohren. So lange war das eigentlich noch gar nicht her, dachte er.

Stimmengewirr mischte sich mit der Tanzmusik; ein paar Gruppen standen oder saßen beieinander. Leo stellte erleichtert fest, dass die Luft von Qualm erfüllt war, auch etliche der Frauen rauchten. Ein umdrängter langer Tisch schien als Bar zu dienen, und er ließ sich ein Glas Bier geben.

Doch wohin nun? Das Glas in der einen, eine neue Zigarette in der anderen Hand, überlegte er, sich wieder auf die Bank vor der Veranda zurückzuziehen, als ihm jemand zuwinkte, ein Mann in einem hellgrauen Sommeranzug, deutlich eleganter und älter als die jungen Familienväter, der allein an einem kleinen Tisch saß.

Nun stand er auf und deutete einladend auf den freien Stuhl neben seinem.

»Sie sind der neue Schriftsteller, nicht wahr?«, sagte er freundlich, als Leo sich genähert hatte, und streckte ihm die Hand hin. »Joel Geringer.«

»Leopold Perlstein«, sagte Leo und stellte sein Glas ab, um die Hand freizubekommen. »Dass ich ein neuer Schriftsteller bin, würde ich allerdings nicht sagen. Eher ein vergessener.«

»So habe ich es nicht gemeint«, gab der andere zurück. »Aber wir hatten hier schon lange keinen neuen Schriftsteller mehr. Setzen Sie sich doch. Sie sehen nicht aus, als würden Sie sich aus der Tanzerei viel machen.«

»Aber Ihre Frau?«, meinte Leo und sah zögernd auf den freien Stuhl.

»Macht sich auch nichts aus der Tanzerei«, erklärte Geringer. »Sie bevorzugt klassische Musik.«

»Ich habe Sie beim Abendessen gar nicht gesehen.«

»Wie sollten Sie? Obwohl unser Haus kaum eine halbe Meile entfernt liegt. Wir haben gemütlich in unserer Küche gegessen, Käsebrote aus dem Kühlschrank, unser Mädchen hat samstags frei. Ich werde mich hüten, Doras Würstchen anzurühren. Sie sind aus der Dose.«

»Ich dachte, die Tanzabende sind für Sommergäste«, sagte Leo.

»Auch, ja«, nickte der andere. »Aber wir Einheimischen freuen uns ebenso über derlei Abwechslung. Die Orte hier in der Gegend – Sharon, Amenia – sind ziemlich verschlafene Nester. Außer im Sommer.« Er deutete auf die Bühne. »Der Akkordeonspieler? Das ist Jim

Kelly. Er ist Milchtester für die große Molkerei hier in der Gegend. Und der junge Mann am Klavier ist sein Sohn, Art. Er geht aufs College und ist der Stolz der Familie. Im Sommer kommt er immer nach Hause und hilft auf dem Hof.« Er hielt inne. »Wie unhöflich ich bin! Ich lade Sie an meinen Tisch ein und biete Ihnen nicht einmal etwas an. Aber ich sehe, für den Moment sind Sie versorgt.« Er deutete auf Leos Bierglas.

Leo verzog das Gesicht. »Wein scheint es nicht zu geben«, sagte er. »Sie verzeihen, aber dieses Sharon scheint auch im Sommer ein ziemlich verschlafenes Nest. Jedenfalls kulinarisch.«

Geringer grinste. »Offiziell sind Sie in Amenia, New York, nicht in Sharon, Connecticut. Obwohl Sie an der Sharon Station ausgestiegen sind, aber der Ort selbst liegt hinter dem Hügel, gleich hinter der Staatsgrenze. Es kommt allerdings, kulinarisch gesehen, aufs Gleiche heraus. Mit Bier gehen Sie hier auf Nummer sicher. Für ein gescheites Glas Wein müssten Sie in der Tat in meine Küche kommen.«

Er mochte vielleicht zehn Jahre älter sein als Leo. Er war schlank - ohne das Bäuchlein, das er selbst inzwischen hatte, dachte Leo neidisch -, hatte wache Augen und einen silbergrauen Schnurrbart. Sein Anzug war mit Sicherheit maßgeschneidert und die Krawatte aus Seide. »Wenn Sie erlauben - Sie sehen nicht aus, als würden Sie tagsüber Milch testen oder Felder bestellen.«

»Ich lebe hier in der Verbannung«, bestätigte der andere vergnügt. »Schon fast fünfzehn Jahre lang. Und ich habe noch keinen Tag bereut.«

»Sie sind Politiker?«

Geringer nickte. »Gescheiterter Politiker. Eine Vorwahl zu einem Abgeordnetensitz habe ich einmal gewonnen, aber dann das eigentliche Rennen verloren. Und meine zugegeben manchmal unorthodoxen Überzeugungen haben mich meine Professur gekostet. Jetzt züchte ich Klematis.« Er nahm einen Schluck von etwas, das wie Whisky aussah.

Leo musterte ihn. »Philosophie? Literatur?«

»Von allem ein bisschen, seit ich niemandem mehr Rechenschaft über mein Fach schuldig bin. Ich bin jetzt Kritiker. Dichter. Herausgeber. Der etwas schrullige Schriftsteller eben, an den sich alle hier längst gewöhnt haben. Deshalb ist es gut, dass mal ein neuer angekommen ist.«

»Eigentlich bin ich Mathematiker«, fing Leo an, doch er wurde unterbrochen. Dora, die über einem dunklen Kleid noch immer ihre Küchenschürze trug, stellte zwei kleine Teller vor sie auf den Tisch.

»Professor Geringer? Die ersten Stücke sind für Sie, bevor sich die anderen Gäste draufstürzen. Ich habe drei Bleche gebacken.« Sie legte ein in Papier gewickeltes Päckchen dazu. »Für Ihre Frau habe ich auch ein Stück eingepackt.«

Leo zog den köstlichen Duft ein, der von den Tellern aufstieg. Ihm wurde wieder bewusst, wie hungrig er noch immer war. Er sah auf das Gebäck.

»Mohnstreusel!«, sagte er überrascht.

Sie nickte. »Er ist noch warm.«

Geringer rieb sich die Hände. »Was glauben Sie, Mr.

Perlstein, warum ich jeden Samstagabend ins Casino komme? Dora macht den besten Mohnstreusel nördlich der Bronx.« Er lachte. »Aber urteilen Sie selbst, Sie müssen als Wiener doch Experte sein.«

»Ein altes Familienrezept«, sagte Dora. »Von meiner Großmutter in Slowenien.«

»Sie kommen aus Slowenien?«, fragte Leo erstaunt.

»Aus Cleveland, Mr. Perlstein«, sagte Dora. »Das liegt in Ohio, am Erie-See.«

»Ich mache mir eigentlich nicht viel aus Süßspeisen«, sagte Leo und fügte, als er die betretenen Gesichter der beiden sah, hastig hinzu: »Aber Mohnstreusel … Es gibt einen guten in der Konditorei gleich um die Ecke von meiner Wohnung. In Tel Aviv.« Seine Miene verdüsterte sich. »Gab. Ende Mai hat das Geschäft eine Granate abgekriegt.«

»Mohnstreusel«, sagte Leo noch einmal nachdenklich. Mit dem Finger stippte er sorgfältig die letzten Krumen vom Teller. »Aber eine koschere Küche führt sie nicht.« Er dachte wieder an die abscheulichen Würstchen vom Abendessen.

»Schon lange nicht mehr«, bestätigte der Professor. »Den Gästen, die heutzutage aus der Stadt kommen, ist es egal. Dora ist auch gar nicht jüdisch, obwohl ihr Mann es war. Seine erste Frau führte das Hotel noch koscher.«

»Seine erste …« Leo musste einen Moment nachdenken, um den Zusammenhang zu verstehen.

»Minna und Schmuel Epstein. Sie kamen beide aus

der Gegend von Minsk, wie einige andere Familien in Sharon. Minna ist früh gestorben, der Junge war noch ganz klein. Dora war ihre Angestellte und kümmerte sich ohnehin um alles. Für Schmuel war's ein Glücksfall, dass er sie hatte. Und für Dora war's eine gute Partie.« Er schwieg einen Moment. »Obwohl das Hotel schon damals etwas heruntergewirtschaftet war. Die New Yorker Kundschaft hatte die Catskills entdeckt. Und die Mine war ja schon seit Jahrzehnten geschlossen.«

»Die Mine?«, fragte Leo.

»Ja, nicht weit von hier, am Ende der Straße. Eisenerz. Die Ingenieure und Vorarbeiter hatten immer im Roxy gewohnt. Jetzt ist es ein See, sehr hübsch, mit einem Badefloß. Haben Sie Badezeug dabei?«

»Ich glaube kaum, dass ich lange genug hier sein werde, um baden zu gehen«, sagte Leo steif.

»Ach, kommen Sie, Mr. Perlstein, warum die Eile? So schnell wird das Haus in Sharon nicht wieder aufgebaut. Schreiben können Sie auch hier.«

Leo biss sich auf die Zunge. Fast hätte er dem Mann gesagt, er solle sich um seine eigenen Angelegenheiten kümmern. »Hier scheint sich ja wirklich alles schnellstens herumzusprechen. Teilen Sie tatsächlich alle eine Telefonleitung?«

Geringer lachte. »Das Hotel hat seine eigene. Aber in den Ortschaften und auch zwischen den Höfen gibt es fast nur Gemeinschaftsleitungen. Meistens sind es etwa acht, zehn Teilnehmer pro Leitung. Materialknappheit, verstehen Sie, seit dem Krieg. Ellie, die Telefonistin, hört ohnehin immer mit. Wie gesagt, hier ist nicht viel los.

Der Sinn unseres Daseins besteht darin, immer alles über alle zu wissen.«

Leo seufzte. »Wie halten Sie das aus, Professor Geringer?«, fragte er.

Der andere lachte noch einmal. »Meine Frau und ich leisten uns ebenfalls einen privaten Anschluss«, sagte er. Er nahm das Kuchenpäckchen und stand auf. »Hat mich sehr gefreut, Mr. Perlstein. Und wenn es Ihnen recht ist, werden meine Frau und ich Ihnen morgen zum Mittagessen Gesellschaft leisten. Doras Sonntagssteak lassen wir uns ebenso wenig entgehen wie ihren Mohnstreusel.«

»Nun, ich … Ich denke, morgen zum Mittagessen werde ich noch hier sein«, sagte Leo vorsichtig.

Trotz der ganzen Tanzerei mussten die jungen Leute es irgendwie geschafft haben, ihre Kinder zu Bett zu bringen, dachte Leo, denn es war still im Roxy, als er die Stufen zu seiner Dachmansarde hinaufkletterte.

Er schloss die Tür hinter sich, sie war etwas verzogen, vielleicht von der Luftfeuchtigkeit. Dann tastete er mit der Hand nach dem Schlüssel, um von innen abzuschließen. Aber da war keiner. Die Tür hatte nicht mal eine Klinke, sondern nur einen Knauf. Er runzelte die Stirn. Man müsste doch zumindest ein bisschen Privatsphäre … Er drehte den Knauf, vielleicht ließ er sich so ins Schloss klicken. Dann rüttelte er daran. Vergebens. Die Tür ließ sich nicht verschließen.

Aus dem Casino drang noch gedämpfte Musik zu ihm herauf, Gelächter, Stimmengewirr. Er erkannte eine etwas holprige Version von *Mood Indigo*. Man schien bei den sehr, sehr langsamen Tänzen angelangt, bald musste das Ende des Abends erreicht sein. Seufzend räumte er die letzten Sachen aus dem Koffer. Auf das kleine, wacklige Tischchen am Fenster legte er das Kästchen mit Notizkarten für den Roman, die linierten Hefte, Bleistifte und die altmodische Stahlfeder mit dem Tintenfass, mit der er seine ersten Entwürfe schrieb; daneben stapelte er seine Schachbücher.

Auf den Nachtschrank stellte er die Bücher, die er schon auf der Überfahrt nach New York hatte lesen wollen. Es war ein Glück, dass er sich bei dem Seegang nicht gut hatte konzentrieren können, sonst wäre ihm schon jetzt der Lesestoff ausgegangen. Er hatte sich auf Nachschub aus Almas und Hugos gutsortierter Bibliothek verlassen. Auch das alles verbrannt, dachte er bitter. Er sah auf das kümmerliche Halbdutzend Bücher unter der Nachttischlampe. Whitmans *Grashalme*, er hatte sich überlegt, dass das vielleicht eine gute Einstimmung auf das Indianerland sein würde. Von E.T.A. Hoffmann hatte er einen Band mit Briefen und Tagebucheinträgen dabei, aus der unvollständigen Dünndruckausgabe, die ihm sein Wiener Buchhändler damals in letzter Minute noch hatte beschaffen können. Wie fehlten ihm die *Serapionsbrüder*! Sammy Gronemanns erstes Buch hatte er noch nie gelesen, obwohl er immer so tat, als kenne er es in- und auswendig, wenn sie sich im Genati trafen. Kafka hatte er mitgebracht, vom Brod hatte er sich nach ein paar Gläsern Wein beschwatzen lassen, mehr von ihm zu lesen, aber er würde Kafka nie leiden können.

Dann ein Roman, den Lernet ihm just nach Tel Aviv geschickt hatte. Wie hatte Lernet es fertiggebracht, mitten im Krieg einen Roman zu Ende zu schreiben? Und wo er jetzt wohl war? Wahrscheinlich Tennis spielend am Wolfgangsee. Seine Drehbuchaufträge hatten ihn ja ausgesprochen komfortabel durch die Nazizeit kommen lassen.

Mit einem Knall zog Leo die Schublade des Nachtschränkchens auf und warf Lernets Buch hinein. Sein eigenes letztes Buch war 1936 erschienen, sein bestes, da war er sich sicher. Und wer hatte es zu lesen bekommen? Ein paar Österreicher, vielleicht ein paar Schweizer. Seine Bestseller der zwanziger Jahre – was von den Auflagen noch übrig gewesen war – waren verbrannt, verbrannt, verbrannt.

Böse starrte er auf den Türknauf, während er sich rasch auszog und flüchtig die Zähne putzte. Von unten klangen lautes Gelächter, laute Stimmen herauf – die Kapelle hatte anscheinend den Tanzabend beendet, und die Gäste verließen das Casino. Da war wieder das Lachen der Rothaarigen.

Er trat ans Fenster. Es war eine klare Nacht, und einige Paare oder kleine Grüppchen hatten sich zu einem Spaziergang auf der Bahnstrecke aufgemacht. Ein paar trugen Taschenlampen, deren Lichtkegel über die Böschung huschten, doch das war kaum nötig, denn im Licht eines großen, halbrunden Mondes schimmerten die Gleise. Ein ganzes Stück abseits von ihnen ging eine einsame Gestalt, nicht groß, aber aufrecht, in einem dunklen Kleid, die Haare im Nacken hochgesteckt.

Leo seufzte. Er hatte den Moment, in dem er zubettgehen musste, herausgezögert. Es war ihm viel zu warm in diesem Amenia oder Sharon, oder wo auch immer er war, aber er war nun wirklich komplett erschöpft. Ächzend sank er auf die Matratze – das Bett fühlte sich seltsam schräg an, als würde er zum Fußende hinabrutschen. Ihm war, als müsse er sich an den Bettpfosten festhalten.

Noch ehe er darüber nachdenken konnte, fuhr ein kalter Wind durch sein Zimmer. Kein kühles Lüftchen, nein, ein kalter Wind. Er schauderte und zog das Laken bis unters Kinn. Dann schlief er ein.

III

Sonntag, 27. Juni

Leo verlor. Daran bestand schon nach weniger als einem Dutzend Züge für ihn kein Zweifel, obwohl es der Professor sicher noch eine Weile nicht merken würde. Es war nett von Geringer gewesen, nach dem Mittagessen eine Schachpartie vorzuschlagen. Er war wieder allein ins Roxy gekommen; seine Frau, hatte er gesagt, ließe sich entschuldigen, sie müsse zu Hause unbedingt den Roman eines jungen Autors weiterlesen, über den alle Welt gerade sprach. Leo schätzte Geringer als einen guten Spieler ein, aber so gut wie er selbst, da war er sich sicher, war der Mann längst nicht. Er hatte auf Schwarz bestanden, um ihm einen kleinen Vorteil zu lassen. Er hatte ihm etwas Zeit geben, ihn nicht gleich kränken, die Partie in die Länge ziehen wollen. Und nun würde das gar nicht nötig sein, weil er selbst einen derart absurden Anfängerfehler gemacht hatte, dass er alle Mühe haben würde, die Partie in die Länge zu ziehen.

Ein schmerzhafter Stich durchfuhr ihn und er legte unwillkürlich eine Hand auf den Magen. Das fürchterliche Beefsteak. Riesige, mehr oder weniger rohe Lappen Fleisch hatten auf den Tellern gelegen, vergraben unter Hügeln gedünsteter Zwiebeln, und alle Mittagsgäste, Geringer inklusive, hatten sich begeistert darauf gestürzt.

Leo indes hatte wieder einen verzweifelten Blick von Anton erhalten, als er darum gebeten hatte, seine Portion in der Küche mittels Zufuhr von Hitze in ein gares Gericht umzuwandeln. Das Ergebnis war in der Konsistenz den Steinen im gestrigen Salat vergleichbar gewesen. Er hatte versucht, das Fleisch mithilfe von Worcestersauce aus einer weiteren Glasflasche in den Magen rutschen zu lassen. Da lag es nun und lenkte ihn von der Schachpartie ab.

Nicht nur das Steak war schuld. Dieser Hahn krähte schon wieder, ein großer Gockel von fast aufdringlich rotem Gefieder. Zu Füßen der großen Veranda hinterm Haus, auf der sie saßen, befand sich ein stattlicher Hühnerhof. Die Eier zum Frühstück hatte er sich gefallen lassen, doch der Hahn gehörte, daran bestand kein Zweifel, in den Suppentopf. Aber Dora schien Vögel zu lieben. Neben der Veranda waren, selbst jetzt im Sommer, mehrere Futterhäuschen angebracht, und es flatterte und gackerte und keckerte und gurrte, dass es nur so eine Art hatte.

Und als ob das alles nicht genug sei, fehlte auch noch ein schwarzer Läufer. Kaum etwas irritierte Leo mehr als ein unvollständiges Schachspiel. Sie hatten eine schwarze Halmafigur zum Ersatz genommen, aber die komplette Optik des Spiels stimmte nicht.

»Schach«, sagte Geringer freundlich.

Leo seufzte erleichtert. »Ich gebe auf, Professor. Ich

weiß, ich hätte noch ein paar Möglichkeiten, aber am Ende erwischen Sie mich doch.«

»Ich würde Ihnen Revanche anbieten«, sagte Geringer, »aber Sie sind nicht bei der Sache, oder?«

Leo nickte ertappt. »Eigentlich spiele ich besser.«

»Mit Sicherheit viel besser als ich. Sie haben in Wien eine ganze Reihe von Clubmeisterschaften gewonnen, nicht wahr?«

Leo runzelte die Stirn. »Spricht sich hier wirklich alles herum?«

Geringer lachte. »Sagen wir es mal so – Ihre Freundin Alma hat uns ganz gut auf Ihr Kommen vorbereitet.« Er zog eine in Leder gefasste Flasche aus seiner Jacketttasche. »Ein Schlückchen Scotch? Ich hole uns von Dora ein paar Gläser.«

Einen Digestif könnte er wirklich gebrauchen, dachte Leo. Während Geringer einschenkte, bot er ihm eine Zigarette an. Das Etui war schon wieder fast leer. Er würde aus seinem Zimmer Nachschub holen müssen.

»Wenn Sie erlauben«, fragte der Professor zögernd und blies ein Rauchwölkchen an die Decke der Veranda. »Wer ist Helene?« Er deutete mit seiner Zigarette auf die Gravur im geöffneten Silberetui.

»Helene ist … Helene war meine Frau«, sagte Leo steif.

»Bitte entschuldigen Sie, dass ich gefragt habe«, sagte Geringer. »Ist ihr – etwas zugestoßen?«

»Das Exil, Professor. Genau wie mir.«

»Fühlt sie sich wohl in Tel Aviv?«

»Ich denke ja. Ja, ich denke, sie fühlt sich sogar sehr wohl. Allerdings nicht in Tel Aviv. In Bombay.«

»Sie sehen, Ihre Freundin Alma erzählt uns doch nicht alles.«

»Sie ist Musikerin«, fuhr Leo fort, ohne dass der andere weiter gefragt hätte. »Sie spielt Geige in einem Filmorchester. Sie verdient Geld, sie macht Karriere. In Wien hatte sie das nicht. Da hatte sie nur … Sie hatte sich nur um unsere Tochter zu kümmern.«

Geringer rauchte schweigend.

»Sie schreibt nicht oft«, sagte Leo.

»Ihre Frau?«

»Gabriele«, sagte Leo. »Meine Tochter. Sie ist jetzt fast erwachsen.« Er schnippte seinen Zigarettenstummel über das Geländer.

»Mr. Perlstein?« Dora stand in der Tür zur Veranda. »Ein Telegramm für Sie.«

Leo sprang auf.

Sie schüttelte den Kopf. »Ellie hat es mir am Telefon vorgelesen. Ich habe es aufgeschrieben, warten Sie …« Sie faltete einen Zettel auseinander, der so aussah, als sei er Teil eines Stücks Einwickelpapier gewesen.

»Bedaure Unannehmlichkeiten«, deklamierte Dora. »Hugo ebenso und grüßt. Sei fleißig. Roxy guter Stoff. Brief folgt. Kuss Alma.«

Leo sank auf seinen Gartenstuhl zurück und schloss die Augen. *Unannehmlichkeiten*, schrieb Alma? Was sollte das bedeuten? Ihr verflixtes Haus war abgebrannt. Ihre

Bibliothek. Ihr neues Auto explodiert. Machte ihr das gar nichts aus?

Eine Weile war es ganz still, wenn man von dem Geflatter und Gezirpe eines neuen Vogelschwarms absah, der sich über die Futterhäuschen hermachte.

»Was soll das bedeuten?«, fragte Dora schließlich. »Roxy guter Stoff?«

Der Professor gluckste. »Wenn Sie das nicht wissen, wer dann, Dora?«

»Na, also erlauben Sie mal!«, rief die Wirtin und stemmte die Hände in die schmalen Hüften. »Das Roxy wird Mr. Perlstein doch allenfalls langweilen. Oh, übrigens« – sie wandte sich wieder Leo zu »Miss Alma hat mir auch telegraphiert. Die Versicherung ist schon eingeschaltet. Und Ihr Zimmer ist bezahlt, für vier Wochen.«

»Na, dann holen Sie mal Ihr Badezeug aus dem Koffer, Perlstein«, sagte Geringer.

»Pestvögel«, sagte Leo, der die Augen wieder geöffnet hatte. Mit der Hand deutete er auf die hellgemusterten kleinen Federbälle, die vor der Veranda in den Johannisbeerbüschen umherhüpften.

Dora runzelte die Stirn und sah genauer hin. »Seidenschwänzchen!«, rief sie entzückt. »Die kommen nicht oft, aber wenn, dann sind es meistens gleich eine ganze Menge. Solch hübsche kleine Gesellen!« Sie sah wieder zu Leo hinüber. »Ich muss Sie allerdings bitten, Mr. Perlstein, wirklich, wirklich bitten, im Zimmer nicht zu rauchen. Und bitte werfen Sie Ihre Zigarettenstummel nicht in den Garten. Es ist wegen der Hühner und wegen der Kinder und – ach, es gehört sich einfach nicht.«

»Pestvögel«, beharrte Leo. »Genau wie damals im Februar.«

Geringer sah ihn erstaunt an. »Perlstein, ist Ihnen nicht gut? Sie sind ganz grün um die Nase. Ist es das Steak?«

»Sie waren plötzlich überall«, sagte Leo. »Im Prater. Im Volksgarten. Im Rathauspark. Und dann …«

»Und dann, Perlstein? Dann?« Geringer sah jetzt ernsthaft besorgt aus.

»Dann war Helene weg«, sagte Leo. »Und Österreich auch.«

Auch nachdem der Professor gegangen war, blieb Leo noch lange vor dem Schachbrett sitzen. Die Pestvögel hatten sich wieder verzogen, nur ein paar Kohlmeisen hüpften auf dem Futterhäuschen herum und ein Kleiber huschte den Stamm eines Baumes am Rande des Gartens hinab. Doch ihm war, als müsse er Wache halten, damit sie nicht zurückkämen. Er lehnte sich zurück – eine Bewegung, die sein Korbstuhl mit einem undankbaren Knarren quittierte – und schloss die Augen.

Unten im Garten hatte es irgendwann eine laute Abschiedsszene gegeben mit Lachen und Rufen und dem Pfeifen des Abendzuges von dem kleinen Bahnhof her. Offensichtlich fuhren die Familienväter wieder in die Stadt zurück. Die Stimmen der spielenden Kinder waren nach und nach verklungen, der Gong zum Abendessen hatte geschlagen, doch Leo hatte ihn ignoriert. Hinter der Veranda, in einem eigens abgesteckten kleinen Gehege, gurrten einige kleine Hühnchen, die mit ihrem kurzen Gefieder und ohne Kamm merkwürdig nackt aussahen. Mit übergroßen Füßen scharrten sie im Boden nach Würmern und Maden.

Irgendwann hatte sich Dora auf Zehenspitzen dem Verandatisch genähert und ihm einen Teller mit belegten Broten und eine Flasche Bier hingestellt. Er hatte kaum geblinzelt, damit sie nur kein Gespräch mit ihm anfing. Sie sagte kein Wort, doch ihm war, als spähe auch sie zu den Futterhäuschen hinüber. War sie enttäuscht, weil sich ihre hübschen kleinen Seidenschwänzchen wieder davongemacht hatten? Als er sicher war, dass sie wieder ins Haus gegangen war, öffnete er die Augen, es duftete nach gekochtem Schinken und Käse, auch eine Essiggurke lag auf dem Teller. Er hatte nicht gemerkt, wie spät es geworden war und was für einen Hunger er hatte. Er spülte die Brote mit dem Bier hinunter.

Er schloss wieder die Augen und bemühte sich, das Piepsen der nackten Hühnchen zu ignorieren. Im Kopf versuchte er, einige von Rétis Partien nachzuspielen. Er hatte Rétis Bücher oben auf dem Holztischchen liegen, aber er wollte nicht hinaufgehen und seinen Posten aufgeben, damit die Seidenschwänzchen nicht doch heimlich zurückkamen. Die Tartakower Partie ging noch, die war kurz, aber mit der Capablanca kam er durcheinander. Er versuchte, sich auf Partien im Schachzimmer des Central zu konzentrieren, die Réti leicht gewonnen und bei denen er oft zugesehen hatte. Er beschwor die

Endstellungen seiner eigenen verlorenen Partien gegen ihn herauf. Mit Réti hatte er sich nicht messen können, doch immerhin hatte der Großmeister ihn für wert befunden, mit ihm zu spielen.

Nichts gelang ihm. Selbst in seinem Kopf mischte sich das schwarze Halmamännchen unter die Schachfiguren. Heftig sprang er auf. Der fehlende Läufer musste doch irgendwo zu finden sein! Im Wohnzimmer riss er die Schubladen der Kommode auf. Ein paar Würfelbecher fielen ihm in die Hände, ein Spielfilz, ungespitzte Bleistiftstummel, ein paar verlorene Puzzlestücke. Kein schwarzer Läufer.

»Was machen Sie denn da?« Dora kam mit einem großen Topf aus der Küche, der bis an den Rand mit undefinierbaren Küchenresten gefüllt war.

»Ich suche – suche …« Ein Patiencespiel, noch mehr Quartettkarten, ein Dominostein, ein Päckchen von – aber das konnte nicht sein. Er fuhr herum und fuchtelte mit den Spielkarten in Doras Richtung. »Was ist *das*?«

Sie trat näher heran. Aus dem Topf roch es verdächtig.

»Das sind Tarockkarten«, sagte sie.

»Das sehe ich selbst!«, rief Leo.

»Ja, aber warum fragen Sie dann?«

»Wie kommen die hierher, will ich wissen«, sagte Leo aufgeregt. »Woher haben Sie Tarockkarten?«

»Sie gehörten meinem Mann«, sagte Dora. Es klang, als müsse sie sich verteidigen.

»Ihrem Mann!«, sagte Leo überrascht. »Dem – dem Gastwirt?«

»Meinem *ersten* Mann«, berichtigte Dora. »Er war Ingenieur.«

Leo musterte das Kartenpäckchen. Es war von Piatnik, von genau der Sorte, die er selbst dutzende Male gekauft hatte. Der Karton war an den Rändern etwas abgestoßen. »Sind sie vollständig?«, fragte er misstrauisch.

Dora runzelte die Stirn. »Warum sollten die Karten nicht vollständig sein, Mr. Perlstein?«, fragte sie scharf. Dann senkte sie den Blick. »Doch, ich nehme an, dass der Satz vollständig ist«, fügte sie weicher hinzu. »Es ist ja nicht mehr damit gespielt worden, seit … seit er gestorben ist.«

Leo sah auf. »Das – das tut mir leid«, murmelte er.

»Es ist lange her, Mr. Perlstein«, sagte Dora. »Fünfzehn Jahre.« Sie griff ihren Topf fester und wandte sich zur Verandatür.

»Aber mit wem hat er gespielt?«, rief Leo. »Gibt es hier in der Gegend –«

Dora blieb stehen. »Nein, Mr. Perlstein. Gibt es nicht. Hier spielt niemand Tarock.«

»Ja, aber mit wem hat er denn dann …«

Sie wandte sich ihm wieder zu. »Mit mir, Mr. Perlstein.«

»Mit Ihnen?« Vor Überraschung blieb ihm der Mund offen stehen.

»Mit mir«, sagte Dora. »Als wir aus Cleveland hierhergezogen waren und er seine Freunde nicht mehr hatte, mit denen er spielen konnte, brachte er mir das Tarockspielen bei. Es war gar nicht so schwer. Ich hatte früher immer schon gekiebitzt, verstehen Sie.«

»Und dann haben Sie und er …«

»Genau, Mr. Perlstein. Dann haben wir beide gespielt.«

»Mit Strohmännern«, sagte Leo.

»Mit Strohmännern«, bestätigte Dora.

Leo sah auf die Karten. »Nun, dasselbe ist es nicht«, murmelte er. »Dasselbe ist es ganz und gar nicht, natürlich. Aber …« Er räusperte sich. »Aber es ist immerhin besser als nichts. Vielleicht könnten Sie …« Er räusperte sich noch einmal und sah wieder zu Dora auf. »Vielleicht könnten Sie und ich auch einmal … auch einmal strohmandeln.«

Dora nickte. »Vielleicht, Mr. Perlstein.« Sie wandte sich wieder zur Verandatür und fasste den Topf fester. »Wenn Sie mich jetzt entschuldigen. Ich muss die Hühner füttern.«

IV

Montag, 28. Juni

»Mr. Perlstein, soll ich Ihnen Kaffee bringen? Sie waren gar nicht beim Frühstück.« Dora war auf die Veranda getreten.

»Ich frühstücke selten«, sagte Leo knurrig. Der Gong im Speiseraum hatte ihn unsanft geweckt, nachdem er erst im Morgengrauen richtig eingeschlafen war; er hatte schon wieder eine schlechte Nacht gehabt. Das Bett stand wie auf einer schiefen Ebene, so, als sei das Haus zur Mitte hin zusammengesackt, er hatte das Gefühl gehabt, er müsse sich im Liegen mit den Füßen abstützen, um nicht zum Fußende hinunterzurutschen.

Er spürte Doras Blick auf der leeren Seite seines Notizheftes. »Sie schreiben ja gar nicht, Mr. Perlstein? Dabei ist es so ein schöner Tag. Ich bringe Ihnen einen Kaffee, und dann können Sie doch bestimmt …«

»Ich schreibe nicht auf Bestellung«, sagte Leo, noch knurriger.

»Aber Miss Alma hat doch gesagt, Sie sollen –«

Leo schmiss den Bleistift hin. »Verschonen Sie mich mit Miss Alma! Sie sagt außerdem auch immer, ich sei der geborene Quartalsschreiber.« Er seufzte. »Was ich brauche, ist eine Schreibmaschine. Denn Miss Almas

Schreibmaschine ist ja wohl auch in dem Haus in Sharon verbrannt?«

Unten im Hühnerhof scharrten vernehmlich die nackten Junghühner.

»Eine Schreibmaschine«, sagte Dora.

»Ja, eine Schreibmaschine. Oder eine Sekretärin – so ein zweibeiniges Wesen, dem man diktieren kann?«, sagte Leo ungnädig. Wenn man nur wüsste, was man diktieren sollte, dachte er.

»Ich bringe Ihnen noch eine Tasse Kaffee, Mr. Perlstein«, sagte Dora und verschwand.

Er starrte über das Feld, das hinter dem Gartenzaun begann. Irgendein Getreide stand dort schon hoch, und hin und wieder erschien wie eine Flamme der rote Hahn, der dazwischen herumspazierte. Vielleicht gab es einen Fuchs hier, dachte Leo, obwohl es andererseits gut möglich war, dass sich auch Füchse nicht an diesen Kerl heranwagen würden.

Montagmorgen. Er war voller guter Vorsätze gewesen, sich einfach hinzusetzen und zu schreiben. Da war diese Idee, die er schon eine Weile mit sich herumschleppte – ach was, nicht eine Weile, eine ganze Ewigkeit. Er hatte die ersten Kapitel des Romans dabei, die Manuskriptseiten waren schon ganz vergilbt. Und vor ihm lag das linierte Heft, in das er sich Notizen gemacht hatte über die Reise der Mayflower, sie stammten noch aus Wien. Die Universitätsbibliothek verfügte über eine sehr schöne Faksimile-Ausgabe der Aufzeichnungen des Kolonisten William Bradford. Wie er die Bibliothek vermisste! Für jedes seiner Bücher hatte er dort recherchiert. Palästina war auch in dieser Hinsicht eine Wüste, und es war nicht davon auszugehen, dass sich die Situation bald bessern würde, schon gar nicht jetzt, wo man das Land umbenannt und ihm eine neue Fahne verpasst hatte. Doch vielleicht würde er hier, nachdem er selbst im gelobten Land der Pilgerväter angekommen war, die richtige Inspiration für diesen Stoff finden? Damals, als die Notizen entstanden waren, hatte er sich vorgestellt, ein Gespenst unter die Emigranten an Bord der Mayflower zu mischen, eine Gestalt, die –

Er schüttelte sich bei dem Gedanken, denn jetzt fiel ihm der Traum wieder ein, den er in der vergangenen Nacht gehabt hatte. Das Merkwürdige war, dass er gar nicht das Gefühl gehabt hatte, zu schlafen. Er erinnerte sich genau, wie er das Oberlaken mit der Wolldecke bis ans Kinn gezogen hatte, weil es ihn plötzlich fröstelte. Die Nacht war angenehm kühl gewesen nach einem warmen Sommertag, aber wie schon in der Nacht zuvor war es in seinem Zimmer auf einmal richtig kalt geworden. Er erinnerte sich auch genau daran, dass er versucht hatte, sich mit den Füßen gegen die Schräglage des Bettes zu stemmen, um nicht zum Fußende hinunterzurutschen. Er hatte sozusagen geträumt, dachte er, dass er wach war. Ärgerlich hatte er sich auf die Seite gedreht und versucht, wieder einzuschlafen.

Und da hatte er sie gesehen. Erst hatte er gedacht, auf dem Stuhl an dem kleinen Tischchen liege einfach ein Polsterkissen, blau geblümt, der Stoff etwas verblasst; er hatte es im Mondlicht gut erkennen können. Das hatte er merkwürdig gefunden, er erinnerte sich genau, denn wenn dort so ein Kissen lag, hätte er das doch wissen müssen, er hatte schließlich auf dem Stuhl gesessen und seine Kleider darauf abgelegt.

Aber dann, so hatte er weiter geträumt, oder gedacht, dass er träumte, denn es konnte ja unmöglich wirklich passiert sein, war das blassblaue Kissen immer größer geworden, als würde es aufgeblasen. Und eigentlich war es auch kein Kissen mehr gewesen, eher ein Hügel, und dann kam es ihm vor, als sehe er auf den Rücken einer Frau, die sich mit den Ellbogen auf den kleinen Tisch stützte, in einem geblümten alten Nachthemd oder Kittel, und plötzlich schien es ihm, als könne er auch ihren Kopf sehen, oder zumindest ein graues Kopftuch, das in ihrem Nacken verknotet war. Sie wandte sich nicht um, sie schien auf das vom Mond matt erleuchtete Feld draußen zu blicken, er konnte ihr Gesicht nicht sehen, aber er konnte sich des Gefühls nicht erwehren, dass von ihr ein Unwillen ausging, ja fast eine Drohung, und dass diese Drohung ihm ganz persönlich galt. Es war ein ausgesprochen alberner Traum gewesen, zumal er ja nun wirklich nicht an Geister glaubte, obwohl sie sich in seinen Romanen manchmal gut gebrauchen ließen.

Vielleicht hatte er deshalb so schlecht geschlafen. Vielleicht hatte er eigentlich gar nicht schlafen wollen, damit der Traum nicht zurückkehren konnte.

Eine Tasse Kaffee landete neben seinem Heft auf dem Verandatisch. Ein Schluck schwappte über auf die Untertasse, das Zeug sah verdächtig dünn aus. »Mittagessen ist um halb eins, Mr. Perlstein«, sagte Dora.

Nein, nein und nochmals nein! Was zu viel war, war zu viel. Leo stapfte die Treppe hinauf, wobei er sich keinerlei Mühe gab, leise aufzutreten. Sie hatten ihm seinen Tisch weggenommen, schon beim Mittagessen. Alle Tische waren zu einer langen Tafel zusammengestellt und mit ein paar gemusterten Wachstüchern bedeckt worden. Ein paar gläserne Salatschüsseln mit dem Kaninchenfutter waren darauf aufgebaut, und zu Leos Entsetzen setzten sich nicht nur die Frauen, sondern auch die Kinder an die lange Tafel. Er blieb stehen.

Anton kam mit einer dampfenden Suppenterrine aus dem Hinterzimmer.

»Mein Tisch!«, flüsterte Leo eindringlich, doch der Junge schien ihn nicht zu hören. Er war damit beschäftigt, die Terrine abzustellen, und dann drückte er der Rothaarigen, die heute ein orangefarbenes Sommerkleid trug, eine Suppenkelle in die Hand.

»Mein Tisch!«, knurrte Leo vernehmlicher.

»Ja bitte, Mr. Perlstein?« Anton kam verlegen näher, es war klar, dass er wieder Unheil witterte.

Leo deutete in die Ecke am Fenster. »Ich möchte wissen«, sagte er so ruhig er konnte, »wo mein Tisch geblieben ist.«

»Wir …«, stotterte Anton. »Wir stellen nur am Wochenende die Tische auseinander. Wenn die Herren zu Besuch kommen, verstehen Sie? Unter der Woche«, er wedelte mit der Hand in Richtung der Wachstuchtafel, »unter der Woche essen alle gemeinsam.«

»Nicht die Herren, wie es scheint«, sagte Leo und ließ den Blick über die plappernde Gesellschaft schweifen. Die Frau im orangenen Kleid hatte die Führung übernommen; sie war aufgestanden und kommandierte die Richtung, in die die Suppenteller weitergereicht wurden.

Anton wurde rot. »Die Herren … Die Herren sind doch unter der Woche alle in der Stadt, bei der Arbeit.«

»Ich nicht«, observierte Leo. »Ich versuche, *hier* zu arbeiten. Und dafür brauche ich meine Ruhe.«

»Nächste Woche sind die meisten der Herren dann auch hier«, beeilte sich Anton hinzuzufügen. »Da ist Unabhängigkeitstag, und dann …«

»Ich brauche *jetzt* meine Ruhe«, sagte Leo. »Nicht nächste Woche. Ich meine, auch nächste Woche. *Und* in den Wochen danach.«

Der Junge wurde noch röter. »Aber - aber es ist so üblich, dass … Wir haben unter der Woche auch weniger Personal. Die Gäste bedienen sich selbst, Sie sehen es ja.«

Ein dampfender Suppenteller war inzwischen bis zu dem Ende des Tisches gewandert, an dem Leo und Anton diskutierten, und vor einem leeren Stuhl hingestellt worden.

Anton wies verzweifelt auf den Platz. »Bitte, Mr. Perlstein, wenn Sie -«

Es war plötzlich still geworden, und Leo spürte, dass alle Blicke auf ihn gerichtet waren. Geräuschvoll zog er den Stuhl hervor und ließ sich darauf fallen. »Bitte kläre das mit Miss Dora, Anton«, sagte er und griff nach dem Löffel. Er senkte den Blick auf den Teller, um sich mit niemandem unterhalten zu müssen.

Doch auch zum Abendessen war sein Tisch nicht wieder erschienen. Anton, der ihn die Treppe herunterkommen sah, hob fast abwehrend die Hände. »Miss Dora war den ganzen Nachmittag nicht zu Hause«, sagte er hastig. »Sie macht montags immer Einkäufe. Und ich soll Ihnen sagen, dass es hier …« – er zögerte, dann gab er sich einen Ruck – »dass es hier keine Extrawürste gibt.«

Leo starrte ihn an. »So, keine Extrawürste? Und wann hat Miss Dora das entschieden, wenn sie den ganzen Nachmittag nicht zu Hause war?«

»Doch nicht Miss Dora, Mr. Perlstein«, versicherte der unglückliche Junge. »Das hat Frau Kniffel entschieden.« Er schielte zu der Tür zum Hinterzimmer, hinter der eine ungeduldige Glocke zu läuten begonnen hatte.

»Wer ist Frau Kniffel?«, fragte Leo drohend.

»Frau Kniffel ist unsere Köchin«, brachte Anton heraus. »Mr. Perlstein, der Speiseaufzug … Ich muss wirklich …« Der Tisch hatte sich mit erwartungsvollen Gästen gefüllt, und der Junge huschte davon. Wieder erschien die Terrine, wieder eine Suppenkelle. Dabei roch es aus der Schüssel nach – roch es wirklich nach Kaffee?

Dampfende Kartoffeln wurden herumgereicht, ungeschält, konstatierte Leo, was außer ihm niemandem aufzufallen oder etwas auszumachen schien. Und darüber löffelten die Damen eine unappetitliche schwarze Mélange. Es sah aus wie Gulasch, dachte Leo. Ungefähr. Nur dass es schwarz war und nach Kaffee roch.

Vorsichtig probierte er einen Löffel. Es schmeckte auch nach Kaffee. Und ein bisschen nach Kümmel. Und insgesamt zu schauderhaft, um darüber nachzudenken, was sonst noch darin sein könnte.

Leo sprang auf. Er nahm zwei Stufen auf einmal und stürzte durchs Wohnzimmer auf die Küchentür zu. Er machte sich nicht die Mühe anzuklopfen.

Zwei fragende Gesichter wandten sich ihm zu, als er in der Tür erschien. Er hatte die Küche noch nie betreten; der Raum war erfüllt von Dampf, obwohl das Fenster geöffnet war. Ein breiter Herd nahm einen guten Teil einer Wand ein, das mit dampfendem Wasser gefüllte Spülbecken unter dem Fenster eine andere. Eine große Arbeitsfläche war bedeckt mit Schneidebrettern, Messern, Küchengeräten und Gewürzgläsern, und ein Durchgang neben einem übergroßen Eisschrank schien zu einer Vorratskammer zu führen.

»Frau Kniffel?«, rief Leo, vielleicht lauter als nötig gewesen wäre.

Eines der beiden Gesichter trat aus dem Dampf etwas näher. Es gehörte zu einer sehr dicken, nicht mehr jungen Person, die in einem geknöpften Küchenkittel steckte und das Haar in einem geflochtenen Kranz um den Kopf trug. In einer Hand hielt sie einen hölzernen Löffel.

»Ja, der Herr Schriftsteller«, sagte sie, zu Leos Irritation auf Deutsch. »Was wollet denn Sie in der Küche?«

»Sind Sie Frau Kniffel?«, wiederholte Leo.

Sie nickte. »Ottonie Kniffel aus Plochinge. In Schwaben.«

»Und in Plochinge, Schwaben, kocht man –«

»Plochinge.«

»Sage ich ja!«, rief Leo. »In Plochinge –«

»*Plo-chin-ge.*« Sie skandierte jede Silbe mit dem Kochlöffel. »Mit *N* hinte.«

»Und dort isst man das Zeug, das es – das jetzt dort unten auf dem Tisch steht?« Leos Finger zeigte bohrend auf den Fußboden.

»Ha noi!«, rief die Köchin empört. »Des isch doch des amerikanische Gulasch.«

Leo sackte etwas zusammen. »Amerikanisches Gulasch?«

Frau Kniffel nickte. »Ja, wenn die Miss Dora die Schdeegs schneidet, heb i mir des übrige Fleisch auf, und am Mondag gibt's den Kaffeegulasch. Dafür hebet mir au die ganze Woch den it austrunkene Kaffee auf, der macht des Schdeeg mürb. Des machet alle hier in dr Gegend so. I wois des, i bin hier aufgwachse. Mein Vater hot immer auf oim von dene Höf hier garbeitet, seit er aus Plochinge komma isch.« Sie sah ihn erwartungsvoll an. »Mei oigene Erfindung isch bloß dass i's mit Kümmel mach«, fügte sie erklärend hinzu.

Leo legte die Hände vors Gesicht. Sich die Ohren zuzuhalten, traute er sich nicht.

»Für die Kinder isch des nadürlich nix«, hörte er die Stimme der unermüdlichen Köchin. »Die könnet sonscht net schlafe wege dem Kaffee, also die krieget Würschdle.« Er hörte sie in der Küche herumrascheln. »I het no welche, wenn's Ihne net schmegd het?«

Er schielte durch die Finger auf den Teller, den sie ihm hinhielt: die gleichen fingerlangen Würstel lagen darauf, die es schon am Samstag gegeben hatte. Zaghaft schüttelte er den Kopf und wankte ohne ein weiteres Wort aus der Küche.

Nein, er verstand nicht, und er wollte auch nicht verstehen. Nicht die unzusammenhängenden Laute, die die dicke Köchin von sich gab. Nicht die Zusammensetzung des Abendessens. Nein, was zu viel war, war zu viel. Warum war er hier? Warum war das Landhaus abgebrannt? Warum war er nicht einfach in Tel Aviv geblieben, warum hatte er nicht weiterhin fünf Tage in seinem Büro in der Sphinx-Versicherungsanstalt gesessen, hatte weiter mit Gronemann im Café gehockt, war am Sabbath am Strand spazieren gegangen und hin und wieder für ein paar Tage nach Jerusalem gefahren? Warum hatte er gedacht, er müsse noch ein Buch schreiben, wo er doch genau wusste, dass ihm das schon seit einem Dutzend Jahre nicht mehr gelang?

Er ignorierte die Blicke der Damen, die sich nach dem Abendessen inzwischen in das Wohnzimmer zurückgezogen hatten, sich lachend unterhielten und dabei die am Boden spielenden Kinder aus dem Augenwinkel beaufsichtigten und ging leise die Treppe hinauf. Er würde sich nicht vergiften lassen, nicht von dieser sprachunfähigen Alten, nicht von der putzwütigen und kleinlichen Dora und ihrem stotternden Helfer. Wenn es ihnen nicht möglich war, ihm seinen eigenen Tisch zu lassen, würde er eben zum Essen gar nicht mehr hinuntergehen. Er würde Alma telegraphieren und in seiner Mansarde bleiben, bis sie ihn rettete, ihm ein Zelt in ihren Garten stellte, den Mieter aus ihrer Stadtwohnung hinauswarf oder ihm eine Schiffspassage zurück nach

Jaffa schickte. Entschlossen betrat er die letzte Treppe zum Dachgeschoss. Notfalls würde er in den Hungerstreik treten, ja, genau das würde er tun, und es war ihm gleichgültig, was die Damen in ihrer Sommerfrische von ihm hielten.

Er trat in die Mansarde und versuchte, mit dramatischem Schwung die Tür hinter sich zuzuknallen; er hatte vergessen, dass sie etwas verworfen war. Sie schloss erst, als er mit der Schulter noch einmal dagegen drückte.

Auf dem wackligen Schreibtisch am Fenster stand eine altmodische, aber von frischem Öl glänzende Schreibmaschine.

V

Dienstag, 29. Juni

Es klopfte. Schon wieder? Leo runzelte die Stirn. Es ging ja zu wie im Taubenschlag. Erst hatte ihm morgens der Junge, Anton, ein Tablett mit ein paar Scheiben Toast gebracht und einen großen Becher Kaffee. Leo hatte ihn ganz ausgetrunken, weil er auf keinen Fall zu den Zutaten zum Kaffeegulasch der nächsten Woche beitragen wollte.

Dann hatte das junge Mädchen mit den rosigen Apfelbäckchen geklopft, Peggy, die sich gestern Abend hinter Frau Kniffels breitem Rücken in der dampfenden Küche versteckt hatte. Sie wollte das Bett machen und ausfegen. Er hatte sie weggeschickt und sich zum Arbeiten an den kleinen Tisch gesetzt, auf den Stuhl, auf dem, wie er sich zum wiederholten Mal vergewissert hatte, wirklich kein blau geblümtes Polsterkissen lag. Neben der Schreibmaschine war ein Stapel Papier sauber aufgeschichtet, und er hatte ein Blatt eingespannt. Dann hatte er das Pappkästchen mit den Karteikarten geöffnet, auf denen er sich Notizen für den Handlungsablauf des neuen Buches gemacht hatte. Er schob sie hin und her. Es war warm in seiner Mansarde, er wäre gern in den Garten gegangen und etwas herumgelaufen, aber er wollte sich unten nicht zeigen.

Und nun also klopfte es zum dritten Mal. Er sah rasch auf die Armbanduhr; die Zeit zum Mittagessen war vorüber und er war, wie er es sich vorgenommen hatte, nicht hinuntergegangen. Obwohl er zugeben musste, dass aus der Küche ganz annehmbare Gerüche zu seinem geöffneten Zimmerfenster hinaufgestiegen waren, nach Gemüse und ein wenig nach geschmolzenem Käse.

»Entschuldigen Sie die Störung«, sagte Dora und trat ein. Er wandte sich um und sah sie zum ersten Mal ohne Küchenschürze vor sich; sie trug ein helles, durchgeknöpftes Kleid mit einem kleinen Kragen.

»Ich war gerade bei der Arbeit«, log Leo. Es stimmte eigentlich nicht; er hatte gerade eine absurde Menge Zeit damit verbracht, aus dem Fenster über das Feld zu sehen.

»Sie waren nicht beim Mittagessen«, stellte Dora fest.

Leo nickte. Er musste sich eingestehen, dass er etwas enttäuscht war, dass nicht auch sie ein Tablett mit seiner Mahlzeit in den Händen hielt, so wie Anton am Morgen. »Ich muss mich konzentrieren«, sagte er knapp.

»Mr. Perlstein, es ist für mich – für uns alle, für das Personal und mich – und auch für die Gäste …« Sie räusperte sich. »Es ist für uns alle eine etwas ungewöhnliche Situation, in der Sommersaison einen alleinstehenden Gast im Haus zu haben. Einen alleinstehenden Herrn, meine ich. Das ist, so lange ich das Roxy führe, noch nie vorgekommen.«

Leo schwieg und sah aus dem Fenster. Den Gefallen einer Antwort würde er ihr nicht tun.

»Ich habe die Maschine gestern durchsehen lassen«, sagte Dora schließlich und wies mit dem Kinn in Richtung des Tischchens. »Sie stand in der Abseite, ich benutze sie nie. Ich hoffe, Sie können sie brauchen. Zumal es hier keine zweibeinigen Wesen gibt, denen man diktieren kann, dafür hat niemand Zeit. Besonders –«

»Ich weiß«, sagte Leo. »Das sieht man, dass die Maschine geölt ist. Das – das war sehr umsichtig von Ihnen. Danke.«

»Besonders«, wiederholte sie nachdrücklich, »weil ja jedes Mal, wenn Sie die Dusche benutzt haben, jemand alles wieder trockenwischen muss. Die anderen Gäste auf dem Stockwerk beschweren sich schon. Nicht nur aufwischen, Mr. Perlstein, das Bad ist ja regelrecht überflutet!«

Leo würdigte diese Kritik ebenfalls keiner Antwort. Dora trat einen Schritt näher, wobei ihr Blick über das ungemachte Bett glitt. Er tat so, als bemerke er auch das nicht.

»Das kann man ja gar nicht lesen!«, sagte sie überrascht und deutete auf seine Karteikarten. »Ich jedenfalls nicht.«

Unwillkürlich musste Leo lächeln. »Ich auch nicht, Miss Dora«, sagte er. »Oder jedenfalls nur mit großer Mühe. Obwohl ich es selbst geschrieben habe.«

Dora blickte konzentriert auf den Tisch. »Ist das eine Geheimschrift?«

Er schüttelte den Kopf. »Eigentlich nicht. Gabelsberger Kurzschrift. Wenn man aus der Übung kommt, so wie ich, wird sie allerdings rasch zur Geheimschrift.«

Nun musste auch sie lächeln. »Kein Wunder, dass Sie eine Sekretärin brauchen.« Sie richtete sich wieder auf. »Sie sollten hin und wieder eine Pause machen, Mr. Perlstein. Gehen Sie doch mal ein bisschen spazieren, die Gegend ist wirklich sehr schön. Und Professor Geringer hat angerufen. Heute hat er in Poughkeepsie zu tun, aber das Wetter soll sehr warm bleiben in den nächsten Tagen. Er holt Sie morgen zum Schwimmen ab.«

Sie machte eine Pause, doch Leo erwiderte nichts. »Am Spätnachmittag, sagt er, falls es kein Gewitter gibt. Dann sind Sie rechtzeitig zum Abendessen wieder hier.«

Leo erwiderte noch immer nichts. »Sie müssen irgendwann etwas essen, Mr. Perlstein«, fügte Dora hinzu und sah ihn an. Er schwieg beharrlich und sah auf die Hügel am Horizont.

»Nun, ich will nicht länger stören«, sagte sie schließlich, und er vermeinte, eine Spur von Irritation über sein Schweigen in ihrer Stimme zu hören. Im Umdrehen streifte ihr Rock den Tisch; ein paar Karteikarten segelten zu Boden. »Herrje – es tut mir leid«, sagte sie, und nun lag ganz gewiss Ungeduld in ihrer Stimme. Sie bückte sich noch rascher als er und hob die Kärtchen auf. Verwirrt drehte sie sie in den Händen. »Das sind ja … das sind ja Visitenkarten!«

Leo nickte. »Ja, alte. Ich brauche sie nicht mehr.« Jener Tag Anfang Februar fiel ihm ein, mehr als zehn Jahre lag er zurück, Helene hatte schon mit dem Packen begonnen. Er war immer so gern in die Akzidenzdruckerei in der Währingerstraße gegangen, alle paar Jahre hatte er sein Briefpapier und seine Visitenkarten dort nachdrucken lassen. Von dem kleinen Ladengeschäft konnte man durch die geöffnete Tür in die Werkstatt sehen, wo die alte Handpresse stand, daneben die Kommode mit den Setzkästen. Er liebte den Geruch nach Druckerschwärze, Farben und Bohnerwachs, der immer aus dem Setzraum drang. Als er an jenem Tag dort gewesen war, war der Chef nicht im Geschäft, und das herumscharwenzlige Küss-die-Hand-gnä-Herr des Assistenten hatte ihn verstimmt, dieses von Höflichkeit triefende was darf's denn heuer sein, Herr Professor? Dasselbe wie immer, hatte er verlangt, einhundertfünfzig Karten in dreihunderter Grammatur, Bütten, in der Garamond, mit Kapitälchen, schattiert, das Prägewerkzeug werde doch wohl noch vorhanden sein? Und dann die lange Pause, der verlegene Seitenblick des jungen Mannes, die triefende Stimme jetzt überlaufend: Ob sich der gnä Herr da ganz sicher sei, einhundertfünfzig Visitenkarten würden doch eine ganze Weile reichen, ob er nicht erst einmal mit einer geringeren Anzahl auskommen werde in diesen Zeiten, vielleicht fünfzig oder auch nur fünfundzwanzig, ob er nicht bedenken wolle ... Zweihundert, hatte Leo geknurrt, und er werde sie bar und im Voraus bezahlen und Ende des Monats persönlich abholen. Zweihundert Visitenkarten und keine weniger.

»*Porzellangasse*«, las Dora langsam. »Porzellan? Was für ein schöner Name! Da haben Sie bestimmt eine schöne Wohnung, Mr. Perlstein, in einer Straße mit einem so schönen Namen.«

Leo nickte. »Hatte. Eine sehr schöne Wohnung, Miss Dora, ja, das stimmt. Aber das ist lange her.«

Sie sah ihn an. »Steht das Haus nicht mehr?«

»Doch«, antwortete er. »Das Haus steht noch.«

»Und wollen Sie nicht eines Tages zurück? Haben Sie nicht Heimweh nach – nach der Porzellangasse?«

»Doch«, sagte er. »Auch das.«

»Aber dann ...« Sie drehte die Visitenkarten in den Händen. »Ich meine nur, es ist doch schade um die schönen Karten. Dass Sie sie jetzt einfach für Notizen gebrauchen. Wenn Sie – wenn Sie doch vielleicht einmal zurückziehen in die Porzellangasse.«

Er schüttelte den Kopf. »Ich glaube nicht, Dora. Ich glaube es wirklich nicht.«

Sie zögerte einen Moment, dann legte sie die Kärtchen behutsam auf den Tisch zurück. »Nun, ich will nicht weiter stören«, wiederholte sie leise und ging zur Tür. Dort drehte sie sich noch einmal um.

»Also gut, Mr. Perlstein, Sie bekommen Ihren Tisch in der Ecke. Aber Sie müssen mir versprechen, dass Sie meine Gäste nicht vergraulen. Und erst recht nicht mein Personal! Ich weiß, dass Frau Kniffel kein Kochgenie ist, aber im Sommer finde ich sonst niemanden. Anton haben Sie auch völlig verschreckt. Und was die Dusche betrifft ...«

Leo war aufgestanden, als sie zur Tür gegangen war, und nun deutete er eine leise Verbeugung an. »Ich werde mir Mühe geben, Miss Dora, das verspreche ich. Aber nur ...« Er musste wieder lächeln. »Nur wenn Sie mir versprechen, heute Abend nach dem Essen ein paar Runden mit mir zu strohmandeln.«

Nach dem Abendessen wählte er im Salon einen Sessel abseits der schnatternden jungen Mütter; die Rothaarige, in ein buntes Karo gekleidet, führte wieder das Wort. Dora hatte noch in der Küche zu tun; durch die Tür drang das Geklapper von Geschirr und der Geruch nach Seifendampf. Um sich die Zeit zu vertreiben, griff er nach den zerlesenen Zeitschriften, die neben dem Lehnstuhl aufgestapelt waren. Es gab ein paar Ausgaben von *Time* und *National Geographic*, alle mehrere Monate alt – aber das meiste waren Mode- und Haushaltsmagazine, voller Kochrezepte und Schönheitstipps und Artikel darüber, wie man Mann und Kinder zu besseren Menschen machte und dabei selbst stets nie außer Fassung und dauergewellter Form geriet. Gelangweilt blätterte Leo durch die Hefte, bis sein Blick auf das Titelbild einer glamourösen, nicht mehr jungen Frau fiel, die ihm bekannt vorkam. Natürlich! Sie war eine amerikanische Autorin, die einmal einen Vortrag in Wien gehalten hatte über ihre Kindheit als Tochter protestantischer Missionare in China. Sein Verleger hatte ihn damals mitgeschleppt, er war ganz begeistert von ihr und hatte Leo gedrängt, ein paar ihrer Romane zu lesen, die er in deutscher Übersetzung herausbrachte; er sagte, sie sei immens erfolgreich. Auf Leo hatten die Bücher keinen Eindruck gemacht, es schien ihm, dass sie ununterbrochen ihre China-Erfahrungen wiederkäute. Um dem Ganzen die Krone aufzusetzen, hatte sie auch noch den Nobelpreis bekommen, noch vor dem Krieg, während die europäischen Literaten verzweifelt auf der Flucht waren, wenn sie nicht schon verhaftet oder totgetreten worden waren oder sich gleich selbst umgebracht hatten.

Und nun lächelte sie ihm von einem Frauenmagazin entgegen, im Halbprofil, den modischen Hut schräg auf dem Kopf, am Ohr ein längliches Diamantgeklimper. Sie schien nichts an Popularität eingebüßt zu haben, denn dem Foto folgte ein Teil ihres neuesten Romans, natürlich wieder die Geschichte einer chinesischen Familie, wie er sofort sah. Ein Vorabdruck in einem Massenblatt! Das hatte er seit zwanzig Jahren nicht mehr erlebt, nicht mehr, seit damals die *Berliner Rundschau* seinen Roman über die Französische Revolution sogar mit Plakaten an Litfaßsäulen beworben hatte. Damals, als er so bekannt gewesen war, dass man ihn auf der Straße ansprach, als er so viel Geld mit seinen Büchern verdiente, dass er mit Helene in die Porzellangasse ziehen und sich eine Haushälterin hatte leisten können, die aus Iglau kam.

Er bemerkte, dass sich das ganze Magazin, um den Romanabdruck herumgruppiert, thematisch mit China beschäftigte: Es gab chinesische Rezepte, Schnittmuster für chinesisch inspirierte Kleider mit kleinen Stehkragen, die man sich aus Schantungseide selbst nähen konnte, sogar einen langen Artikel über Chinoiserien, mit denen man das Haus und den Garten verschönern konnte. Den Garten! Ärgerlich warf er die Zeitschrift zu Boden.

»Das tut man nicht«, erklang ein mahnendes Stimmchen vom Teppich herauf. Dort saß das kleine Pferdegesicht mit einem Spielzeuglaster. »Ich bin Fleddie«, fuhr es fort. »Und das da dlüben ist meine Mama, Flottie. Sie ist sehr schön, nicht? Mmmw, mmmw, mmmw«, machte das Kind und ließ seinen Lastwagen über Leos Schuh fahren.

Es war ganz still geworden, nur das Auflachen der Rothaarigen war zu hören. »Oh, Freddie, was bist du nur für ein kleiner Kavalier …«

Leo war nicht geneigt, das Spiel mitzuspielen. Er räusperte sich. »Bitte sagen Sie doch Ihrem Sohn, Mrs.-Miss Frottie, dass er-«

Eine erneute Kichersalve unterbrach ihn. »Frottie! Oh, Mr. Perlstein! Mein Name ist Florence, Mrs. Florence Abramowitz …« Sie wandte sich dem Salon zu. »Habt ihr das gehört, Mädels? Er hat *Frottie* zu mir gesagt! Wie *charmant*!«

In diesem Moment wurde er gerettet; Dora kam nichtsahnend aus der Küche, noch im Gehen band sie die Schürze ab. Als sie ihn sah, wurde sie ein bisschen rot und schob rasch eine feuchte Haarsträhne hinter das Ohr, die ihr bei Abwaschen ins Gesicht gefallen sein musste. War sie verlegen? Womöglich seinetwegen? Vielleicht hatte sie nicht damit gerechnet, dass er direkt hinter der Küchentür auf sie wartete. Ihre Befangenheit gefiel ihm, obwohl ihm die Lust zum Kartenspielen eigentlich gerade vergangenen war.

Dora zog ein Tischchen an seinen Lehnstuhl heran und holte das Tarockblatt aus der Kommode. »Sie werden etwas Nachsicht mit mir haben müssen«, sagte sie, während sie sich einen Stuhl nahm und begann, die Karten zu sortieren. »Ich bin recht aus der Übung.«

»Oh, er hat eine Verabredung mit *Dora*«, sagte die Rothaarige, die nicht Frottie hieß, in dramatisch lautem Flüsterton. »Da wollen wir nicht stören, nicht wahr? Komm, Freddilein, ab in die Falle!«

Das Kind trottete gehorsam hinter ihr her, und die anderen Damen versuchten, mit gemurmelten Gesprächen Desinteresse zu heucheln.

»Ich habe eine Weile versucht, Anton für Kartenspiele zu interessieren«, fuhr Dora fort. »Ich dachte, er würde es unterhaltsam finden. Besonders im Winter, da ist es recht einsam hier.«

Leo sah ihr zu, wie sie für das Strohmandeln die kleinen Farbkarten aussortierte. »Lebt denn der Junge schon lange hier?«, fragte er mit zerstreuter Höflichkeit.

»Immer«, sagte Dora, die nun die Tarock zählte. »Er ist doch hier geboren.«

»Geboren!«, rief Leo. »Ich dachte – halt«, unterbrach er sich. »Was machen Sie denn da?«

Sie runzelte die Stirn. »Ich nehme zwei Tarock aus dem Spiel. Stimmt etwas nicht?«

»Sie haben die Fünf und die Sechs herausgenommen!«, rief Leo entsetzt. »Das ist doch – Alfanzerei ist das!«

»Alfons-« Ratlos sah sie ihn an.

»Wenn man nicht ehrlich spielt«, erklärte er. »Wenn man – na, Sie wissen schon.«

»Nein, ich weiß ganz bestimmt nicht, was Sie meinen!«, sagte sie. »Ich erinnere mich genau, dass Konrad – das ist mein Mann, Konrad, mein erster Mann – immer diese Karten herausgenommen hat. Und er hat bestimmt nie … nie betrogen. Weder beim Kartenspiel noch sonst.«

»Aber so spielt man nicht!«, rief Leo heftig. Er selbst hörte, wie der Wiener Akzent sich in seine Stimme schlich. »Natürlich werden beim Strohmandeln zwei Tarock herausgenommen. Die Zwei und die Drei. Doch nicht die Fünf und die Sechs! Das ist …«, angestrengt dachte er über ein Wort nach, das sie verstehen würde. »Blasphemie ist das!«

»Wir haben immer die Fünf und die Sechs herausgenommen«, sagte sie leise. Ratlos sah sie auf die Karten. Dann blitzten ihre Augen, und dabei sahen sie wirklich grün aus, nicht grau. »Mr. Perlstein, ist das nicht – ist das nicht eigentlich egal? Ob wir die Fünf und Sechs herausnehmen oder die Zwei und die Drei? Hauptsache, wir nehme zwei kleine Tarock heraus, damit wir insgesamt auf vierzig Karten kommen, oder? Wir könnten auch die Sieben und Acht herausnehmen, oder die Vier und Fünf, oder?«

»Blasphemie!«, schrie Leo und sprang so heftig auf, dass er fast das Spieltischchen umgeworfen hätte; Dora musste beide Hände darauflegen, um es zu retten. Erst die Nobelpreisträgerin mit den chinesischen Gartenstatuen, dann das grässliche Kind und nun diese fürchterliche Alfanzerei.

Dora hatte inzwischen die aussortierten Karten, inklusive der Tarock-Fünf und -Sechs, in ein Päckchen geschichtet und es in den Spielkarton zurückgesteckt. Dann schob sie die übrigen Karten zusammen und begann, sie zu mischen.

»Wir benötigen vierzig Karten zum Strohmandeln, Mr. Perlstein«, sagte sie fest. »Heute lassen wir die Fünf und Sechs außen vor, wie mein Mann und ich es immer getan haben. Wenn wir das nächste Mal spielen, können wir ja die Zwei und Drei aussortieren. Obwohl man dann natürlich nicht penultimieren kann, und das wäre schade. *Falls* wir ein nächstes Mal spielen, Mr. Perlstein. Das hängt ganz davon ab, ob Sie heute Abend noch mehr Wutausbrüche bekommen.«

Nun war es Leo, der rot anlief, er fühlte es selbst. Er fühlte auch, dass es im Salon wieder ganz still geworden war; das Geschnatter der Frauen war komplett verstummt. Er schluckte die Bemerkung hinunter, dass das Penultimieren beim Strohmandeln ebenfalls eine unverzeihliche Alfanzerei sei und sah still auf das Tischchen, auf Doras Hände. Sie mischte sehr geschickt, dachte er. Ihre Hände waren von ein paar blauen Adern durchzogen, und sie zeigten ein paar erste dunkle Flecken. Nicht die Hände einer Frau, die Geige spielte, wie Helene. Nicht die Hände einer Frau, die Briefe diktierte und ihre Sätze dadurch unterstrich, dass sie die lackierten Finger in die Luft warf, wie Alma. Dies waren Hände, die ein Leben lang gearbeitet hatten.

Jetzt teilte sie die Karten aus, die Handkarten zuerst. Er musste an sich halten, um nicht eine Hand auf ihre zu legen, als sie die Strohmänner vor ihm auslegte, rasch und entschieden. Er fühlte die Blicke der jungen Frauen auf sich, sogar der Kinder, die, mit Domino und Quartettkarten beschäftigt, auf dem abgeschabten Teppich lagen.

»Miss Dora«, sagte er sanft. »Ich wollte doch nicht-«

Sie sprang auf. »Oh, ich hab's total vergessen!«, rief sie. Sie kramte in dem Eckschrank herum und brachte schließlich zwei Glastöpfchen mit Spielmünzen aus Plastik, in verschiedenen Farben und Größen. »Wir können doch nicht um nichts spielen, nicht wahr?«, sagte sie ernsthaft. »Mr. Perlstein, Sie lizitieren.«

VI

Mittwoch, 30. Juni

Leo befand sich in sehr viel besserer Stimmung als in den Tagen zuvor, als er nach dem Lunch die Stufen zu seiner Mansarde hinaufkletterte. Er hatte seinen eigenen kleinen Tisch im Esszimmer wieder. Und Dora hatte gar nicht unrecht, man konnte tatsächlich auch beim Strohmandeln penultimieren. Warum eigentlich nicht? Er war in der richtigen Laune, ein paar Stunden an dem Mayflower-Stoff zu arbeiten; geradewegs ging er auf seinen kleinen Tisch zu. Das Kästchen mit seinen Notizkarten, seine Hefte und Bleistifte, die stählerne Feder mit dem Holzgriff und dem Tintenfass, das säuberlich aufgeschichtete Schreibmaschinenpapier – all das wartete nur auf ihn.

Unter die Schreibmaschine geklemmt entdeckte er einen Fremdkörper. Einen Brief. Er zog ihn hervor. »SS Argentina«, war als Absender auf den Umschlag eingedruckt, »Moore-McCormack Lines.« Mit Tinte war darüber gekritzelt: »Liebreich, c/o.«

Er zog ein einzelnes Blatt aus dem Umschlag, das denselben Schriftzug trug und dazu ein Bild von einem schlanken Passagierschiff auf ein paar angedeuteten Wellen zeigte. »Leo, Darling, wir haben kurzen Landgang in Miami. Habe meine Sekretärin angewiesen, Dir ein paar Bücher zu schicken, die Dir bei der Recherche nützen können. Wende Dich an sie, wenn Du mehr Material benötigst, Adresse und Telefon hast Du ja. Melde mich aus BA, in ein paar Wochen. Sei schön fleißig! Küsse, Alma.«

Sei schön fleißig? Sie hatte eine Art, ihn herumzukommandieren! So hatte sie das immer schon gemacht, mit allen Männern, und sie hatte auch stets Erfolg damit gehabt. Bei ihm ja auch. Wütend zerknüllte er das Blatt, und mit einer einzigen Handbewegung fegte er seine Notizen und Stifte zu Boden. Die Lust am Arbeiten war ihm vergangen.

Sein Blick fiel auf das Tischchen, auf dem jetzt nur noch die Schreibmaschine stand. Er musterte das Durcheinander auf dem Boden. Stifte, Papiere, das Tintenfass, das seinen Ausbruch glücklicherweise intakt überlebt hatte. Wo – wo, zum Kuckuck, waren seine Schachbücher geblieben?

Ein paar Stunden später saß er im Aufenthaltsraum, bereit zu seinem Badeausflug. Von der Einfahrt her klingelte es Sturm. Dora steckte den Kopf zur Tür herein. »Mr. Perlstein? Professor Geringer ist für Sie da. Haben Sie sich ein Badetuch genommen?«

Leo nickte und wies auf das Bündel, das neben ihm auf dem Sofa lag. In das Handtuch hatte er seinen Badeanzug eingerollt und eine Sonnenbrille, und auf dem Kopf trug er einen kleinen Strohhut, der unter der Reise im Koffer ein wenig gelitten hatte.

Am Fuß der Außentreppe, in der Einfahrt zum

Roxy, standen Geringer und eine hochgewachsene, schlanke Frau. Beide hielten Fahrräder, deren Klingeln sie gerade heftig bedient hatten, und winkten vergnügt.

»Ich wünsche Ihnen einen schönen Nachmittag, Mr. Perlstein«, sagte Dora aus dem Flur. Nach einem Zögern setzte sie hinzu: »Seien Sie vorsichtig. Der See ist tief.«

Leo nickte abwesend und ging die Treppe hinunter.

»Perlstein!«, rief Geringer. »Jetzt werden Sie erst mal ein Sonnenbad nehmen, damit Sie nicht mehr so blass um die Nase sind. Darf ich Ihnen meine Frau vorstellen?«

Leo, am Fuß der Treppe angekommen, griff nach seinem Strohhut. »Frau Professor Geringer.«

»Ach, seien Sie nicht albern!«, rief sie, während sie mit der linken Hand ihre Sonnenbrille ins Haar hinaufschob und ihm die rechte entgegenstreckte. »Wir sind hier in Amerika, und ein Professor in der Familie reicht. Sagen Sie einfach Asha zu mir.«

»Asha«, murmelte Leo gehorsam. Sie war ein bisschen größer als ihr Mann und trug eine ärmellose weiße Bluse und längsgestreifte Shorts, die gerade bis auf ihre Knie reichten. Sie war nicht jung, etwa in seinem eigenen Alter, schätzte er. Ihr graues Haar war zu einer modisch kurzen Frisur geschnitten, und ihm schien, dass ihre fast schwarzen Augen belustigt funkelten, während sie ihn musterte, ihre dichten, schön gewölbten Augenbrauen etwas hochgezogen. Ihre Nase war lang und kräftig, ihr lachender Mund von einer tiefroten Farbe. Sie sprach mit einem britischen Akzent, aber eine Europäerin war sie nicht, dachte Leo. Er traute sich nicht zu fragen, woher sie kam.

»Joel, wir haben vergessen, Dora zu sagen, dass sie das Fahrrad für Mr. Perlstein besorgen soll«, wandte sich Asha an ihren Mann. »Wir müssen sie gleich morgen früh anrufen.« Mit gespieltem Bekümmern sah sie wieder zu Leo. »Da hilft wohl nichts, wir werden zu Fuß gehen müssen. Es ist nicht sehr weit.«

Leo nickte und versuchte, sich seine Erleichterung nicht anmerken zu lassen. Seit seiner Kindheit war er nicht mehr Fahrrad gefahren, und er hatte nicht vor, sich jetzt lächerlich zu machen, schon gar nicht vor einer Frau, die trotz ihres sportlichen Aufzugs etwas geradezu Nobles an sich hatte. Immerhin machte er sich erbötig, Asha Geringers Rad zu schieben, und sie überließ ihm großzügig den Lenker.

»Almas Faktotum, wie heißt er noch gleich?«, sagte sie, während sie die Sonnenbrille wieder auf die Nase setzte. »Er hat ein Fahrrad für Sie. Er hatte es schon aus der Garage bei den Liebreichs geholt und in seinen Schuppen gestellt, bevor …« Sie zögerte. »Naja, bevor das dumme Feuer ausbrach.«

Leo schwieg. In Wien hatten sie seinerzeit die phantastische Idee gehabt, Fahrräder zu registrieren und zu besteuern. Er hatte Gabrieles Fahrrad in die hinterste Kellerecke geschoben, sie war schon auf dem Schiff nach Bombay gewesen und würde es nicht mehr brauchen. Während die deutschen Panzer auf die Donau zurollten, hängten die Österreicher Nummernschilder an Fahrräder. Das hatte ja nicht gut gehen können.

»Haben Sie mich verstanden, Mr. Perlstein?«, sagte Asha, und er fuhr aus seinen Gedanken auf. »Hugos Fahrrad existiert noch. Und es steht im Schuppen von Almas Faktotum.«

Eine Schlange schlängelte sich träge vom Straßenrand in die Böschung.

»Kupferkopf«, sagte Geringer. »Was will der denn hier? Eigentlich sind die eher in der Dämmerung unterwegs.«

»Giftig?«, fragte Leo besorgt.

»Giftig«, bestätigte der Professor. »Aber sie tun Ihnen nichts, so lange Sie ihnen nichts tun.«

Sie überquerten die sonnenbeschienenen Bahngleise.

»Es ist wirklich nützlich, hier in der Gegend ein Fahrrad zu haben«, beharrte seine Frau. »Es stimmt schon, es ist ziemlich hügelig. Betrachten Sie's als sportliche Herausforderung. Aber sehen Sie dort« – sie deutete mit der Hand voraus – »da verläuft die Hauptstraße nach Amenia, die 22, ungefähr parallel zur Bahnstrecke. Die Straße ist ziemlich eben, dort kommen Sie gut mit dem Fahrrad voran. Es gibt ein Kino, eine Apotheke, eine Bibliothek, einen großen Stausee mit einem Hotel und einer Bootsvermietung … Allerdings ist mir unser kleiner See lieber.«

»Sie kennen sich gut aus in der Gegend«, sagte Leo.

»Wie könnte sie nicht?«, rief Geringer. »Schon meine Eltern hatten hier in der Gegend ein Sommerhaus. Als wir uns damals kennenlernten, habe ich Asha gleich gewarnt, dass sie hier viel Zeit würde verbringen müssen.«

»Sie leben im Haus ihrer Schwiegereltern?«, fragte Leo.

Asha hob in lachender Abwehr die Hände. »So weit ging die Liebe dann doch nicht. Wir haben uns ziemlich rasch unser eigenes Häuschen gekauft. Es liegt gleich hier an der Straße. Und der Garten ist groß genug für Joels Blumen.«

»Sie verbringen jeden Sommer hier?«, forschte Leo weiter.

Ein Schatten flog über Ashas Gesicht. »Das ganze Jahr,«, sagte sie. »Inzwischen leben wir hier das ganze Jahr über.«

Eine kleine Pause entstand. »Es tut mir leid, Mr. Perlstein, dass ich das Mittagessen am Sonntag verpasst habe«, fuhr Asha schließlich fort, und es klang, als bemühe sie sich, das Thema zu wechseln. »Ich hatte gerade ein entsetzlich spannendes Buch begonnen, ich war auf der Warteliste dafür bei der Bibliothek in Amenia, und jetzt habe ich nur noch eine Woche, um damit durchzukommen. Dabei ist es schrecklich dick!« Sie deutete auf den Korb, der am Lenker ihres Fahrrads angebracht war. Aus einem Durcheinander von einer Thermoskanne, Trinkbechern, einem in Wachspapier eingewickelten Päckchen und einer rotgefleckten Obsttüte lugte ein in einen dunklen Umschlag geschlagenes Buch hervor. »Ich fürchte, ich werde auch heute Nachmittag keine besonders gute Gesellschaft sein«, fügte sie hinzu.

»Und ich will es auch noch lesen, bevor du es wieder abgibst!«, rief Geringer, der noch immer vorausging.

»Du kannst es nachts haben«, sagte sie. »Aber du

musst dein eigenes Lesezeichen benutzen, damit ich nicht durcheinanderkomme. Mein Mann ist eine entsetzliche Nachteule«, wandte sie sich wieder an Leo. »Außerdem liest er viel schneller als ich.«

»Dabei ist sie die erfolgreiche Autorin in der Familie!«, sagte Geringer über die Schulter, und der Stolz in seiner Stimme war unüberhörbar.

»Ach was, ein Kochbuch«, antwortete seine Frau abschätzig. »Du hast Goethe übersetzt.«

»Du vergisst deine Memoiren!«, korrigierte der Professor. »Sie war erst zweiundzwanzig, als sie sie veröffentlicht hat«, erklärte er Leo.

»Und genauso lesen sie sich auch«, seufzte Asha. »Lassen Sie uns lieber von etwas anderem sprechen. Haben Sie auch Ihre Memoiren geschrieben, Mr. Perlstein? Sie haben doch ein recht bewegtes Leben, nicht wahr?«

»Nicht freiwillig«, sagte Leo; es kam harscher heraus, als er gewollt hatte. »Wenn ich eine Wahl gehabt hätte, wäre ich mein ganzes Leben lang still im Kaffeehaus sitzen geblieben.«

»Joel und ich reisen sehr viel«, sagte Asha. »Nicht im Sommer, da ist es hier so schön, und dann hat er ja auch alle Hände voll zu tun mit seinen Klematis. Aber im Winter … Afghanistan, Ägypten, Kenia. In Ihrem schönen Wien waren wir auch schon, und in Prag. Und in Ihren herrlichen Bergen, in Salzburg, zu den Festspielen. Wir wollen nach Japan, sobald man dort wieder besser reisen kann.«

»Asha ist schon als Kind viel gereist«, warf Geringer ein. »Ihr Vater war Diplomat. Und dann als junge Frau, während ihres Studiums in Boston, weshalb sie auch in ihrem Buch-«

»Joel!«, rief sie streng. »Hör auf mit dem Buch! Wir sind da, ein Glück.«

Geringer bog, bevor sie die Hauptstraße erreichten, in einen kleinen Pfad ab, der von wilden Himbeeren fast verborgen war. »Unser Geheimweg«, sagte er zu Leo. »Die offizielle Badestelle ist auf der anderen Seite des Sees, da ist es uns im Sommer zu voll. Seien Sie vorsichtig.«

»Danke für den guten Rat«, sagte Leo. »Dachten Sie dabei an die Dornen hier? Oder eher an mehr Schlangen?« Über den Lenker gebeugt, kämpfte er sich durch das Dickicht. Kleine Widerhaken rissen an seinem Hemd und der Handtuchrolle, die er unter den Arm geklemmt hatte.

»Ich meinte das Giftefeu«, sagte der Professor.

»Das Gift-?« Leo schrak unwillkürlich zurück.

»Der wahre Fluch der amerikanischen Existenz«, versicherte der Professor ernsthaft. »Vermeiden Sie möglichst jede Bekanntschaft damit.«

»Wie sieht es aus?«, fragte Leo unbehaglich.

»Schwer zu sagen«, antwortete Geringer. »Mal so, mal so. Meistens ist es dreiblättrig.«

»Einer der besten Ratschläge meines Mannes, des großen Botanikers«, rief Asha. »Vermeiden Sie einfach Kontakt mit allem, was drei Blätter hat. Oder auch nicht. Mal so, mal so.«

Leo sah sich unbehaglich um. Was in diesem grünen Dschungel hatte nicht drei Blätter?

»Wir sind da.« Geringer lehnte sein Rad gegen einen Baum.

Vor ihnen tat sich ein Blick über einen fast vollkommen runden kleinen See auf, der von Bäumen dicht umstanden war. In der Mitte war ein Holzfloß verankert, von dem eine Gruppe Halbwüchsiger krachende Paketsprünge machte. Am gegenüberliegenden Ufer gab es einen Steg und eine sandige kleine Badestelle; das Rufen und Kreischen kleinerer Kinder drang zu ihnen herüber. Auf ihrer eigenen Seite führte eine kleine Lichtung zum Wasser. Durch die Bäume zur Rechten drang gelegentlich das Motorengeräusch eines Autos oder Lastwagens. Dort musste die Hauptstraße sein, die nach Amenia führte.

»Die ersten paar Schritte ist es etwas modrig«, sagte Asha und deutete auf den Schilfstreifen. »Aber danach ist das Wasser herrlich. Geben Sie acht, es wird schnell sehr tief.« Ihre Stimme wurde gedämpft von der weißen Bluse, die sie sich beim Sprechen schon über den Kopf zog. Darunter kam die obere Hälfte eines gelben Badeanzugs zum Vorschein, und, nachdem sie auch ihre Tennisschuhe und die Fahrradshorts abgestreift hatte, auch der untere Teil.

»Letzter macht die Tür zu!«, rief sie, rannte den kurzen Abhang hinunter ins Schilf und warf sich kopfüber ins Wasser. Der Professor sah ihr kopfschüttelnd nach. Etwas würdevoller als sie entledigte er sich seiner Leinenhosen. Er stopfte ordentlich seine Socken in die Tennisschuhe, faltete Hosen und Hemd und legte sie darüber. Dann stand er in blauen Badehosen da und sah

Leo fragend an. »Was ist, Perlstein? Haben Sie keine Lust zum Schwimmen?«

»Doch, ich …«, stotterte Leo. Er warf einen verstohlenen Blick auf sein Handtuchpaket. »Gehen Sie nur, ich komme gleich.« Daran, dass er den Badeanzug auch hätte unterziehen können, hatte er nicht gedacht. Im Strandbad am Wolfgangsee hatte es natürlich Badekabinen gegeben. Hastig trat er ein paar Schritte in das Dickicht zurück. Aber wenn er hier Schuhe und Strümpfe auszog, würde er nicht in die Dornen treten? Oder, schlimmer noch … Unruhig glitt sein Blick über das Gebüsch, ob dort etwas Dreiblättriges lauerte. Oder etwas Schlangenförmiges.

Er wand sich aus seinem Hemd und versuchte, mit einer Hand das Handtuch um sich zu ziehen, während er mit der anderen die Hosen hinunterschob und dann, auf einem Bein balancierend, in den Badeanzug schlüpfte. Erleichtert zog er ihn über die Schultern und schob hastig die nackten Füße in die Schuhe zurück, falls womöglich doch eine Schlange … Er trat auf die offenen Schnürsenkel, stolperte auf die kleine Lichtung, ließ die Handtuchrolle, in die jetzt seine Kleider gewickelt waren, unter einen Baum fallen und streifte am Ufer die Schuhe wieder ab.

Am Badefloß in der Mitte des Sees tauchte Asha auf, ein zitronenfarbener Delfin. Während sie leichtfüßig die Leiter hinaufkletterte, tauchten die Dorfjungen respektvoll auf der anderen Seite des Floßes davon. Asha wandte sich um und winkte Leo zu. Er holte tief Luft und stürzte sich ins Wasser.

Der Badeanzug. Herrje, der Badeanzug. Er hatte ihn bei einem teuren Herrenausstatter in Ischl gekauft, aber das war natürlich schon eine Weile her, bestimmt fünfzehn Jahre. Jeden Tag war er schon vor dem Frühstück durch den See geschwommen, nachmittags Wasserski gelaufen … Jetzt war der Badeanzug etwas ausgeleiert, wenngleich das Leos mit den Jahren etwas erweitertem Umfang eher zustattenkam. Und hoffnungslos altmodisch war das Ding auch. Niemand würde ihm glauben, dass er in Ischl zu den besten Schwimmern und Tennisspielern gehört hatte. Turniere hatte er gewonnen, zu Wasser und zu Lande! Heftig kraulte er vorwärts, schlug fast auf den kleinen See ein.

»Donnerwetter, Mr. Perlstein«, sagte Asha anerkennend, als er das Floß erreichte. »Ich glaube, Sie haben gerade einen Rekord aufgestellt. Sie scheinen so schnell zu schwimmen, wie Sie Schach spielen, wenn man meinem Mann glauben darf. Gibt es auch irgend etwas, das Sie langsamer machen?«

Leo hielt sich schweratmend an der Leiter fest. »Schreiben«, prustete er. »Ich schreibe deutlich langsamer als ich schwimme. Wo ist denn eigentlich Ihr Mann?«

Sie deutete mit der Hand in eine unbestimmte Richtung. »Er dreht seine übliche Runde um den See. Wollen Sie nicht raufkommen?«

»Ich …«, japste Leo. Er zögerte. Er war so außer Atem, dass er sich gern eine Weile auf dem Floß in der Sonne ausgestreckt hätte. Aber um nichts in der Welt wollte er seinen alten Badeanzug sehen lassen, schon gar nicht von einer schönen Frau, die nach der neuesten Bademode gekleidet war. »Ich dreh auch erst noch eine Runde,« brachte er hervor. »Kann die Bewegung brauchen.« Er ließ sich wieder ins Wasser fallen.

Nachdem er zehn Minuten herumgerudert war, sah er, wie der Professor am Badefloß angelangt war und hielt erneut darauf zu. Asha stand auf, als er die Leiter ergriff. »Es tut mir leid, meine Herren«, sagte sie, »dass ich nicht länger bleiben kann. Ich habe am Ufer ein Rendezvous mit dem jungen Herrn Mailer. Wenn es Sie nach ein paar Kirschen oder einer Tasse Kaffee verlangt, können Sie ja nachkommen.« Mit einem eleganten Kopfsprung verschwand sie unter Wasser.

Leo sah Geringer verwirrt an. »Der junge Herr –?«

Der Professor grinste. »Das ist der Autor des Romans, dem sie so verfallen ist.« Er deutete auf die Leiter. »Nach Ihnen, Perlstein. Geben wir ihr zwanzig ungestörte Lektüreminuten.«

Sie saßen am Rand des Badefloßes, die Füße im Wasser, jeder an einem Ende, um es nicht aus der Balance zu bringen. Beide sahen Asha nach, die mit kräftigen Kraulbewegungen dem Ufer zustrebte.

»Es ist schade, dass Dora nicht mit uns kommen konnte«, sagte Geringer. »Sie schützt immer Arbeit vor, dabei würde es ihr guttun, mal rauszukommen. Und sie ist ja am Wasser aufgewachsen.«

Leo runzelte die Stirn. »Mir scheint sie eher wasserscheu. Sie hat mich ausdrücklich ermahnt, vorsichtig zu sein. Dabei sieht der See doch ganz ungefährlich aus.«

Geringer nickte nachdenklich. »Ich glaube, sie kommt immer noch nicht gern her. Die Erinnerung … Dabei ist es so lange her, dass ihr Mann verunglückt ist.«

Leo wandte sich ihm überrascht zu. »Beim Schwimmen?« Das Floß wackelte.

Geringer schüttelte den Kopf. »Nein, nicht beim Schwimmen. Damals war das hier noch kein richtiger Badesee. Er hat geholfen, ihn anzulegen.«

»Ich dachte, es gibt hier überall Seen«, sagte Leo. »Aus dem Zugfenster sah man dauernd Wasser, kleine Flüsse, Marsch.«

»Dieser See ist anders«, erklärte der Professor. »Tiefer. Eine alte Mine, sagte ich das nicht schon?« Er schwieg einen Moment, bevor er hinzufügte: »Es gab eine Explosion.«

Leos Blick schweifte über die baumbestandenen Ufer, den kleine Badestrand auf der anderen Seite des Sees. »Nach einer Mine sieht es hier nicht gerade aus«, sagte er.

»Sie war schon lange stillgelegt«, sagte Geringer. »Hier in der Gegend gab es eine ganze Reihe von Minen, aber sie waren schon um die Jahrhundertwende nicht mehr konkurrenzfähig. Sie liefen dann langsam voll Wasser.«

An der kleinen Lichtung, auf der die Fahrräder standen, stieg Asha gerade aus dem Wasser. Sie schüttelte sich wie ein nasser Hund und wickelte sich in ein Handtuch.

»In den dreißiger Jahren ließ die Regierung im ganzen Land Nationalparks einrichten, Wanderwege anlegen«, fuhr Geringer fort.

Leo nickte. »Roosevelts Arbeitsbeschaffungsprogramm«, sagte er.

»Genau. Sie kennen sich aus, Perlstein. Doras Mann war Ingenieur, ganz jung, gerade fertig mit der Hochschule, aber er hatte keine Arbeit. Irgendwie sind die beiden hier gelandet, er kam in dem Arbeitsprogramm unter. Der Plan war, den Rand des Minenschachts zu begradigen, eine Badestelle anzulegen, einen Rundweg um den See.« Er deutete mit der Hand. »Was ja auch gut funktioniert hat, wie Sie sehen. Nur dass – dass Doras Mann dabei von einer Ladung Dynamit getroffen wurde.«

Leo fuhr herum. »Konrad?«

»Ja, so hieß er«, bestätigte der Professor überrascht. »Sie hat Ihnen von ihm erzählt? Sie spricht eigentlich nur selten von ihm.«

»Er war Slowene, nicht wahr?«

»Er ist in der Nähe von Cleveland geboren, genau wie Dora. Seine Eltern kamen aus der Gegend von Triest. Sie sind auch in Amerika nicht reich geworden, aber sie haben ihn auf die technische Hochschule geschickt, die damals ganz neu war.«

»Und Dora …«, sagte Leo nachdenklich. »Warum ist sie hiergeblieben? Nach seinem Tod, meine ich. Sie hätte doch zurückgehen können. Nach Cleveland.«

»Das ist eine gute Frage, Perlstein«, sagte der Professor. »Viel mehr weiß ich auch nicht. Wie gesagt, Dora spricht fast nie darüber. Und niemand hier kannte Dora damals. Sie und ihr Mann waren erst ein paar Wochen zuvor angekommen und wohnten zunächst einmal im

Roxy, wie die anderen Arbeiter auch, die mit dem Badesee beschäftigt waren. Dora blieb nach Konrads Tod einfach da und fing an, für Schmuel und Minna zu kochen und zu putzen, glaube ich. Es wurde ja gerade Sommer, da konnten sie gut jemanden gebrauchen.« Er sah zum Ufer, wo Asha sich, wieder in Shorts und weißer Bluse, am Fahrradkorb zu schaffen machte. »Meine Frau und ich sind erst ein paar Jahre später hierhergezogen, da war Minna schon krank. Im Ort wurde natürlich geredet, das ist ja immer so.«

Asha schwenkte die Thermoskanne in ihre Richtung.

»Ihre Frau ist ein ausgesprochen frohsinniger Mensch, Professor«, sagte Leo.

»Wie man's nimmt, Perlstein, wie man's nimmt. Ihr Horoskop jedenfalls hat ihr ein langes, glückliches Leben vorausbestimmt. Mit Ausnahme eines einzigen großen Unglücks.«

»Ihr Horoskop?«

»Natürlich ihr Horoskop. Sie ist Hindu, Perlstein. Genau genommen eine Saraswat-Brahmanin aus dem Kaschmir.« Er malte mit dem Zeigefinger ein paar unsichtbare Zeichen auf seine Stirn, einen Strich, ein Oval, einen Punkt. »Sehr vornehm.«

»Sie glaubt an solches Zeug?«

»Warum sollte sie nicht? Bisher hat doch alles gestimmt. Sie hat immer ein glückliches Leben geführt, und jetzt, nach dem großen Unglück, übt sie sich darin, auch wieder glücklich zu werden.«

»Also hat es«, fragte Leo verwundert, »hat es das eine große Unglück tatsächlich …«

Das Floß schwankte, der Professor war abrupt aufgesprungen. »Lust auf Kaffee, Perlstein? Letzter macht die Tür zu!«, rief er und ließ sich platschend ins Wasser fallen.

Dora polierte den Spiegel im Flur, als Leo zurückkam. Hastig verbarg er das Handtuch hinter dem Rücken; von dem Badeanzug, den er unordentlich darin eingewickelt hatte, tropfte es ein bisschen auf den Dielenboden.

»Hatten Sie einen angenehmen Nachmittag, Mr. Perlstein?«, fragte Dora und hauchte auf das Spiegelglas, um es gleich weiter mit ihrem Lederlappen abzureiben.

»Sehr«, bestätigte er und nahm den Strohhut ab. »Einen Sonnenbrand habe ich bestimmt. Aber Ash – Mrs. Geringer hatte Kaffee dabei und ganz wunderbaren Kuchen.«

Sie nickte verstimmt. »Den Schokoladenkuchen? Den hat ihre Katy gebacken. Das Rezept ist von mir.«

»Katy?«

»Das irische Mädchen, das hier gearbeitet hat. Die Geringers zahlen ihr mehr für weniger Arbeit. Da wäre ich auch gegangen.« Sie seufzte. »*Deshalb* kocht hier Frau Kniffel.«

Er sah betreten zu Boden. »Nun, jedenfalls ist der See sehr schön. Sehr ruhig. Sie sollten –« Er räusperte sich. »Professor Geringer meinte, Sie sollten doch auch einmal mitkommen.«

Dora antwortete nicht; sie trat vom Spiegel zurück, um ihr Werk zu begutachten.

»Sie sollten …«, begann Leo wieder, »sich vielleicht doch einmal einen freien Nachmittag gönnen. Zum Schwimmen.«

Dora rieb an einem unsichtbaren Fleck in der unteren linken Ecke des Spiegels. »Ich bin sehr beschäftigt, Mr. Perlstein«, sagte sie. »Es ist absolute Hauptsaison, am Wochenende ist Unabhängigkeitstag. Die meisten Herren bleiben danach die ganze Woche über, es ist ihr Sommerurlaub.«

»Miss Dora«, sagte Leo. »Professor Geringer hat recht. Sie können nicht immerzu nur putzen und kochen und im Garten Salat stechen. Dann eben in der Woche danach. Wenn die Herren wieder weg sind. Bis auf diesen Herrn, natürlich. Mich.« Er seufzte. »Wie es aussieht, werde ich Ihnen ja noch eine Weile erhalten bleiben.«

Sie ließ den Lederlappen sinken und sah ihn nachdenklich an. Bildete er es sich ein, oder spielte ein kleines Lächeln um ihre Mundwinkel?

»Na gut«, sagte sie zögernd. »Vielleicht in der Woche danach. Da könnte ich mich womöglich einen Nachmittag freimachen und mitkommen zum See. Wenn es Ihnen recht ist, natürlich, und den Geringers. Unter einer Bedingung.« Sie hob die Hand, die den Lappen hielt. »Ich backe den Kuchen.«

Leo verbiss mühsam sein eigenes Lächeln. »Schon recht, Miss Dora«, sagte er. »Sie backen den Kuchen. Nach einem Rezept Ihrer Großmutter, nehme ich an? Ich glaube nicht, dass es da Einwände geben wird.« Mit einem Kopfnicken und ein paar seitlichen Trippelschritten versuchte er, zur Treppe zu gelangen, ohne dass sie das tropfende Handtuch bemerkte.

»Und noch etwas, Mr. Perlstein.« Seufzend blieb er stehen und bereitete sich innerlich darauf vor, gescholten zu werden; in ihrer Stimme lag wieder die übliche Strenge. »Ich schwimme nicht«, sagte Dora und verschwand, ihren Lappen in der Hand, Richtung Küche.

VII

Freitag, 2. Juli

Leo ging spazieren. Einen Teufel würde er tun und Fahrrad fahren! Er würde auch zu Fuß die Gegend erkunden können. Und es war gut, aus dem Roxy herauszukommen; es summte wie in einem Bienenkorb vor Geschäftigkeit, er hatte sich den ganzen Tag nicht einen Moment auf seine Mayflower konzentrieren können. Dora und ihr Personal waren ebenso mit den Vorbereitungen für den Feiertag und die darauffolgenden Ferien beschäftigt wie die Gäste. Die jungen Mütter versuchten, die kreischenden Kinder einzufangen, die im Garten tobten, um ihnen die Fingernägel und Haare zu schneiden. Rufend und lachend rannten sie hinter ihnen her, das eigene Haar in Lockenwicklern. Im Hühnerhof stoben die Hennen gackernd auseinander, als Leo vor dem Zaun erschien, und der Hahn schickte ihm einen protestierenden Schrei nach.

Der Hahn hatte ihn wieder einmal geweckt. Dabei hatte er wieder nur ein paar Stunden geschlafen. In der Nacht … Nun, in der Nacht hatte er wieder diesen dummen Traum gehabt. Der umso ärgerlicher war, als er sich eben nicht wie ein Traum anfühlte. Weil ihm wieder, in vollkommen wachem Zustand, so kalt gewesen war, dass er nicht nur das Laken, sondern auch die

Wolldecke, die auf dem Bett lag, bis zum Kinn hochgezogen hatte.

Diesmal allerdings hatte er kein Kissen auf dem Schreibtischstuhl gesehen. Stattdessen war da etwas am Fußende seines Bettes gewesen. Es war das Oberlaken selbst, das sich anhob und ausdehnte, obwohl es doch jeden Morgen von Peggy, dem apfelbäckigen Bauernmädchen, fest zurück unter die Matratze gestopft wurde. Und das Laken war – blassblau geblümt. Was es, das wusste er ganz genau, nicht war. Eher war das Bettzeug von einem etwas vergilbten, leicht gelblichen Ton, das hatte ihm schon die ganze Zeit nicht gefallen.

Aber in dieser Nacht war das Laken eben doch geblümt gewesen. Und es hob sich weiter, schwankte hin und her wie der Wackelpudding, den die Kinder am Abend zum Nachtisch serviert bekommen hatten. Und dann war es kein Kissen mehr und auch kein blassblauer Wackelpudding, sondern wieder eine Frauengestalt in einem Kittel oder einem Nachthemd, das Haar unter einem im Nacken geknoteten Tuch verborgen. Sie hatte die Arme auf das messingne Bettgestell gelegt und den Kopf von ihm abgewandt. Er hätte sie mit dem Fuß anstupsen können.

Kurz hatte er erwogen, sich am Kopfende des Bettes festzuhalten, weil er Angst hatte, zu ihr hinabzurutschen. Aber er tat gar nichts. Er blieb einfach stocksteif liegen und versuchte, sich zu zwingen, aus dem Traum aufzuwachen. Was umso schwieriger war, als er noch immer das Gefühl hatte, gar nicht zu träumen. Ihm war so kalt, dass er sich Mühe geben musste, nicht laut mit den Zähnen zu klappern. Vielleicht hatte sie ihn ja gar nicht gesehen und saß nur zufällig auf seinem Bett. Auf keinen Fall wollte er ihre Aufmerksamkeit auf sich ziehen.

Am Morgen hatte er natürlich nur den Kopf über sich selber schütteln können. Wann er schließlich eingeschlafen oder aufgewacht war, wusste er nicht zu sagen. Aber dass er sich den ganzen Spuk nur eingebildet hatte, verstand sich wohl von selbst.

Er hatte sich das mit dem Spazieren einfacher vorgestellt. Aus seinem Fenster in der Dachmansarde hatte er einen Rain zwischen zwei Feldern ausgemacht, die sich hinter dem Garten und den kleinen Sommerhäuschen den Hang hinaufzogen. Doch eines der Felder lag brach und ungemäht, und hohes Gras und Gestrüpp schlugen ihm um die Beine. Weiter zum anderen Feld auszuweichen, war ebenfalls ganz unmöglich; dort war Mais angebaut, und die Pflanzen reichten ihm schon bis zur Schulter. Das Wetter hatte sich abgekühlt, aber gegen die Sonne hatte er seinen Strohhut aufgesetzt. Manchmal musste er ihn festhalten, denn die Felder boten keinen Schutz gegen die Windböen, die von der Hügelkette im Westen herunterkamen. In der Ferne konnte er das sehen, was man hier das »Gebirge« nannte – eine Abfolge von gerundeten Kuppen, die Appalachen, die sich gemächlich nach Norden dehnten, unvorstellbar weit, hatte er in dem zerlesenen Schulatlas im Salon gesehen, noch durch den Staat Maine und durch Kanada hindurch, und unvorstellbar alt. Schroffe Gipfel, auf denen auch im Sommer noch Schnee glitzerte, waren es nicht, und sein Herz zog sich zusammen.

Dort müsste er jetzt sein, dachte er, das war seine Welt, das Salzkammergut im Sommer. Eine Kulisse von schneebedeckten Gipfeln in der Ferne. Herrliche Seen, nicht nur so ein Tümpel in einer alten Mine, der aussah, als sei er mit einer Plätzchenform ausgestochen. Er sah Gabriele vor sich, als Kleinkind, wie sie am seichten Ufer des Fuschlsees plantschte. Er war mit ihr gerudert, und es hatte Streit zwischen ihm und Helene darüber gegeben, ob Gabriele im Boot eine Korkweste anziehen müsse. Helene und er hatten sich über vieles gestritten, eigentlich über fast alles, dachte er, aber über die Qualität der Renken aus dem Fuschlsee waren sie sich stets einig gewesen. Glückliche, glückliche Sommer waren das gewesen.

Wenn die Welt so wäre, wie sie sein sollte, dann wäre er vielleicht jetzt wieder dort, vielleicht mit Gabriele, bevor sie ihm vollends entwachsen wäre, vielleicht sogar mit Helene, obwohl ihm das eher unwahrscheinlich schien. Jedenfalls wäre ihm Gabriele, wenn die Welt so wäre, wie sie sein sollte, in Wien nur langsam entwachsen, und Helene und er hätten sich langsam weiter entfremden können, anstatt dass er beide von einem Tag auf den anderen verloren hatte. Ob Gabriele in Bombay die schneebedeckten Alpengipfel vermisste? Ob sie sich überhaupt noch daran erinnerte?

Er sah wieder auf das Gebirge am Horizont, das hügelige Urgestein, das zumindest nach seinem Empfinden kein Gebirge war, und fühlte sich plötzlich sehr klein. Wie zufällig er jetzt hier gelandet war, ebenso zufällig, wie hier alle gelandet zu sein schienen. Der von seiner

Universität vertriebene Professor mit seinen Klematis und der vornehmen indischen Frau, die offenbar nie richtig in Indien gelebt hatte und einem Unglück entrannte. Und Dora, die einfach hiergeblieben war, ihr Gästehaus führte, das Personal und die Gäste herumkommandierte, weit von ihrem Zuhause entfernt, wenn sie überhaupt eines hatte. Die köstliche Familienrezepte buk von einer Großmutter, die sie gar nicht kannte. Machten die Amerikaner das einfach so? Machte es ihnen nichts aus?

»Au!« Der Ausruf war mehr der Überraschung als dem Schmerz geschuldet, doch sein linker Fuß war plötzlich in einem Erdloch verschwunden. Gerade noch hatte er die Balance halten können. Ächzend zog er den Fuß wieder heraus und inspizierte das Loch. Es schien der Eingang zu einem Bau zu sein. Er dachte an das fette murmeltierartige Wesen, das sich hinter dem Zaun des Hühnergeheges herumtrieb. Dora könne es nicht ausstehen, hatte Anton ihm erklärt, sie sage, es lege riesige unterirdische Systeme von Gängen an, die das Fundament des Roxy in Gefahr brächten. Leo wollte das gern glauben; aber bei dem Gedanken, dass die Schraglage seines Bettes einer das Haus unterwühlenden Bande von Nagern zu verdanken war, war ihm ebenso wenig wohl wie bei der Theorie, dass diese Schräglage von irgendwelchen Geistern verursacht wurde, die sich nachts auf sein Bett setzten.

Er setzte sich auf einen Feldstein und zog den linken Schuh aus, um die Erdkrumen herauszuschütteln. Vielleicht war es vorschnell von ihm gewesen, das Angebot eines Fahrrads abzulehnen. Mit dem Fahrrad könnte er tatsächlich in den Ort Amenia fahren, dachte er, ins Kino gehen, sogar in die Bibliothek, aus der Asha ihre Bücher lieh. Wenn er schon hier war, wenn er schon in diesem sogenannten Hotel festsaß, dann konnte er ebenso gut versuchen, das Beste daraus zu machen und die Gegend zu erkunden. Als Recherche, sozusagen.

Er kehrte um, und auf dem Rückweg hielt er den Blick nicht mehr auf den Horizont, sondern sorgfältig auf den von Steinen übersäten Feldrain gerichtet.

Er klopfte an die Tür zur Küche, wo Dora und Frau Kniffel den obligatorischen Salat fürs Abendessen wuschen.

»Ich hätte da einen Brief«, sagte er. »Gibt es Marken? Fürs Ausland.«

»Im Eckschrank«, sagte Dora. »Da ist ein Mäppchen mit Marken, und eine Liste der Portokosten. Sie tun das Geld einfach in das Schraubglas, das danebensteht.«

Er hatte nicht die geringste Lust gehabt, Alma zu schreiben, aber irgendeine Antwort war er ihr schuldig, zumal jetzt auch noch das Päckchen ihrer Sekretärin eingetroffen war mit zwei gewichtigen akademischen Abhandlungen über die frühen europäischen Siedler in Neuengland und ihre religiöse Verfolgung in Europa, und dann ein schlankes, großformatiges Buch mit dem Titel *Wie man ein Drehbuch richtig schreibt*. In dem Brief an Alma beteuerte er, dass seine Pilgerväter jetzt schon mehr als die Hälfte der Fahrt hinter sich hätten, dass ihnen allmählich die Vorräte ausgingen …

»Danke«, sagte er. »Noch etwas. Kann ich telefonieren?«

Dora wischte sich die nassen Hände an ihrer Schürze ab, aber er hob abwehrend die Hand. »Nein, nein, ich mache das schon selbst«, sagte er. »Ich muss mit Pete Reynolds sprechen.«

»Wählen Sie die Null«, erklärte Dora. »Dann bekommen Sie Ellie dran, in der Vermittlung. Die Gemeinschaftsleitung ist Sharon 134, aber das weiß Ellie sowieso. Pete hat die eins-eins-zwei, aber das weiß Ellie auch.«

»Null«, murmelte Leo. »Hundertvierunddreißig.« Er sah Dora an. »Einhundertundzwölf?«

»Nein«, insistierte Dora. »Eins-eins-zwei. Zweimal lang, einmal kurz.«

»Aha«, sagte Leo, obwohl er nur Bahnhof verstand. Im Flur nahm er den Hörer ab und wählte Null.

»Dora«, sagte die lebhafte Stimme der Telefonvermittlerin, »stell dir vor, was heute morgen passiert ist. Da hat doch –«

»Nicht Dora«, sagte Leo. »Hier ist Perlstein. Leopold Perlstein. Bitte verbinden Sie mich mit Pete Reynolds.«

»Oh, ich bitte um Entschuldigung, Mr. Perlstein!«, rief Ellie eher fröhlich als entschuldigend. »Aber heute morgen ist wirklich –«

»Das mag ja sein«, sagte Leo. »Bitte verbinden Sie mich.«

Nach einer beleidigten kleinen Pause drang Petes dröhnendes »Hallo?« aus der Leitung.

»Pete? Ich brauche das Fahrrad doch«, sagte Leo.

»Das Fahrrad?«, brummte Pete. »Gut, dass Sie Bescheid sagen. Ich muss noch die Kette ölen. Kann Anton es abholen?«

»Ich bin nicht sicher – das sind doch sicher ein paar Meilen bis zu Ihnen nach Sharon. Da wird er eine Weile brauchen.«

»Mit dem Pickup, Mr. Perlstein. Nicht zu Fuß.«

»Ah.« Anton sah nicht alt genug aus, um schon einen Führerschein zu haben, dachte Leo. »Natürlich. Ich werde Miss Dora fragen.«

»Morgen früh ist es fertig, Mr. Perlstein. Wenn Sie entschuldigen, ich muss jetzt …«

»Warten Sie, eine Frage noch, Pete. Gibt es hier in der Gegend ein Geschäft für Herrenbekleidung?« Ein Klicken in der Leitung war zu hören, eine Pause entstand. Hatte der Kerl einfach aufgelegt? »Pete? Sind Sie noch da, Pete?«

»Natürlich bin ich noch da, Mr. Perlstein. Ich denke *nach*. Kleidung, sagten Sie? Für Männer?«

»Herrenbekleidung«, bestätigte Leo.

»Hemden, Hosenträger, Socken und so weiter?«

»Hemden, Socken … und vor allem Badehosen.«

»*Badehosen*?«

Leo nickte in den Hörer. »Badehosen.«

»Tja, Mr. Perlstein, also wenn Sie dann das Rad haben, würde ich Ihnen raten, nach Amenia zu fahren. Gehen Sie zu Alfred Dube, sagen Sie ihm einen schönen Gruß von mir. Er führt Hemden, Overalls, Stiefel, Unterwäsche, na, Sie wissen schon. Aber ob Alfred auch Badehosen …«

»Sears und Roebuck!«, rief eine Frauenstimme dazwischen.

»Gute Idee, Maisy!«, sagte Ellies Stimme. »Wollte ich auch gerade vorschlagen.«

»Also, hören Sie mal–«, sagte Leo ärgerlich. Er spürte, dass er selbst am Telefon rot wurde.

»Nein, wirklich, Mr. Perlstein«, sagte Maisy eifrig. »Das ist viel einfacher. Dora hat immer den Katalog im Haus, Sie müssen sie nur fragen.«

»Ich werde doch wohl noch selbst entscheiden können, wo ich meine Einkäufe tätige«, sagte Leo steif. Der letzte Mensch, den er fragen wollte, wo er eine Badehose herbekäme, war Dora.

»Na, Sie müssen es wissen, Mr. Perlstein«, sagte Petes Bass begütigend. »Wie gesagt, fragen Sie mal bei Alfred Dube. Ich hänge jetzt auf, ich muss meine Frau bei ihrer Schwester in Salisbury abholen, und um das Fahrrad muss ich mich ja auch noch kümmern. Außerdem braucht Maisy die Leitung, scheint's.«

»Danke, Pete«, sagte Leo und hängte hastig ein, damit niemand sonst mehr Gelegenheit hatte, eine Bemerkung zu den Themen Badehosen oder Fahrräder zu machen. Was für eine neugierige Bande! Hastig trat er den Rückzug in seine Dachkammer an, wo er sich versteckte, bis der Gong zum Abendessen ertönte.

Anton brachte ein Stück Huhn, eine gebackene Kartoffel und das Kaninchenfutter an seinen Tisch. »Oh, und warten Sie, Mr. Perlstein!«, rief er und rannte die Treppe hinauf. Nach ein paar Minuten kam er mit etwas zurück, das wie ein Telefonbuch aussah. »Der Sears-Katalog. Miss Dora hat einen Zettel hineingelegt, damit Sie die Seite mit den Badehosen nicht erst lange suchen müssen.«

Am Gemeinschaftstisch wurde es still. Leo griff den

Katalog und schob ihn rasch zwischen seinen Rücken und die Lehne seines Stuhls.

»Falls Sie Hilfe brauchen, Mr. Perlstein«, sagte Flottie und warf kokett ihren roten Schopf zurück, »fragen Sie gern. Ich habe meinem Mann gerade zwei neue Badehosen bestellt. Für den Urlaub nächste Woche.«

Was hatten die Amerikaner nur mit ihrem Unabhängigkeitstag? Das war ja schlimmer als Kaisers Geburtstag. Leo erinnerte sich bis heute, wie ihn seine Mutter immer in seinen guten Anzug hineingezwängt hatte, der für den Sommer viel zu warm war.

»Es gibt am Morgen eine Parade in Sharon«, erklärte Dora, als sie spät am Abend noch eine paar Runden strohmandelten. »Und in Amenia treffen sich gegen Abend alle in ihren Autos am Ortsbrunnen und hupen wie verrückt.«

Leo runzelte die Stirn. »Zwei Paraden in Connecticut?«, fragte er.

Dora lachte. »Amenia ist doch gar nicht in Connecticut, Mr. Perlstein«, sagte sie. »Es liegt im Staat New York. Wie das Roxy. Connecticut fängt da drüben an.« Mit der Hand deutete sie auf die vorgezogenen Gardinen. »Sie können es aus dem Küchenfenster sehen. Die Appalachen sind auch in Connecticut.«

Leo teilte aus. Er hatte zwar akzeptiert, dass die Fünf und Sechs aussortiert waren, damit sie auch beim Strohmandeln penultimieren konnten. Aber er hatte darauf bestanden, dass die Plastikknöpfe gegen richtige Münzen ausgetauscht wurden. Dora spielte mit Cents, er mit

Mils und ein paar palästinischen Pfundnoten, die wahrscheinlich eh abgeschafft waren, bevor er nach Tel Aviv zurückkam.

»In jedem anderen Ort in den Vereinigten Staaten, der etwas auf sich hält, gibt es ebenfalls eine Parade«, erklärte Dora weiter.

»So wie ein Schützenfest?« Leo sortierte kopfschüttelnd seine Handkarten.

»Ich passe«, sagte Dora.

»Ich auch«, antwortete er seufzend und begann, seine Strohmannpäckchen aufzudecken. Dora spielte aus. Es versprach, eine langweilige Runde zu werden.

»Wäre es nicht einfacher«, begann Leo, »wenn nicht jeder Ort den Unabhängigkeitstag-«

»Ros!«, rief Dora dazwischen und warf die Tarock-Siebzehn auf den Tisch. Leo runzelte die Stirn. Ross? Es war weit und breit kein Cavall auf dem Tisch. Er bediente klein.

»Topschin!«, fügte Dora triumphierend hinzu. »Sie schulden mir zehn!« Fordernd hielt sie ihm die geöffnete Hand hin, mit der sie eben die Tarock-Achtzehn gezogen hatte.

Das war doch – »Das ist doch nicht die Möglichkeit!«, rief Leo. »Haben Sie gerade einen Rostopschin angesagt?«

»Das habe ich!«, sagte Dora zufrieden. »Und Sie schulden mir zehn Cents, oder wie Ihre komischen Löchermünzen immer heißen.«

»Aber das ist doch – das ist doch …«, stammelte Leo. »Eine, wie sagen Sie … Eine Alfanzerei?«

Leo nickte. »Eine ungeheuerliche Alfanzerei ist das! So kann man doch nicht Tarock spielen! Das ist doch keine Logik, das ist doch das reinste Glücksspiel!«

Doras Augen blitzten grün. »Aber ein bisschen Glück gehört doch bei jedem Kartenspiel dazu, Mr. Perlstein.« Das Spielen machte ihr tatsächlich Freude, dachte Leo. Sonst war sie immer so zugeknöpft. An dem kleinen Kartentischchen hingegen blühte sie förmlich auf.

Er seufzte. »Also gut, Miss Dora, wenn es Sie glücklich macht.« Er schob ihr ein Zehn-Mils-Stück zu. »Aber wir hatten das nicht vorher abgesprochen! Falls Sie noch andere Alfanzereien im Kopf haben, lassen Sie mich das bitte im Voraus wissen.« Er spielte seine letzte Karte aus. »Sie sind dran mit Geben, Dora.«

Sie schüttelte den Kopf und stand auf. »Für heute ist es genug. Ich habe einen langen Tag morgen, es gibt noch so viel vorzubereiten für das Büffet am Sonntagabend … Das ist im Roxy Tradition am Unabhängigkeitstag. Und wenn es dann dunkel wird, gibt es im Garten ein kleines Feuerwerk.«

Auch er stand auf. »Fast hätte ich es vergessen, Miss Dora, ich bin am Sonntag zu einem späten Lunch bei den Geringers eingeladen. Ich glaube nicht, dass ich zum Abendessen zurück sein werde.« Er verschwieg, dass er sich größte Mühe gegeben hatte, mit dieser Einladung das »Schdeeg« zu umgehen.

Sie starrte ihn an. »Aber dann verpassen Sie ja das Büffet!«, rief sie. »Und ich mache Fleischklößchen, nach einem Rezept meiner Großmutter, und kalte Kalbsschnitzel und einen Krautsalat …« Sie klang ehrlich enttäuscht.

»Vielleicht haben die Geringers Lust, mit zur Parade zu gehen«, sagte er rasch. »Oder abends mit ins Roxy zu kommen, für das Feuerwerk.«

Dora legte die Karten und die Schälchen mit den Münzen in ihre Schublade. Sie schüttelte den Kopf. »Die Geringers werden nicht zur Parade gehen, Mr. Perlstein«, sagte sie. »Und zum Feuerwerk werden sie auch nicht kommen.« Mit einem kleinen Knall schob sie die Schublade zu.

»Warum sollten sie nicht?«, fragte Leo erstaunt. »Sie kommen doch sonst auch gern, zu den Tanzabenden oder zum Lunch.«

»Haben sie es Ihnen denn nicht erzählt?«, sagte Dora ebenso erstaunt. Sie wandte sich nach ihm um. »Ihr Sohn, Joseph, hat sich Anfang '44 freiwillig gemeldet. Er hätte es nicht tun müssen, er war gerade zwanzig und im College. Er wollte unbedingt in Asien dienen, er ging nach Indien, zu den Briten, Ashas Familie hat ja jede Menge gute Beziehungen dort. In Bhurma, bei den Kämpfen um Imphal, wurde er vermisst. Das Telegramm, dass er gefallen war, haben Asha und Joel erst Wochen später erhalten.«

Sie wandte den Blick ab. »Erst Wochen später, Mr. Perlstein. Am Unabhängigkeitstag.«

VIII

Sonntag, 4. Juli

Sie rumpelten über die von Schlaglöchern durchzogene schmale Straße in Richtung des Örtchens Sharon, um bei Pete Reynolds das inzwischen geölte Fahrrad abzuholen. Anton saß am Steuer des Kleinlasters, und Leo hielt sich mit der rechten Hand krampfhaft am Türgriff fest, während der Junge mit erheblichem Kraftaufwand die Kupplung bediente.

»Das Auto hat meinem Vater gehört!«, erklärte Anton stolz. »Es ist älter als ich!«

Das wollte Leo nur zu gern glauben. Bisher hatte er derart verrostete Schrottkisten nur in amerikanischen Western im Kino gesehen.

»Vorher hatte er nur Pferd und Wagen«, fuhr Anton fort.

»Das muss anstrengend sein, wenn man mitten in der Walachei ein Gästehaus betreibt«, sagte Leo, um etwas zu sagen.

»O ja«, versicherte der Junge ernsthaft. »Und erst recht auf der Farm, vorher. Sie mussten immer die Milch zum Bahnhof bringen, wo die Sammelstelle war. Im Winter mit dem Schlitten.«

»Du siehst eigentlich ziemlich jung aus für einen

Führerschein«, bemerkte Leo, während Anton den Ford scharf um eine Rechtskurve lenkte.

Anton warf ihm einen erstaunten Blick zu. »Aber Mr. Perlstein, ich hab doch keinen Führerschein! Den bekommt man erst mit sechzehn!«

Der Wagen machte einen kleinen Hüpfer und Leo mit ihm, so dass sein Kopf an das Dach der Fahrerkabine stieß.

»Du hast gar keinen – Himmel, wo sind wir denn jetzt?«

Der Wagen schlingerte einen steilen, kurvenreichen Schotterweg hinunter. Auf der Fahrerseite ging es unmittelbar neben der Straße steil abwärts.

»In Connecticut, Mr. Perlstein«, sagte Anton und grinste. »In Sharon versuchen sie schon seit einer Ewigkeit, einen eigenen Bahnhof zu bekommen, deshalb meinen sie, es lohnt nicht die Mühe, die Straße über Mutton Hill zu asphaltieren. Sie ärgern sich mächtig, dass sie immer nach New York kommen müssen, um den Zug zu erreichen.«

»Aber die Bahnstation heißt doch Sharon Station«, sagte Leo und rieb sich die schmerzende Stelle am Kopf. Er spürte schon jetzt, wie sich eine Beule bildete.

»Ist aber trotzdem in New York, Mr. Perlstein. Das Roxy auch. Selbst wenn Sie Connecticut aus dem Fenster sehen können.«

Leo nickte. Das hatte ihm Dora auch schon erklärt und der Professor ebenfalls. Verwirrend war es doch, all diese verschiedenen Staaten. Wenigstens fuhren sie hier überall rechts. Der Westen Österreichs hatte in vorauseilendem Gehorsam und in Erwartung der Nazis irgendwann den Rechtsverkehr beschlossen, während sie in Wien und im Osten beim Linksverkehr geblieben waren. Am Semmering, in einer Kurve, die denen hier auf dem Weg nach Sharon in nichts nachstand, wechselte der Verkehr von einer Straßenseite zur anderen, und dauernd hatte es Unfälle gegeben.

Er registrierte erleichtert, dass sie den Fuß des Abhangs erreicht hatten. Eine Reihe kleiner hölzerner Häuschen signalisierte den Beginn der Ortschaft. Die an der Straße auf Pfosten aufgestellten Blechbriefkästen waren mit Fähnchen und blau-weiß-roten Girlanden geschmückt. An einer Straßenkreuzung stand ein höheres, rotgestrichenes Gebäude, vor dessen Veranda eine riesige amerikanische Fahne gehängt war. »Valley Tavern« verkündete ein Schild über der Eingangstür, und obwohl es erst elf Uhr morgens war, stand eine erstaunliche Menge von Männern um die Veranda herum, die Hüte in den Nacken geschoben, Bierflaschen in der Hand.

»Sie feiern schon ein bisschen vor«, erklärte Anton. »Die Parade fängt gleich an, wenn die Kirche vorbei ist.« Er nahm den nächsten Hügel in Angriff, die Schotterstraße führte wieder aufwärts, wenn auch sanfter. Auf der linken Seite der Straße lag hinter einer Steinmauer ein ausgedehnter alter Friedhof. Zur Rechten signalisierte ein Schild die Einfahrt zum örtlichen Hospital.

»Praktisch«, murmelte Leo.

Anton bog hinter dem Krankenhausgelände rechts ab. »Da sind wir, Mr. Perlstein. Da steht ja schon das Rad.«

Auf dem Vorplatz vor dem kleinen Haus der Reynolds stand nicht nur das Rad. Dort gab es auch Gitterzäune, Zinkbadewannen, Vorhängeschlösser und eiserne Ketten, verrostete alte Laternen und Traktorensitze, Garten- und Feldgeräte und alle möglichen Autowrackteile, die sich zu mindestens drei verschiedenen Fahrzeugen aufaddieren ließen. Antons alter Ford passte perfekt dazu, dachte Leo.

»Hullo, Mr. Perlstein!« Pete sah genau so aus, wie seine Stimme am Telefon geklungen hatte: Hünenhaft, schwer, mit ergrautem Schnauzbart und dichtem Haarkranz um eine Spiegelglatze, die er beständig mit einem karierten Taschentuch abtupfte. »Genau rechtzeitig! Wir wollten gerade los zur Parade.«

Eigentlich, dachte Leo, war das hier eine ganz niedliche Parade. Er hatte bei dem Wort sofort an militärisches Tamtam gedacht, an martialische Aufzüge in Uniformen mit präsentierten Gewehren, an Marschmusik, das Rattern von Jeeps und sogar Panzern. So kannte er es von den Nazis in Wien und auch, wenngleich etwas schlampiger ausgeführt, aus Palästina. Hier in Sharon gab es auch Marschmusik, aber sie klang schräg und aus dem Takt und wurde von einer Gruppe von Männern in Feuerwehruniformen geblasen. Dahinter lief eine Gruppe von jungen Pfadfindern, die sich gar nicht erst die Mühe machten, den Marschschritt einzuhalten. Kleine Mädchen in Sommerkleidern zogen an bunten Bändern Ziegen und Lämmer hinter sich her, die versuchten, die Blumensträußchen anzuknabbern, die an ihren Leinen und in den Zöpfen der Mädchen befestigt waren. Dahinter fuhr ein alter Brauwagen, der von zwei schweren Kaltblutpferden gezogen wurde, und dann kamen ein paar offene Autos im Schritttempo, blankgewienert und ebenfalls mit Blumen und mit kleinen amerikanischen Fahnen geschmückt. Männer in dunklen Anzügen winkten, neben sich Frauen in Kirchenkleidern.

»Der Stadtrat«, sagte Pete. Nachdem Anton und Pete Leos Fahrrad auf die Ladefläche des Kleinlasters gehievt und es mit Bindfaden an einem der beiden Holzgeländer festgebunden hatten, waren sie gemeinsam mit Petes Frau zu Fuß zum rasenbewachsenen Dorfplatz hinaufgegangen, um den herum die Parade abgehalten wurde. Es war klar, dass dies der vornehme Teil von Sharon war: große weißgestrichene Holzhäuser mit Veranden und blühenden Vorgärten, ein Gebäude aus Feldsteinen, das wie ein prunkvolles kleines rundes Schloss aussah und sich als die örtliche Bibliothek entpuppte, und an der nächsten Kreuzung, ebenfalls aus Feldsteinen errichtet, ein hoher viereckiger Uhrturm, dessen Daseinszweck sich Leo nicht recht erschloss.

Nun kamen ein Feuerwehrfahrzeug, ein Krankenwagen, ein Polizeiauto die Hauptstraße heruntergefahren, danach eine Gruppe energischer Damen mit Schildern in den Händen, die sie als Ortsgruppe Sharon der Töchter der amerikanischen Revolution identifizierten. Und hinter ihnen – tatsächlich, da erschienen Männer in merkwürdig altmodischen Militäruniformen. Sie hielten Gegenstände in den Händen, mit denen sie rhythmische Bewegungen und klackende Geräusche machten. Gewehre waren das nicht … Einer ging vorweg und jetzt, auf seinen bellenden Befehl hin – jetzt entfalteten sie mit gestreiftem Stoff bezogene Gartenstühle! Und setzten sich mit militärischer Präzision alle im exakt selben Moment hinein.

»Die Klappstuhl-Brigade ist der größte Hit der Parade jedes Jahr«, rief Anton und klatschte begeistert.

Leo musterte die Männer, die die Stühle wieder aufgenommen hatten und weitermarschierten. Jetzt hielten sie sie hoch über den Kopf und machten klackende Geräusche mit den hölzernen Gestellen, und alle sahen aus, als hätten sie den größten Spaß bei der Sache. Junge Soldaten waren das nicht, dachte Leo.

»Sie haben im Ersten Weltkrieg gedient«, fuhr Anton fort, als habe er Leos Gedanken gelesen. »Aber jetzt versuchen sie, auch Soldaten aus dem letzten Krieg in die Gruppe zu bekommen. Artie, Sie wissen doch, der bei uns samstagabends im Casino Klavier spielt? Sie wollen ihn unbedingt dabeihaben.«

»Wie schade, dass Dora keine Zeit hatte«, mischte sich Petes Frau ins Gespräch. Sie war ungefähr halb so groß wie ihr Mann, aber nicht wesentlich schmaler.

Anton warf Leo einen Blick zu. »Ich glaube, Miss Dora ist enttäuscht, dass Sie zum Büffet heute Abend nicht da sind und zum Feuerwerk. Sie kommt sonst jedes Jahr mit zur Parade.«

Leo fühlte, wie er ein bisschen rot wurde. Er hatte zu ahnen begonnen, dass er Dora nicht ganz gleichgültig war, wenn sie auch dauernd hinter ihm herräumte und -wischte, oder vielleicht gerade deswegen. Er war, was Frauen betraf, ziemlich außer Übung, aber sie gefiel ihm auch, besonders dann, wenn sie ihre Küchenschürze einmal ablegte und in einem ihrer durchgeknöpften, schlichten Kleider erschien. Oder abends, beim Strohmandeln, wenn sie das Schrubben und Polieren und Hühnerfüttern für eine Weile vergaß und dieses kampflustige Funkeln in ihren Augen aufblitzte.

»Ich könnte Miss Dora ja vielleicht mal zum Essen einladen«, meinte er reumütig.

Anton jauchzte fast. »Tun Sie das, Mr. Perlstein! Gehen Sie mit ihr in das Lakeview Hotel! Sie haben das feinste Restaurant in Amenia, es liegt direkt über dem See. Denn Miss Dora ist ein feiner Mensch, Mr. Perlstein.«

Ein feiner Mensch – das schien ein merkwürdiges Wort aus dem Mund eines Jungen. Aber es schien seltsam treffend für Dora. Das war sie, dachte Leo. Ein feiner Mensch.

»Ich habe gar kein Restaurant am See bemerkt, Anton«, sagte er.

»Nicht der See, wo der Professor baden geht, Mr. Perlstein. Der große Stausee, auf der anderen Seite von Amenia. Tennisplätze und einen Golfplatz gibt es dort auch, und man kann Boote mieten.«

Sie sahen der letzten Kapelle hinterher und einem Trupp junger Männer in gestreiften Sportuniformen mit Kappen auf dem Kopf. »Das ist der Baseballverein von Sharon«, erklärte Pete.

»Unsere größten Rivalen«, fügte Anton hinzu. »Von Amenia, meine ich.« Die Menge zerstreute sich langsam.

»Sie könnten den Wagen nehmen«, meinte Anton, als sie wieder bei dem zerbeulten alten Ford angekommen waren. »Um mit Miss Dora zum Lakeview Hotel zu fahren.«

»Was?«, fragte Leo erschrocken. Über derartige Details hatte er sich noch keine Gedanken gemacht. »Das kommt überhaupt nicht infrage! Ich – ich habe auch keinen Führerschein.« Gegen seinen Willen musste er grinsen.

Anton starrte ihn an. »Sie haben keinen Führerschein? *Jeder* hat einen Führerschein.«

»Vielleicht hier auf dem Land, Anton. Aber in der Stadt braucht man keinen. Man fährt mit der Tram oder nimmt sich ein Taxi. Oder den Zug, um aus der Stadt hinauszukommen, wie hier. Und zwischen Tel Aviv und Jerusalem verkehrt fast jede Stunde ein Autobus.«

Anton hörte nicht richtig hin. »Ich könnt's Ihnen beibringen, Mr. Perlstein.« Er lief schon um das Auto herum zur Beifahrerseite.

»Anton, ich glaube nicht …«, wandte Leo ein.

»Schlüssel steckt!«, rief Anton und sprang in die Fahrerkabine. »Beim Hochschalten drücken Sie einfach mit dem linken Fuß die Kupplung und legen den nächsten Gang ein. Beim Runterschalten kuppeln Sie aus und geben Zwischengas.«

»Anton, hör mal, ich-«

»Sie müssen beim Runterschalten nur vorsichtig sein, der Rückwärtsgang liegt direkt neben dem ersten«, schnatterte der Junge weiter.

Seufzend zwängte sich Leo hinters Steuer. »Aber das sage ich dir, Anton, Mutton Hill hinauf, wo es steil wird, fährst du.«

Der Kleinlaster rollte den Hang hinab. Eigentlich brauchte Leo gar nichts zu machen, und er fand es fast vergnüglich, am Steuer eines Wagens zu sitzen. Wenn ihn Alma so sehen könnte! Oder Helene! Schon beim dritten Versuch war der Wagen angesprungen, und zu schalten brauchte er eigentlich auch gar nicht. Er trat nur manchmal ein bisschen auf die Bremse, wenn die Fahrt zu schnell wurde.

Anton sah ihn misstrauisch von der Seite an. »Sie machen das nicht richtig, Mr. Perlstein. Sie fahren ja ausgekuppelt! So haben Sie gar keine Kontrolle über das Auto.«

Ein paar Schwalben flogen über eine Wiese zur Linken, auf der ein Pferd graste. Die Gegend war hübsch, fast pittoresk, vielleicht lag das daran, dass sie in einem anderen Staat waren?

»Kupplung!«, schrie Anton. »Runterschalten, Mr Perlstein! Da vorn ist die Kreuzung! Und ein Auto wartet am Stoppschild! Halten Sie an!«

Tatsächlich, ein Wagen wartete an der Kreuzung, an der die rotgestrichene Kneipe lag. Leo tastete hektisch mit dem linken Fuß nach dem Kupplungspedal. Gleichzeitig versuchte er, den widerspenstigen Kupplungsknüppel nach vorn zu schieben. Es knirschte.

Das andere Auto setzte sich gerade rechtzeitig in Bewegung, um ihnen zu entkommen. Leos linker Fuß traf die Kupplung und der Motor des Ford jammerte jäh auf. Dann erstarb er, gerade als Leos rechter Fuß heftig die Bremse betätigte. Anton gelang es, sich mit den Händen am Armaturenbrett abzustützen, und Leo hielt sich am Lenkrad fest. Er legte den Kopf auf die Hände. Unter dem Fahrersitz kam etwas kleines Schwarzes herausgekullert und blieb zwischen seinen Füßen liegen.

»Sie haben in den Rückwärtsgang runtergeschaltet, Mr. Perlstein«, sagte Anton streng. »Und das Zwischengas haben Sie auch vergessen.«

»Anton«, sagte Leo, »was ist *das*?«

Der Junge blickte verwirrt. »Was ist was, Mr. Perlstein?«

Leo deutete auf den Boden. »Das da unten.«

Anton sah auf Leos Füße und wurde rot. »Das – das sieht aus wie eine Schachfigur, Mr. Perlstein.«

»Sieht nicht nur so aus, würde ich sagen«, meinte Leo und fischte den schwarzen Läufer vom Boden auf. Er sah Anton scharf an. »Meine Schachbücher liegen nicht zufällig auch unter dem Sitz?«

Anton beugte sich verlegen über die Sitzbank und begann, darunter herumzuwühlen.

»Die Bücher kannst du doch gar nicht lesen, Anton«, sagte Leo erstaunt. »Die sind doch auf deutsch.«

Anton wühlte weiter. Ein paar einzelne Socken erschienen, ein zerrissenes Hemd, eine Zahnpastatube, und schließlich zog er Rétis *Meister des Schachbretts* hervor. »Aber die Notationen kann ich lesen, Mr. Perlstein,« sagte er. »Ich habe versucht, ein paar Partien nachzuspielen.« Er wedelte mit einem verknitterten karierten Schreibblock. »Ich hab mir auch Notizen gemacht.«

Der Wagen, der vor ihnen die Kreuzung überquert hatte, war am vollgeparkten Straßenrand vor der Valley Tavern stehen geblieben. Hinter ihnen hupte es. Ein kleiner Stau von Autos voller durstiger Paradebesucher und -teilnehmer hatte sich gebildet.

Leo öffnete die Wagentür. »Für heute habe ich genug Autofahren gelernt«, sagte er. »Du parkst jetzt den Wagen, und dann erklärst du mir, wie der Läufer unter den Sitz geraten ist. Bring deinen Notizblock mit. Für jede Fahrstunde von dir bekommst du eine Schachstunde von mir. Komm, ich spendiere dir einen Frühschoppen.«

Anton stieg ebenfalls aus und wurde noch etwas röter. »Aber ich bin doch noch nicht –«

»Noch nicht sechzehn? Wer Auto fahren kann, kann auch ein Bier trinken, oder?«

Anton schwang sich in den Fahrersitz und ließ den Motor wieder an. »Ein Ingwerbier vielleicht, Mr. Perlstein.«

IX

Montag, 12. Juli

Das Licht in der Petroleumlampe, die auf dem Kartentisch stand, flackerte ein bisschen. Wenn es abends spät wurde und die Gäste sich in ihre Zimmer und Häuschen zurückgezogen hatten, drehte Dora oft das elektrische Licht ab, um Strom zu sparen. Es war ein heißer Tag gewesen, und sie hatte die Tür zur Veranda und ein paar Fenster geöffnet, um etwas Luft hereinzulassen. Ein leiser Nachtwind strich um das Roxy.

Es war das erste Mal nach dem Ansturm der Feriengäste, dass sie wieder strohmandelten. Leo gewann. Er tat es gar nicht mit Absicht, er war nicht einmal besonders konzentriert, er hatte ganz einfach gute Karten. Er blinzelte auf die beiden Glasschälchen mit den Münzen. Doras war fast leer, während seines überlief. Gerade schob sie ihm wieder ein paar Geldstücke über den Tisch zu, er hatte das letzte Spiel nicht nur gewonnen, sondern auch noch den Pagat ultimieren können. Fast hatte er ein schlechtes Gewissen, obwohl es Dora nichts auszumachen schien.

»Wissen Sie was, Miss Dora«, meinte er großzügig, »von all den Schätzen, die ich hier einheimse, könnte ich Sie doch einfach mal zum Abendessen nach Amenia ausführen. Wo Sie doch sonst immer kochen müssen«, fügte er ungeschickt hinzu.

Dora musterte ihn einen Moment lang, dann breitete sich langsam ein freudiges Lächeln über ihr Gesicht. »Oh, Mr. Perlstein, das wäre sehr nett von Ihnen! Vielen Dank! Es gibt einen kleinen Diner in Amenia, Brookside, wo man …«

»Ich dachte eher an das Lakeview Hotel am Stausee«, sagte Leo und breitete in einer weltmännischen Geste einen Arm aus. Er war in der letzten Woche ein paarmal nach Amenia geradelt und hatte sich umgesehen. Zu seinem Glück hatte er auf der Main Street Kahn's Tabakladen entdeckt, wo er seine Zigarettenvorräte auffüllen konnte, und gleich daneben eine Apotheke, in der er Brausetabletten gegen sein Sodbrennen erstanden hatte.

»Das Lakeview Hotel, Mr. Perlstein?« Jetzt funkelten ihre Augen wieder.

»Ja, Sie müssen doch mal rauskommen hier. Ziehen Sie sich was Hübsches an und lassen Sie sich mal einen Abend lang verwöhnen.« Ui, das hatte er schon eleganter gekonnt, dachte er. Er war wirklich aus der Übung, was Frauen betraf.

Sie senkte den Blick auf den Tisch und schob die Karten vom letzten Spiel zusammen; wahrscheinlich wollte sie nicht, dass er sah, wie sehr sie sich freute. »Es müsste aber unter der Woche sein, Mr. Perlstein«, sagte sie geschäftsmäßig. »Am Wochenende ist hier einfach zu viel zu tun, wenn die Herren aus der Stadt kommen.«

Er nickte zustimmend. »Natürlich, unter der Woche.« Er würde vorher auch noch ein paar Fahrstunden bei Anton nehmen müssen, dachte er.

»Noch eine Runde?« Dora hielt den ordentlich geschlichteten Talon fragend in der Hand.

Leo drückte seine Zigarette aus. Er warf einen Blick über die Schulter auf die Standuhr, die hinter ihm stand, und verzog das Gesicht. Sein Rücken tat ihm bei der Bewegung wieder weh. Obwohl er mit Grausen an das schräge Bett dachte und an die stickige Dachkammer, schüttelte er den Kopf.

»Heute nicht mehr,« sagte er und stand etwas steif vom Tisch auf; er musste sich mit den Händen abstützen um hochzukommen. »Es ist schon Mitternacht.«

»Aber …«, begann Dora. Es klang wie eine Bitte. Sie wurde von der Uhr unterbrochen, die, wie um Leos Worte zu unterstreichen, zu schlagen begann. Resigniert schob Dora das Kartenspiel in den Karton, während Leo, nach einem verstohlenen Blick auf sie, hastig den Aschenbecher nahm und ihn zum Mülleimer in der Küche trug.

Die tiefen Schläge der Uhr verklangen, während er den Aschenbecher mit einem Lappen auswischte. Ein lautes, hölzernes Klappern ertönte.

»Da!«, rief Dora entsetzt. Sie war aufgesprungen und ihm an die Küchentür gefolgt. »Da war sie wieder!«

Leo ließ den Lappen sinken. »Wer, sie? Wo?«

»Sie hat es wieder runtergeworfen! Haben Sie es nicht gehört? Das Klappern?«

»Das war der Deckel von der Mülltonne, als ich den Aschenbecher geleert habe,« sagte Leo verwundert.

»Das war nicht der Deckel von der Mülltonne, den hatten Sie schon wieder zugemacht, bevor die Uhr zu Ende geschlagen hatte«, widersprach Dora heftig. »Außerdem klappert der Mülltonnendeckel nicht. Er scheppert.«

»Aber warum ist das so wichtig?«, fragte er verwirrt. Hatte er schon wieder etwas falsch gemacht? Durfte man im Roxy den Mülleimerdeckel nicht zumachen, während gerade eine Uhr schlug?

»Sie macht das andauernd!«, rief Dora und fuchtelte mit der Hand in Richtung der Tür, die von der Küche zur Speisekammer führte. »Fast jede Woche wirft sie es runter, manchmal sogar zweimal!«

»Aber wer ist – was wirft sie denn runter?«

»Können Sie nicht mal mit ihr reden?«, bat Dora, die seine Frage offenbar gar nicht gehört hatte. »Vielleicht – vielleicht hört sie auf Sie.« Sie stockte.

Er verstand noch immer nichts. »Dora, wer ist in der Speisekammer?«

Sie seufzte und sank auf ihren Stuhl am Kartentisch zurück. »Nicht in der Speisekammer.«

»Dora!« Auch er setzte sich wieder. »Wenn Sie mir nicht erklären, was –«

Sie legte eine Hand an die Stirn. »Es ist Minna«, sagte sie. »Minna, die Frau von Schmuel. Ihnen hat das Haus gehört, bevor ich es übernommen habe. Sie gönnt es mir nicht.«

»Aber, Dora«, sagte Leo. Unwillkürlich legte er auf dem Kartentisch seine Hand auf ihre. »Ich dachte, Minna sei tot.«

»Sie ist schon seit zwölf Jahren tot«, bestätigte Dora bitter. »Seit zwölf Jahren. Können Sie sich das vorstellen?«

»Offen gestanden, nein«, sagte Leo. »Ich meine, dass sie seit zwölf Jahren tot ist, das kann ich mir schon vorstellen. Aber was ich nicht verstehe, ist, wie sie dann hinter der Küche herumklappern kann.«

Dora nahm die Hand von der Stirn und legte sie auf seine. »Bitte«, sagte sie wieder. »Bitte, reden Sie mit ihr. Es ist doch nicht meine Schuld gewesen.« Sie stand wieder auf und zog ihn am Arm. »Bitte.«

Sie nahm die Petroleumlampe vom Tisch, und er folgte ihr durch die Küche in die Speisekammer. Hier war er noch nie gewesen; in dem trüben Licht sah er zu beiden Seiten des schmalen Gangs Regale, die sich bis zur Decke zogen, gefüllt mit Töpfen und Krügen auf der einen Seite, mit Konservendosen, Vorräten und Weckgläsern voller Eingemachtem auf der anderen. Eine Leiter lehnte davor, und von ein paar Haken an der Decke baumelten eine Speckseite und ein paar Hartwürste herab.

Dora wies mit dem Kinn auf eine weitere Tür am Ende des Vorratsraums. Sie ließ seinen Ärmel los und drückte ihm die Petroleumlampe in die Hand.

»Da«, flüsterte sie. »Da ist sie. Ich gehe nicht mit hinein. Es ist besser, wenn Sie allein mit ihr reden.«

Leo wagte nicht zu protestieren, als sie ihn vorwärtsschob. Gehorsam drehte er am Türknauf und stolperte in ein stockdunkles Zimmer. Die Vorhänge vor den Fenstern waren zugezogen, und der flackernde Schein der Petroleumlampe erhellte ein altmodisches Waschgeschirr auf einer Kommode an der gegenüberliegenden Wand; der Raum roch ein wenig nach Lavendel. Hinter ihm schob Dora die Tür wieder ins Schloss.

Unschlüssig sah er sich um. Bisher hatte er keinen Gedanken daran verschwendet, dass auch Dora im Roxy ein Schlafzimmer hatte, ja nicht einmal daran, dass sie irgendwann *schlief*. Sie wirkte dauernd so wach, so beschäftigt. Doch jetzt stand er an einem breiten Bett, vor dessen altmodischem Kopfteil sich eine hohe Matratze und darauf, auf einer akkurat geglätteten Tagesdecke, mehrere Kissen türmten. Anders als in seiner Mansarde gab es keinen in die Wand eingelassenen Schrank mit Tapetentür, sondern dem Bett gegenüber stand ein mächtiger Kleiderschrank, dessen Deckel ähnlich geformt war wie das Kopfteil des Bettes. Das Licht der Petroleumlampe wurde matt von dem polierten Holz widergespiegelt. Mahagoni, dachte er. Helenes Eltern hatten auch so eine Schlafzimmergarnitur gehabt, in ihrer Wohnung am Schillerplatz.

Die Kommode, auf der das Waschgeschirr stand, schien ebenfalls zu dem Ensemble zu gehören, auch ein Nachttisch neben dem Bett und ein Stuhl in einer Ecke. Mit all diesem Mobiliar war das Zimmer allerdings vollkommen ausgefüllt. Ein Mensch befand sich jedenfalls nicht darin, es sei denn, er versteckte sich in …

Leo rüttelte an der Kleiderschranktür. Sie war verschlossen, der Schlüssel steckte in dem verschnörkelten Messingbeschlag. Verstohlen hob er die Vorhänge, erst auf der einen Seite des Bettes, und dann schlängelte er sich durch den schmalen Gang, den die Möbel freiließen, zur anderen Seite. Natürlich stand niemand hinter der Gardine, und damit waren die Möglichkeiten, sich in diesem Zimmer zu verstecken wirklich ausgeschöpft, wenn nicht … Mit einem Seufzer stellte er die Lampe auf den Boden und ließ sich auf alle Viere nieder. Dann legte er sich platt auf den Bauch und lüpfte den Staubvolant. Nichts, natürlich, nicht einmal Staub, was ihn allerdings noch mehr gewundert hätte, als unter dem Bett ein Gespenst zu finden. Ächzend kam er wieder auf die Füße, ärgerlich auf sich selbst, Doras seltsamem Benehmen nachgegeben zu haben.

Und jetzt? Es waren sicher kaum zwei Minuten vergangen, seit er das Zimmer betreten hatte. Vielleicht sollte er noch etwas länger darin bleiben, wo er ihr schon diesen Gefallen tat? Damit sie dachte, dass er tatsächlich ein Gespräch mit Minna oder sonst jemandem führte. Draußen vor der Zimmertür war es mucksmäuschenstill, er wusste nicht, ob Dora in der Speisekammer stand und horchte, oder ob sie vielleicht in den Salon zurückgegangen war, um dort auf ihn zu warten.

Er nahm die Petroleumlampe wieder auf. Ein Spiegel hing über der Kommode, und links und rechts davon an Nägeln ein paar kleine, gerahmte Bilder. Er trat näher. Eines war ein Farbdruck von einer Stadtsilhouette an einem zu blauen Meer, die Hochhäuser sahen modern und amerikanisch aus. Er beugte sich vor, um besser sehen zu können. »Cleveland, OH«, entzifferte er den Schriftzug in der unteren rechten Ecke des Bildes. Kein Meer also, jedenfalls kein richtiges, sondern der riesige Erie-See.

Darunter hing ein schwarzweißer Druck, der eine weitere Hafenstadt zeigte. Leo schloss die Augen. Das Bild war alt, das Hafenbecken voller großer alter Segler, doch die Stadt würde er überall erkennen. Triest. Sein Vater hatte ihn dort hingeschickt, nachdem er durch die Matura gefallen war, damit er etwas Vernünftiges lernte, bei einem entfernten Onkel, der Abteilungsleiter in einer Versicherungsgesellschaft war. Nun, er hatte etwas gelernt, und er wäre gern in Triest geblieben, er hatte sich ein Aquarium angeschafft, Sartorella tanzen gelernt und war mit hübschen jungen Mädchen an boraverwehten Abenden an genau diesem Hafen spazieren gegangen. Dann war der Krieg gekommen, und er hatte sich plötzlich in Wien wiedergefunden, in Uniform, trotz seiner Kurzsichtigkeit, und dann auf endlosen Exerzierplätzen. Triest hatte er nur ein einziges Mal wiedergesehen, Jahrzehnte später, überstürzt, desorientiert, allein, und seitdem er dort an Bord der *Marco Polo* gegangen war, hatte er europäischen Boden nicht mehr betreten.

Auf der anderen Seite des Spiegels hingen ein paar Bilder von kleinen Segelbooten, die vor hübschen Uferpromenaden kreuzten. Daneben ein Porträtfoto eines weißhaarigen Mannes mit einem mächtigen Schnauzbart, der zu vornehm aussah, um zur Familie zu gehören. Es gab ein paar vergilbte Stiche von Kirchen und Wallfahrtskapellen, und unter dem Stuhl in der Zimmerecke entdeckte er auf dem Boden ein schlichtes Holzkreuz. War es das, was vorhin geklappert hatte? Hatte sich ein Nagel aus der Wand gelöst? Er leuchtete in die Zimmerecke hinein. Nein, der Nagel stak an seinem Platz. Kopfschüttelnd fischte er das Kruzifix unter dem Stuhl hervor und hängte es wieder auf. Noch einmal sah er sich um, aber mehr gab es nicht zu tun. Drei Minuten würde er noch abwarten, dann hatte er wirklich seine Pflicht getan. Er setzte sich auf das Fußende des Bettes, stellte die Lampe wieder auf den Boden und begann, die Sekunden rückwärts zu zählen.

Da sah er es. Leo rieb sich die Augen, aber es half nichts. Es gab eine Nische zwischen der Ecke neben der Zimmertür und der Seitenwand des Kleiderschranks. In der Nische waren ein paar Wandhaken angebracht. Und an einem dieser Haken hing ein unförmiges Kleidungsstück, ein Kittel oder langes Nachthemd. Ein unförmiges, blassblau geblümtes Kleidungsstück.

Ungläubig starrte er es an. Das war doch nicht möglich. Wie hatte er sich so täuschen können? Eigentlich verstand er doch etwas von Frauen, eine ganze Menge sogar. Nie hätte er gedacht, dass Dora – nun, dass sie so forsch sein würde, sich nachts einfach auf sein Bett zu setzen, wenn auch in dieser eher unattraktiven Verkleidung. Sie schien doch eher reserviert, oft fast kühl. Obwohl sie sich sichtlich über die Einladung zum Abendessen gefreut hatte. Oder war das alles nur ein Trick, weil sie ihn sich angeln wollte? Glaubte sie sich mit seiner Einladung ihrem Ziel einen Schritt näher? Hatte sie ihn danach mit Absicht in ihr Schlafzimmer gelockt? Hatte sie gewollt, dass er das Blaugeblümte sah? Oder hatte sie vergessen, dass es dort hing? Was für eine impertinente Person!

Er sprang auf. Das Sekundenzählen hatte er längst vergessen. Er schuldete ihr nichts, und in dieser muffigen Falle von einem Zimmer würde er nicht einen Moment länger bleiben.

Dora war im Salon, wo sie nervös Sofakissen aufklopfte, Spitzendeckchen geraderückte und Plaids aufschüttelte und neu zusammenfaltete.

»Und? Haben Sie sie gesprochen?« Das Gesicht, das sie ihm zuwandte, war blass und angespannt. Falls sie Theater spielte, spielte sie gut, dachte er.

»Da war niemand«, sagte er ungnädig. »Ich hatte es mir gleich gedacht.«

»Aber das Kruzifix lag wieder am Boden, oder?«, sagte Dora eifrig.

Leo nickte knapp.

»Ich wusste es doch! Sie wirft es dauernd runter!«, rief Dora.

»Vielleicht war es nicht ordentlich aufgehängt«, sagte Leo und dachte an den Nagel, der fest in der Wand steckte, leicht nach oben angewinkelt. »Oder«, fügte er ohne Überzeugung hinzu, »ein Windstoß hat es heruntergefegt.«

»Die Fenster sind zu, Mr. Perlstein, das haben Sie selbst gesehen!«, widersprach Dora. »Und die Gardinen sind vorgezogen.« Sie ließ den Kopf hängen. »Ich weiß ja selbst, dass es wie Unsinn klingt. Aber das Kruzifix … Minna mochte mich nicht«, fügte sie fast flüsternd hinzu.

Leo musterte sie. »Miss Dora, es mag ja sein, dass

diese Minna Sie nicht mochte. Aber Sie können doch nicht ernsthaft glauben, dass …«

»Sie kann mich nicht ausstehen. Sie konnte mich noch nie leiden!«, rief Dora, als habe sie ihn gar nicht gehört. Sie schlug die Hände vors Gesicht. »Dabei ist es doch nicht meine Schuld …«

»Ich verstehe Sie nicht«, unterbrach Leo, und das stimmte. Der Anblick des blau geblümten Kittels hatte ihn so durcheinandergebracht, dass er wirklich nicht wusste, was er denken sollte. »Es gibt keine Gespenster. Gehen Sie schlafen, Miss Dora.«

Grimmig stapfte er die Treppen zur Mansarde hinauf. Und sorgfältig klemmte er den Stuhl unter den Türknauf, bevor er zu Bett ging.

X

Dienstag, 13. Juli

»Noch Kaffee?« Katy, das irische Mädchen, trat mit der Kanne auf die Veranda.

Leo schüttelte den Kopf. »Danke, vorerst nicht.«

»Aber noch von dem Sodabrot, Mr. Perlstein?«, beharrte Katy.

»Ich habe schon zwei Scheiben gegessen«, behauptete Leo. »Ich kann wirklich nicht mehr. Es ist sehr gut.«

Sie strahlte. »Das fand sogar Kardinal Spellman. Ich habe mal eines für ihn gebacken, als er in Amenia gepredigt hat, und hinterher einen Brief von seinem Büro bekommen. Er hatte ihn selbst unterschrieben.«

»Alle Iren lieben Sodabrot«, bemerkte Geringer. »In Amenia gibt's jedes Jahr einen Wettbewerb, wer das beste backt. Es ist eine Wohltätigkeitsveranstaltung für die freiwillige Feuerwehr.«

»Die beiden letzten Jahre hat Dora gewonnen«, sagte Katy; es klang etwas missmutig. »Und die ist gar keine Irin. Außerdem tut sie zu viele Rosinen rein.«

»Sie ist aber katholisch«, gab der Professor zurück. »Das hilft sicher.«

Leo lehnte sich im Liegestuhl zurück. Es tat gut, dem Geplänkel zu folgen, aber zum Thema Dora etwas beizutragen, hatte er nicht die geringste Lust. Er war ihr den ganzen Tag aus dem Weg gegangen, weil ihm noch immer der Kittel im Kopf herumging; Anton hatte ihm morgens das Frühstück aufs Zimmer gebracht. Und gleich nach dem Mittagessen hatte er sich zum Badesee davongestohlen und sich danach bei den Geringers zum Nachmittagskaffee eingeladen. Es war ein bedeckter, kühler Tag, und er hatte den See für sich allein gehabt.

Die Geringers wohnten nur wenige hundert Meter vom Badesee entfernt in einem alten Schulhaus, einem in munterem Rot gestrichenen zweistöckigen Gebäude mit weißem Rahmen. Entlang der Vorderseite zog sich eine überdachte Veranda, auf der sie jetzt saßen. Rings um das Haus und vor der Veranda waren Spaliere angebracht, und überall rankten sich Klematis empor, auch um einen Schuppen, der als Garage diente, und entlang des Zauns.

An der Wäscheleine vor dem Küchenfenster hing seine neue Badehose, die graue. Genaugenommen war er jetzt stolzer Besitzer von zwei Badehosen. Er war nach Amenia geradelt und hatte eine bei Alfred Dube erstanden, wie ihm Pete geraten hatte, aber Flottie hatte es sich nicht nehmen lassen, ihm auch noch eine aus dem Sears & Roebuck-Katalog auszusuchen und ihm zu zeigen, wie man sie bestellte. Alfred hatte nur braune Badehosen im Angebot gehabt, die seine Haut sehr käsig aussehen ließen, fand Leo, und die graue, zu der ihm Flottie geraten hatte, stand ihm besser.

»Ganz Amenia ist katholisch«, sagte Asha jetzt und sah von ihrem Buch auf. »Es gibt hier genug Sodabrot-Rezepte, um jedes Jahr zwei Wettbewerbe abzuhalten.«

Leo setzte sich wieder auf. »Dann sind Sie beide die ganz große Ausnahme hier?«

Der Professor grinste. »Wir sind sozusagen das Salz in der Suppe, Perlstein.«

Leo nickte nachdenklich. »So habe ich mich auch immer gefühlt. Früher, in Wien. Jetzt allerdings, in Tel Aviv …«

»Versalzen!«, rief Geringer vergnügt. »Vollkommen versalzen.«

Auch Leo musste grinsen. »Sie lesen meine Gedanken, Professor.«

Geringer wurde wieder ernst. »Vielleicht unsere Schuld, hier in Amerika. Wir haben uns immer als sehr elitäres Salz aufgeführt. Ich war schon früh dafür, die Tore weit aufzumachen, gleich als die Nazis an die Macht kamen. Deshalb bin ich ja in der Universität so angeeckt. Aber wenn wir das getan hätten, gäb's jetzt vielleicht kein Eretz Israel. Dann hätte man es vielleicht gar nicht gebraucht.«

»In Palästina ließ es sich ganz gut leben«, sagte Leo. »Jerusalem, herrlich, ich bin oft für ein paar Tage hingefahren, man konnte sich restlos verlieren in den alten Gassen, bei den Trödlern, ich habe alte Gläser zu sammeln begonnen … Herrlich, wirklich. Aber jetzt – in ein Groß-Rechavia, ein Groß-Ramallah ist es zerbrochen, eines so uninteressant wie das andere. Und Jaffa! Da fühlte man sich vor zehn Jahren noch wie im buntesten Orient, und jetzt? Einen billigen rumänischen Badeort haben sie draus gemacht, und jedermann sprich Jiddisch oder Iwrisch.«

»Sie sprechen nicht Ivrith, Leo?«, fragte Asha erstaunt.

»Ich denke nicht daran, es zu sprechen!«, rief Leo so heftig, dass seine Kaffeetasse klirrte. »Verstehen kann ich es übrigens auch nicht. Englisch, Italienisch, Französisch, Latein – es ist ja nun wirklich nicht so, als hätte ich kein Talent für Sprachen. Aber ich werde den Teufel tun, mich an diesem Zionistenkauderwelsch zu beteiligen. Versalzen!«

»Nun, dann sind Sie ja hier genau richtig«, sagte Geringer beruhigend. »In unserer Gegend gibt es genau die richtige Menge Salz. Und nicht nur so verkrachte Akademiker wie mich. Nein, hier finden Sie auch kernige Einwanderer, die die Sehnsucht nach der eigenen Scholle hergetrieben hat.«

»Das klingt aber auch nach Zionismus«, sagte Leo misstrauisch.

»Eher nach einem Neuanfang im Land der unbegrenzten Möglichkeiten«, widersprach Geringer, ohne eine Miene zu verziehen. »Es gab Geld aus einem Fonds, ungefähr dreißig Familien zogen um die Jahrhundertwende nach Sharon. Sie waren fast alle aus derselben Stadt, aus Sluzk.«

»Das war im Rayon damals«, sagte Leo. »In der Nähe von Minsk.«

»Genau«, sagte Geringer.

»Sie bekamen Geld aus einem Fonds von Baron de Hirsch«, ergänzte Asha.

»Hirsch!«, sagte Leo. Er hatte doch gewusst, dass ihm der schnauzbärtige Mann auf dem Foto in Doras Schlafzimmer bekannt vorgekommen war. Es hatte in Wien viele Jahre lang lebhafte und endlose Kaffeehausdebatten darüber gegeben, welches Kolonisationsprojekt effektiver oder unsinniger sei, das von Hirsch oder das von Rothschild. Ihm selbst waren eigentlich beide immer gleich unsinnig vorgekommen, obwohl er zugeben musste, dass er sich im Fall Palästinas gewaltig geirrt hatte.

»Die guten Bauern von Sharon verkauften den Sluzkern die steinigsten Äcker, die sie hatten«, fuhr Asha fort. »Die armen Siedler wollten Milchwirtschaft betreiben, der Baron hatte ihnen ein Budget für Kühe zur Verfügung gestellt. Aber vielerorts reichte es gerade mal für Schafe.«

»Mutton Hill«, murmelte Leo, sich an die Autofahrt mit Anton erinnernd.

»Um über die Runden zu kommen«, erzählte Asha weiter, »nahmen die Frauen Sommergäste ins Haus. Es war sehr primitiv natürlich, aber die Schneider und Handwerker von der Lower East Side konnten es sich auf diese Weise leisten, ihre Familie in die Sommerfrische zu schicken. Und koscher gekocht wurde ohnehin.«

Der Professor grinste wieder. »Schmuel hat oft erzählt, dass seine Mutter im Sommer immer Ärger mit den Erntehelfern hatte. Denn die waren natürlich nicht jüdisch und bestanden darauf, zum Essen ein Glas Milch zu trinken.«

»Der Vater von der dicken Frau Kniffel in Doras Küche war einer von ihnen«, ergänzte Asha.

»Schmuel«, sagte Leo. »Doras Mann?« Verflixt, jetzt sprach er doch von ihr.

»Genau der«, sagte der Professor. »Er war vierzehn, als seine Eltern aus dem Rayon nach New York kamen. Mit seinem Vater hat er eine Schneiderwerkstatt aufgemacht. Ein paar Jahre später haben sie in der Nähe von Sharon eine Farm gekauft. Minnas Familie bewirtschaftete das Nachbargrundstück. Die beiden hatten sich schon als Kinder gekannt, noch in Sluzk.«

»Minna klingt nicht nach einem Namen, den man einem Mädchen im Rayon geben würde«, meinte Leo.

Geringer nickte. »Sie haben vollkommen recht, Perlstein. Als Kind war sie Malka. Minna wurde sie erst als Wirtin im Roxy.«

»Aber Schmuel blieb Schmuel?«, fragte Leo.

»Jeder hielt es, wie er wollte«, sagte Geringer.

Asha schlug ihr Buch zu. »Minna war eifersüchtig auf ihre kleine Schwester«, sagte sie. »Auf Sarah.«

»Das ist jedenfalls deine Theorie«, meinte ihr Mann.

»Und ich habe recht!«, rief Asha. Sie wandte sich Leo zu. »Minnas Vater kam allein nach New York, zusammen mit Schmuels Familie. Er holte seine Frau und die Kinder erst nach, als beschlossen war, dass sie das Land bei Sharon kaufen würden. Minna war die Älteste, sie war schon siebzehn, und sie war nie richtig zur Schule gegangen, sie hatte sich immer um die jüngeren Geschwister kümmern müssen. Sarah war erst sieben, und sie kam in Sharon in die Schule. Minna rackerte sich im Haushalt ab, und kaum ein Jahr später waren sie und Schmuel verheiratet, und dann rackerte sie sich stattdessen auf der Farm seiner Familie ab.«

»Aber wie sind die beiden dann ins Roxy geraten?«, fragte Leo.

»Das lag eigentlich wieder an der kleinen Sarah«, sagte Asha. »Sie wurde - es regnet!«, unterbrach sie sich, warf das Buch auf den Kaffeetisch und machte einen Hechtsprung die Vordertreppe hinunter auf die Wäscheleine zu. »Leo, Ihre Badehose!«

»Lassen Sie uns reingehen«, schlug der Professor vor. »Eigentlich ist es schon Zeit für einen Aperitif, finden Sie nicht?«

Das frühere Klassenzimmer diente den Geringers als Wohnzimmer. Um alle Wände zogen sich Bücherregale, aber die alte Schiefertafel hing noch an ihrer Stelle und der ehemalige Katheder stand in einer Ecke, wo er als Barschrank diente. Geringer griff nach ein paar Gläsern. »Einen Scotch, Perlstein? Oder lieber einen Martini?«

Leo deutete auf die Whiskyflasche. »Gerne. Danke.«

»Mir bitte einen Martini, Darling. Zwei Oliven.« Asha kam mit dem Buch in der einen und der Badehose in der anderen Hand von der Veranda herein. »Sie war schon fast trocken«, sagte sie und hängte die Badehose über die Lehne eines der Sofas. »Katy, bringst du bitte etwas Eis?«, rief sie dem Mädchen hinterher, das mit dem Geschirrtablett auf die Veranda wollte.

»Du nimmst immer zwei Oliven«, sagte der Professor, während er mit einem langstieligen silbernen Löffel in einem Schraubglas fischte. »Und ein paar Tropfen von der Lake.«

»Also, Minnas kleine Schwester«, sagte Leo und setzte sich auf eines der anderen Sofas.

»Sarah«, nickte Asha. Sie zog die Beine, die in dunklen Caprihosen steckten, unter sich auf den Sessel und streckte die Hand nach dem Glas aus, das ihr Mann ihr reichte. »Sie wurde größer und sehr hübsch, und sie war sehr gescheit, aber nach der achten Klasse war's mit der Schule in Sharon vorbei. In Amenia hingegen –, cheers, Leo.« Sie hob ihr Glas und nahm einen kleinen Schluck. »In Amenia hingegen gab es bereits eine höhere Schule. Die kleinen Einraumschulen waren hier schon abgeschafft. Was ein Glück ist, sonst könnten wir ja nicht in einer wohnen!« Sie nahm noch einen Schluck.

»Amenia war zu weit weg von Sharon, um Sarah jeden Tag zur Schule zu bringen«, fuhr der Professor fort, der, in der Hand sein eigenes Glas mit Scotch, dazugetreten war. »Also wurde sie bei einer Familie in Pension gegeben, die in der Nähe der Schule wohnte. Einer Familie, die nicht koscher hielt, die nicht mal jüdisch war. Im Nu war aus Sarah Sadie geworden. Da haben Sie's, Perlstein. So schnell ging es hier zu Ende mit dem Zionismus.«

»Also, das Roxy«, unterbrach ihn seine Frau. »Schmuel musste seine kleine Schwägerin fahren, jeden Sonntag brachte er sie und ein paar andere Schüler nach Amenia, und freitags holte er sie wieder ab. Und wenn es sich ergab, nahm er auch die Gäste mit, die sich auf der Farm seiner Eltern oder Schwiegereltern erholten, holte sie von der Bahn hier an der Sharon Station ab und brachte sie wieder hin. Da kam er natürlich dauernd am Roxy vorbei. Es gehörte damals einem älteren Ehepaar, dessen Kinder keine Lust hatten, ein Gästehaus zu führen, sie waren weggezogen. Und weil die Farmen ohnehin nicht genug für die Familien abwarfen, kam Schmuel mit den Eigentümern des Roxy überein, dass er und seine junge Frau es für sie führen und es ihnen nach und nach abkaufen würden. Und in dem Moment, in dem das geschah, wurde aus Malka Minna. Obwohl sie noch genauso viel rackern musste wie zuvor.«

»Und Sarah? Sadie?«

»Sie wohnte bei ihnen, bis sie mit der Schule fertig war. Dann wurde sie Lehrerin und zog auch weg.«

Leo machte ein nachdenkliches Gesicht. »Schmuel … Er kann nicht mehr jung gewesen sein, als Anton geboren wurde, oder?«

Der Professor sah in seinen Scotch. »Sie waren beide nicht mehr jung, Leo. Das war es ja eben – Schmuel und Minna hatten keine Kinder. Bis sie Anton annahmen. Oder adoptierten. So ganz genau weiß das offenbar niemand.«

»Anton ist angenommen!«, rief Leo aus. »Weiß er das?« Er dachte daran, wie der Junge im Auto von seinem Vater gesprochen hatte.

»Ich bin mir nicht sicher«, meinte der Professor. »Es wird nicht viel darüber geredet. Oder jedenfalls nur hinter vorgehaltener Hand.«

»Nun«, sagte Leo, »seine Pflegeeltern sind tot, und jetzt lebt der Junge mit seiner Pflege-Stiefmutter. Sehr nett behandelt sie ihn nicht gerade, will mir scheinen.«

Asha schüttelte den Kopf. »Es ist Sommer, Leo. Das ist die Saison, in der Dora praktisch das Geld fürs ganze Jahr verdienen muss. Sonst ist nicht viel los hier. Anton hilft ihr, es sind ja Ferien. Alle machen es hier so, die Pensionen oder Hotels betreiben. Einige der Kinder müssen sogar bei den Nachbarn schlafen, weil ihre Zimmer vermietet werden.«

»Aber Anton –« Leo hielt inne. »Wo schläft Anton eigentlich?«

»Unter der Kellertreppe natürlich«, sagte Geringer. »Hinter dem Speisesaal.«

»Unter der *Kellertreppe*?«

Der Professor gluckste. »Ihnen würde es doch gewiss keinen Spaß machen, unter der Kellertreppe zu schlafen.«

»Natürlich nicht! Ich meine nur –«

»Deshalb schlafen Sie ja auch nicht unter der Treppe, sondern in Antons Zimmer, Perlstein.«

Leo starrte ihn an. Das schiefe Bett, das wacklige Tischchen … Das war Antons Reich? Der Junge hatte gar nichts gesagt.

»Sie brauchen kein schlechtes Gewissen zu haben, Leo, wirklich nicht«, sagte Asha begütigend. »Wie gesagt, es ist nur für den Sommer. Und ich glaube, es macht ihm Freude, Dora zu helfen.«

Leo räusperte sich. »Hat Dora … Ich meine, gibt es da vielleicht manchmal …«

»Sie meinen, ob sie Männerbekanntschaften hat?«, fragte Asha. Sie musterte ihn amüsiert. »Dora? Du liebe Güte! Einen Mann haben wir im Roxy nicht mehr gesehen, seit Schmuel verstorben ist, und das ist Jahre her. Außer Ihnen natürlich, Leo. Nein, Anton ist ihr Ein und Alles. Sobald die Gäste wieder weg sind, Anfang September, dreht sich alles nur um ihn.«

»Wir machen uns eher Sorgen um sie, weil sie *keine* Männerbekanntschaften hat«, bestätigte der Professor. »Erst verliert sie ihren Mann so jung, ihren ersten Mann, meine ich. Dann hat sie Minna gepflegt, während sie krank war. Das Kind hat sie gleichzeitig auch noch versorgt. Und dann hat sie, um das Kind weiter versorgen zu können, den älteren Witwer geheiratet ... Wir haben ihn ja gekannt, Perlstein, ein grantiger, unwirscher Gartenzwerg war das.«

»Seien Sie nicht so streng mit Dora, Leo!«, rief Asha und fuchtelte mit dem Zahnstocher, auf dem ihre Oliven aufgespießt waren. »Sie hat ein schweres Leben. Und sie schlägt sich wacker. Sie ist ein feiner Mensch.«

Ein feiner Mensch ... Da war er wieder, dieser Ausdruck. Leo bekam ein schlechtes Gewissen, dass er sich gestern so wenig hilfsbereit gezeigt und ihr gar nicht richtig zugehört hatte. Wie ein – ja, wie ein grantiger, unwirscher Gartenzwerg hatte er sich benommen. Das würde er den Geringers natürlich nicht erzählen. Aber ebenso wenig würde er ihnen etwas von den merkwürdigen nächtlichen Besuchen in seinem Zimmer und von dem blau geblümten Kittel sagen.

Asha sah auf ihre Armbanduhr und stellt ihr Glas ab. »Es ist später, als ich gedacht hatte«, sagte sie überrascht. »Leo, wollen Sie nicht zum Abendessen bleiben? Ich sage Katy, dass sie ein drittes Gedeck auflegen soll.«

Er sprang auf und schüttelte den Kopf. »Danke, ich – ich werde im Roxy zurückerwartet«, log er, obwohl er wusste, dass Frau Kniffels scheußliche gebratene Nudeln auf dem Speisezettel standen, schließlich war Dienstag, und Ordnung musste sein. »Und der Regenschauer scheint vorbei zu sein.«

Er griff nach seiner Badehose. Wenn er sich beeilte, würde er zum Essen nur ein kleines bisschen zu spät kommen.

Als sich nach dem Grießpudding, den es zum Nachtisch gab, die Flottie-Riege mit den Kindern im Salon festgesetzt hatte und Anton in der Küche mit dem Abwasch half, schlich sich Leo wieder in das Esszimmer hinunter. Das Deckenlicht war ausgeschaltet, doch durch die Glasveranda fiel das letzte Abendlicht herein. Er fand die Tür zum Hinterzimmer, aus dem Anton immer mit den Schüsseln und Platten erschien und knipste sein Feuerzeug an. Auf Regalen standen Stapel von Tellern und Tassen, und Schachteln, die die Bestecke enthielten. Ein tiefes Fach war in die hölzerne Wandverkleidung eingelassen, er beugte sich vor, um besser sehen zu können: der Speiseaufzug. Daneben hing ein Vorhang. Vorsichtig schob Leo ihn beiseite.

Er blickte in eine Nische, die von der Treppe gebildet wurde. Sie war tief, aber nicht hoch, nur ganz vorn konnte man stehen. Am Boden lag eine Matratze, an der Seitenwand waren ein paar Kleiderhaken angebracht, unter denen eine Holzkiste stand, die als Regal diente. Sie war leer. Auf der Matratze lagen ein paar gefaltete Laken, und das war alles.

Leo kannte sich mit Jungen in Antons Alter nicht sehr gut aus, aber ihm war klar, dass dies nicht aussah wie das Lager eines Jungen. Keine unordentlichen Kleiderhaufen, kein zerdrücktes Kissen, nicht mal eine Taschenlampe, ein zerfleddertes Comicheft oder ein Kartenspiel … Nur eine einsame Regenjacke hing an einem der Haken.

Die Flamme des Feuerzeugs verlosch. Im Dunkeln tastete er sich zur Treppe zurück, schlich hinauf und im Salon mit einem wortlosen Nicken an den Damen vorbei. Dora war nicht zu sehen.

In der Dachmansarde griff er nach dem Stuhl und trug ihn zur Zimmertür, doch dann zögerte er einen Moment. Anstatt ihn wieder unter den Türknauf zu schieben, stellte er ihn an den kleinen Schreibtisch am Fenster zurück. Dann legte er sich angezogen aufs Bett. Vielleicht gab es ja eine ganz einfache Erklärung für ihre nächtlichen Besuche, dachte er. Vielleicht wollte Dora ihm einfach etwas sagen und wusste nicht, wie sie es anfangen sollte. Vielleicht musste er ihr nur in Ruhe zuhören.

Bald fielen ihm die Augen zu; von der Radtour und dem Bad im See war er rechtschaffen müde. Zu seinem Erstaunen merkte er am nächsten Morgen, dass er die ganze Nacht durchgeschlafen hatte. Dora war nicht gekommen.

XI

Donnerstag, 15. Juli

Nach dem Frühstück fand er plötzlich zwei Briefe auf einmal unter die Schreibmaschine auf seinem Tischchen geklemmt. Einer war von Alma, der andere war im Postfach der Liebreichs im Postamt von Sharon gelandet und Pete hatte ihn gebracht, erklärte Dora. Es war ein hauchdünnes Aerogramm von Gabriele, mit vielfach gestempelten Briefmarken darauf. Mit einem Bleistift schlitzte er es auf, bemüht, das Blatt nicht einzureißen.

Die Schrift flog nach rechts, als sei Gabriele in großer Eile gewesen, mit dramatischen Über- und Unterlängen, interpunktiert durch etliche Ausrufungszeichen. Nur hier und da waren noch Erinnerungen an die rundliche Kinderschrift vergangener Briefe erhalten, das Datum und die Überschrift – »Lieber Papa!« – waren rechts- und linksbündig geordnet und folgten einigermaßen dem untergelegten Linienblatt. Ob er gut in Amerika angekommen sei, fragte sie höflich und fuhr dann fast übergangslos fort, dass sie doch nun mit der Schule fertig sei und endlich, endlich entschieden habe, was sie als Nächstes tun wolle, nicht in England studieren, wie ihre Mutter es wünschte, sondern einfach weiter Oboe spielen, ihr Lehrer redete ihr zu.

»Und Paul meint auch, dass ich Talent habe«, schrieb sie. Wunderbar, dachte Leo, dass Paul das auch meinte, während er sich selbst an Gabriele nur mit einer Blockflöte erinnerte. Paul Trattner, ein Cellist der Philharmoniker, der bei ihnen in der Porzellangasse ein- und ausgegangen war, der mit Leo gepokert und mit Helene musiziert hatte und jetzt schon seit Jahren mit ihr verheiratet war.

Hin und wieder gab es noch ordentlich gemalte Buchstaben in Gabrieles Brief – in Wörtern wie »Europa«, »Konservatorium«, »München, Hamburg, Wien« – doch jede Zeile neigte sich etwas weiter nach unten als die Vorhergehende. Die Umlaute waren in den ersten Zeilen noch sorgfältig gemalte Tintenpunkte, dann wurden sie spärlicher, schließlich fehlten sie ganz: »Ein Gluck, das ich deutsch kann!!!« Und ob er nicht auch der Meinung sei, dass das ein guter Plan war, denn wenn auch er, so wie Paul, auf ihrer Seite wäre, würde es ihr wahrscheinlich gelingen, die Mama zu überzeugen.

Die letzten Zeilen drohten, vollkommen vom unteren Ende des Blattes zu purzeln und die Unterschrift »Viele Gruse von Gabriele« war in die linke untere Ecke des Blattes gequetscht, in der auf diese Weise ein Freiraum entstanden war.

Für Gabriele wäre das alles neu, dachte er, Hamburg oder München oder Wien. Ihm hingegen nützte sein Deutsch überhaupt nichts mehr, im Gegenteil, es hinderte ihn. Kein Wort brachte er zu Papier, weder in einer neuen Sprache noch in der ihm vertrauten, in der ihn keiner mehr lesen wollte. Am besten hatte er eigentlich immer Österreichisch gekonnt. Aber vielleicht hatte er auch das verlernt? Er faltete das Blatt zusammen und legte es auf den Tisch zurück.

Der Brief von Alma steckte in einem ordentlichen Umschlag und war größer und schwerer als Gabrieles. Als Leo ihn aufriss, segelten ein paar kleinere Einlagen zu Boden, darunter ein Foto. Leo hatte seit Jahren keine Fotos von Hugo und Alma gesehen, aber es war unzweifelhaft ein Foto von ihnen beiden. Gemeinsam mit einem Baby, das Hugo stolz präsentierte, und das nur das Kind seiner Tochter Ruth sein konnte.

Auch Hugo, stellte er befriedigt fest, sah aus wie ein alter Mann. Alma hingegen strahlte. Das war schon immer so gewesen, sie hatte nicht nur ein strahlendes Lächeln, sondern die ganze Person Alma strahlte, sogar auf einem kleinen schwarzweißen Foto. Sie sah unschwer so aus, als hätte sie die Mutter des kleinen Wesens in Hugos Armen sein können, obwohl sie inzwischen auch Mitte vierzig sein musste. Und obwohl es Leo schwerfiel, sie sich als Mutter von überhaupt jemandem vorzustellen. Was sie an Hugo gefunden hatte …

Hugo, dachte er, war sein ältester Freund. Nie sein bester, aber auf jeden Fall sein ältester. Und auch sein ältester Feind. Auch nie sein bester, aber sein ältester. Das schweißte zusammen. Sie hatten sich in Budapest kennengelernt, im Offizierslehrgang. Dann waren sie beide an der Front gewesen und hatten sich gegen Ende des Krieges in Odessa wiedergefunden, im Kriegspressequartier, nachdem sie beide verwundet worden waren. Bei der Erinnerung tat Leo der Rücken wieder weh, an der Stelle, wo der Durchschuss gewesen war. Wenigstens, dachte er, zog er kein Bein nach. Hugo hatte einen Schuss durchs Knie bekommen. Eins zu null für Leo.

Wie viele Tarockpartien hatten sie im Herrenhof gespielt, wie viele Regeln erfunden, verworfen, verfeinert. Es hatte eine Lex Liebreich gegeben, die irgendetwas mit extra Strafpunkten nach einem verlorenen Kontra zu tun hatte, wobei abgerundet wurde, wenn … Er erinnerte sich nicht mehr genau, worum es eigentlich gegangen war, aber er erinnerte sich sehr genau, dass sie solche Regeln oft bis in die frühen Morgenstunden diskutiert hatten, bis sie einander vor Zigarettenqualm nicht mehr hatten sehen können. Hugo war ein erstklassiger Tarockspieler, war es immer gewesen, es gab keine Karte, die er sich nicht merken konnte, und das alles, ohne eine Miene zu verziehen. Andererseits war er ein miserabler Schachspieler, Réti hätte ihn niemals auch nur zusehen lassen. Zwei zu null für Leo.

Natürlich hatten sie auch gearbeitet. Oder etwa nicht? Wenn auch meistens im Kaffeehaus, im Museum hatten sie tagsüber ihren festen Tisch. Hugo, der Journalist, schrieb seine Kolumnen immer im letzten Moment, die Redaktion schickte fast jeden Tag einen Boten. Leo hatte seine alte Stahlfeder mit dem Holzgriff und das Tintenfass dabei und arbeitete an seinen Romanen. Um die sich, viele Jahre lang, die Verlage rissen, während Hugo immer nur Bücher anfing und nie eines zu Ende brachte. Drei zu null für Leo.

Immer wetteiferten sie. Auch um die Frauen. Wie oft waren sie gerade in dasselbe frische Gesicht verliebt?

Sie hatten sogar darum gewettet, wer wen zuerst ins Bett bekäme. Hugo hatte einen Fehler gemacht, der ihn etwas handicapte: Er hatte ein paar Jahre nach Kriegsende geheiratet und war zum Familienvater mutiert.

Leo hingegen hatte sich Zeit gelassen. Doch schließlich … Helene schritt aufrecht wie eine griechische Göttin; sie war die Tochter eines nachgesuchten Herzspezialisten und studierte Kunstgeschichte. Außerdem spielte sie vorzüglich Geige. Sie ließ sich huldvoll – ja, huldvoll war das Wort, das einem im Zusammenhang mit Helene immer zuerst einfiel – von ihm zum Schlittschuhlaufen abholen. Huldvoll ließ sie sich auch von ihm in die Albertina begleiten, bevor sie sich von ihm, erst nur ein bisschen weniger huldvoll, aber dann sogar leidenschaftlich, im Botanischen Garten küssen ließ. Dann ließ sie sich, nach einigen Verhandlungen mit ihrem berühmten Vater, heiraten. Vier zu null für Leo.

Kurz darauf hatte sich Hugo scheiden lassen, und dann war er irgendwann im Herrenhof aufgetaucht mit dem elfenhaftesten und zugleich zähesten Geschöpf, das Leo je begegnet war.

Sie wolle überhaupt nicht heiraten, hatte sie allen verkündet, die es hören wollten, sie sei Übersetzerin aus dem Russischen und dem Englischen, und Frauen, die sich Männern unterwürfen, seien Idioten. Vier Wochen später hatte sie sich mit Hugo verlobt.

Alma. Es gab keinen Zweifel, dass Hugos schöne neue Braut sofort Leos Jagdinstinkt geweckt hatte. Aber das hatten viele, bei Alma war es anders. Er wusste, ausgerechnet in diese Frau hätte er sich wirklich verlieben können. Und ausgerechnet bei dieser Frau würde er den Kürzeren ziehen. Helene war schwanger.

Alma wusste es, das wusste er. Und für eine kurze Zeit, nur für ein paar hier und dort gestohlene Nächte in einem unauffälligen Hotel draußen in Nussdorf oder Heiligenstadt, wussten sie es beide. Dann heiratete sie Hugo. Und Gabriele kam zur Welt. Vier zu zehn für Hugo, dachte Leo.

Sie waren immer Freunde geblieben, Hugo und Alma waren oft bei ihnen gewesen. In der Küche schwang die Iglauerin den Kochlöffel, zauberte Schmorpilze und Gulasch, Knödel und komplizierte Nachspeisen, während sie gleichzeitig noch die quengelnde Gabriele zu Bett brachte. Es wurde viel geredet und noch mehr getrunken, seine Literaten- und Journalistenfreunde gingen ein und aus, und Helenes Musikerfreunde von der Philharmonie. Ob Helene je geahnt hatte, dass da zwischen ihm und Alma ein kleines Techtelmechtel gewesen war? Sie hatte es sich nie anmerken lassen. Oder hatte sie es wirklich nicht gewusst? Er hatte ja auch nie bemerkt, dass da etwas zwischen Helene und Paul Trattner war, obwohl der Kerl fast jede Woche mit seinem Cello bei ihnen auftauchte. Wann hatte das angefangen? Hatte Helene damit gerechnet, dass Leo es ablehnen würde, mit ihr nach Bombay zu gehen? Seit zehn Jahren versuchte er, darüber nicht mehr nachzudenken; es änderte ja doch nichts. Helene war in ihrem Freundeskreis die erste gewesen, die die Zeichen der Zeit auf ihre unsentimentale Art richtig gelesen und daraus Konsequenzen gezogen hatte. Gabriele hatte sie auf diese Weise früh in Sicherheit gebracht, dafür stand er tief in ihrer Schuld. Doch erst aus Gabrieles harmlosen Kinderbriefen hatte er allmählich erkannt, dass Trattner nicht zufällig auf demselben Schiff nach Indien eine Passage gebucht hatte wie Helene.

Das sei ja phantastisch, wie gut er mit dem Mayflower-Stoff weiterkomme, schrieb Alma jetzt in ihrem energischen Alma-Ton. Sie habe mit Dora für einen weiteren Monat abgerechnet, und sie füge hier auch eine Bankanweisung bei für seine persönlichen Auslagen. Oh, und sie und Hugo seien gerade für ein paar Tage auf Entenjagd, einige Stunden westlich von Buenos Aires, das könne er sich gar nicht vorstellen, was für einen Reichtum an Entenarten es in Argentinien gebe, und in der Jagdunterkunft sei zufällig auch einer ihrer Verleger-Freunde, aus einer alten Bostoner Familie, reich wie Krösus, seine Vorfahren seien tatsächlich auf der Mayflower nach Amerika gekommen, und einer von ihm hätte Jahrhunderte später die steinerne Bibliothek in Sharon gestiftet, die er, Leo, doch bestimmt schon gesehen habe? Dieser Verleger-Freund also habe ein großes Landhaus in der Nähe von Sharon und würde den August dort verbringen, und Leo solle ihn unbedingt anrufen und besuchen, um ihm von dem Buch zu erzählen, Pete könne ihn ja hinfahren. Die Visitenkarte lege sie ebenfalls bei.

Leo starrte auf die Visitenkarte, die unterm Waschbecken gelandet war. Vielleicht hätte er Alma doch nicht schreiben sollen, wie gut er mit dem Stoff vorankäme.

Es wurmte ihn auch, gestand er sich, dass ihn Hugo anscheinend komplett an Alma weitergereicht hatte. Sie führte die Korrespondenz, sie schrieb die Schecks, sie organisierte Leos Sommer und seine Kontakte. Als sei Hugo sich ihrer ganz sicher, und er hatte natürlich Grund dazu. Es war den beiden gut ergangen; schon in Wien hatte Hugo mit seinen Artikeln irgendwann deutlich mehr verdient als Leo mit den Büchern, die in Deutschland niemand mehr lesen durfte. Und Alma hatte ihre Quirligkeit gut dazu genutzt, die Stoffe ihrer vielen Bekannten an Theatern und beim Film unterzubringen. Das hatten die Liebreichs dann in New York zu einem höchst profitablen Unternehmen ausgebaut.

Sie waren wenige Monate nach Helene aus Wien abgereist, im April; begleitet von einem ganzen Tross von Freunden waren sie am Südbahnhof in den Nachtzug nach Venedig gestiegen. Wie hatten sie ihm zugeredet, sich ebenfalls ein Affidavit für Amerika zu besorgen. Sie hätten doch Beziehungen, sie könnten alles für ihn in Bewegung setzen. Er hatte schroff abgelehnt, das war ihm zu weit weg von Europa. Paris, ja, das mochte noch angehen, aber nach Frankreich war schon bald überhaupt nicht mehr hineinzukommen, obwohl er das erst akzeptieren konnte, nachdem er ein paar weitere Monate in seinem Arbeitszimmer in der Porzellangasse damit vergeudet hatte, abstruse Pläne für Visa und Reisen dorthin zu entwerfen, größere Fiktionen, als er sich je in einem seiner Romane gestattet hätte. So dass er es schließlich nur dem guten Willen einer Miss Stamper im Britischen Konsulat zu verdanken hatte, in letzter Minute ein Visum für Palästina zu bekommen.

Durch das offene Fenster drang ein Motorengeräusch. Er ließ Almas Brief fallen; er gesellte sich zu dem Bankscheck auf dem Boden. Leo griff nach seinem Jackett und Hut und rannte die Treppen hinunter. Anton war eben dabei, den Kleinlaster in Richtung der Ausfahrt zu wenden. Leo winkte heftig.

»Anton, stopp! Kann ich mitfahren? Ich meine, kann ich fahren?« Wenn er sein Wort hielt und Dora tatsächlich in der nächsten Woche zum Abendessen ausführte, würde er noch ordentlich üben müssen.

Der Junge hielt den Wagen an und blickte unsicher durch das offene Fenster der Fahrertür. »Ich weiß nicht, Mr. Perlstein, ich wollte eigentlich ... Ich muss nur eine ganz kleine Besorgung für Miss Dora machen.«

»Ach, Anton, komm schon, wir haben in dieser Woche schon dreimal Schach gespielt! Du bist dran mit einer Fahrstunde. Rutsch rüber!«

»Nur einen kleinen Moment, Mr. Perlstein«, sagte der Junge zögernd. Sein Kopf verschwand im Innern der Fahrerkabine. Was tat er nur? Erstaunt spähte Leo durch das Seitenfenster.

Anton lag halb auf der Sitzbank und schaufelte mit hektischen Bewegungen alle möglichen Gegenstände darunter: Ein Paar Schuhe, ein kariertes Hemd, ein paar *Superman*-Hefte, eine halbe Tafel Schokolade, eine Limonadeflasche sah Leo verschwinden. Sogar ein Kissen stopfte er hinter den Sitz. Dann rutschte er auf die jetzt leere Beifahrerseite des Autositzes; Leo trat hastig ein paar Schritte zurück, als der Junge sich wieder aufrichtete. »Sie können einsteigen, Mr. Perlstein. Aber seien Sie vorsichtig, da vorn läuft der Hahn.«

Leo stieg ein. Das wäre eigentlich perfekt, wenn er jetzt aus Versehen den Hahn überfahren könnte. Stattdessen würgte er sofort den Motor ab. Und bekam ihn auch nach mehrfachen Versuchen nicht wieder an.

Anton nickte auf seinen fragenden Blick hin. »Der ist jetzt abgesoffen, Mr. Perlstein.«

Das klang nicht gut. »Und was machen wir da, Anton?«

»Warten, Mr. Perlstein. Oder die Zündkerzen putzen. Aber warten geht schneller, jedenfalls im Sommer.«

Sie saßen im Auto und warteten. Trotz der heruntergekurbelten Fenster war es heiß, die Sonne schien auf das Dach der Fahrerkabine.

»Gibt es keine andere Möglichkeit, Anton?«, fragte Leo. »Um zum Lakeview Hotel zu kommen, meine ich.«

Anton dachte nach. »Sie könnten Miss Dora fahren lassen«, sagte er schließlich.

»Ausgeschlossen!«, rief Leo. Er fand den Vorschlag geradezu ehrenrührig. »Das kommt überhaupt nicht infrage. Gibt es hier – gibt es hier nicht ein Taxi oder so etwas?« Er dachte an den Bankscheck, den er fahrlässig auf dem Boden seines Zimmers hatte liegen lassen.

»Taxi, Mr. Perlstein?« Anton runzelte die Stirn. Dann

hellte sich seine Miene auf. »Ben McEnroe«, sagte er. »Der fährt manchmal Taxi, um sich was dazuzuverdienen. Er nimmt das Auto von seinem Vater. Die McEnroes haben sich vor ein paar Jahren einen Chevy gekauft, einen ganz schicken. Sie hatten ja im Krieg einen Vertrag mit der Regierung.«

»Wunderbar«, sagte Leo. »Könntest du ihn fragen, ob er am Dienstagabend herkommen kann, um Miss Dora und mich abzuholen? Und ob er uns später vom Restaurant zurückfährt?«

»Ja, das kann ich gern –« Anton unterbrach sich. »Das wird nicht gehen, Mr. Perlstein. Dienstagabends ist Baseballtraining.«

»Vielleicht könnte er es einmal ausfallen lassen?«

»Ich glaube nicht, Mr. Perlstein. Das Spiel gegen Sharon ist doch bald. Das ist immer eine große Sache, das sind doch unsere größten Rivalen. Da kann er bestimmt vorher nicht beim Training fehlen.«

Sie schwiegen wieder eine Weile.

Dann sagte Anton: »Wenn Sie wollen, Mr. Perlstein, kann ich Sie fahren.«

»Du, Anton?«, sagte Leo mit Unbehagen. So hatte er sich den Abend mit Dora nicht vorgestellt.

»Ja, ich.« Anton wurde lebhaft. »Es ist mir eben eingefallen. Im Kino in Amenia läuft nämlich am Wochenende ein neuer Film an.«

»So«, sagte Leo.

»Ja, mit John Wayne. Und den könnte ich mir doch ansehen. Während Sie und Miss Dora beim Essen sind.«

»Könntest du«, bestätigte Leo. Die Idee gefiel ihm jetzt besser. »Und uns dann hinterher wieder abholen.«

»Aber …« Die Miene des Jungen verdunkelte sich. »Aber ich muss ja servieren.«

Nun wurde auch Leo lebhaft. »Vielleicht könnten wir Mrs. Geringer fragen, ob sie mal einen Abend ohne ihre Katy auskommen.«

»Abgemacht!« Anton klang aufrichtig begeistert. Wahrscheinlich hatte er den Sommer über eigentlich nie einen Abend frei.

»Wunderbar«, sagte Leo. Er öffnete die Fahrertür. »Wenn ich nicht Autofahren zu lernen brauche, kannst du doch eigentlich fahren, um deine kleine Besorgung zu machen, oder?«

»Natürlich, Mr. Perlstein«, sagte Anton eifrig und rutschte wieder hinter das Steuerrad. »Jetzt müssten die Zündkerzen eigentlich auch getrocknet sein.«

Leo stand in der offenen Autotür. »Könnte ich trotzdem mitkommen? Ich müsste nämlich auch eine kleine Besorgung machen.«

»Selbstverständlich, Mr. Perlstein«, nickte Anton.

»Wartest du einen Moment? Ich bin gleich wieder da.« Er rannte die Eingangstreppe hinauf, und dann, zwei Stufen auf einmal nehmend, die beiden Stockwerke hoch in seine Mansarde. Er hob den Scheck vom Boden auf, pustete ein paar Staubflusen weg und rannte die Treppe wieder hinunter.

Der Motor lief schon. »Ich dachte, ich lass ihn ein paar Minuten wieder warmlaufen«, erklärte der Junge.

»Sehen Sie, es ist eigentlich kein richtiges Problem, wenn er absäuft. Man braucht nur etwas Geduld.«

»Vielleicht werden es zwei Besorgungen, Anton, oder auch drei«, sagte Leo, während er auf der Beifahrerseite in die mittlerweile perfekt aufgeräumte Fahrerkabine kletterte; nur eine Ecke des Kissens lugte noch hinter der Bank hervor. »Ich muss zur Bank, und dann auch noch zu Kahn's für Zigaretten.«

Eine Weile saßen sie stumm nebeneinander. Leo wandte sich dem Jungen zu. »Anton? Worauf warten wir eigentlich? Ist noch was mit den – den Zündkerzen?«

Anton schüttelte den Kopf. »Ich dachte nur …« Er seufzte. »Also, ich dachte nur, wenn Sie jetzt doch keine Fahrstunden mehr brauchen … Würden – würden Sie mir dann trotzdem … trotzdem noch Schachstunden geben, meine ich?«

Leo sah durch die Windschutzscheibe nach vorn. Der Rote kratzte gurrend im Dreck der Einfahrt, als könne er kein Wässerchen trüben. Leo nickte. »Ich denke, das ließe sich machen, Anton.«

Anton seufzte noch einmal. Dann nickte er. »Dann ist's ja gut, Mr. Perlstein.«

Er legte den ersten Gang ein und fuhr an. Der Hahn stob kreischend zwischen die Gemüsebeete. Mit lautem Getöse und einem kleinen Hopser bog der Ford aus der ausgewaschenen Einfahrt nach rechts auf die kurvige Straße, die am Badesee und am Schulhaus der Geringers vorbei zur Route 22 nach Amenia führte.

»Und dann noch, Mr. Perlstein?« Nachdem Anton dieses Fahrkunststück vollbracht hatte, konnte er sich wieder dem Gespräch zuwenden. »Sie sagten doch, Sie hätten drei Besorgungen zu machen?«

»Ich dachte, wir könnten vielleicht an dem Café halten, neben der Tankstelle.«

Ein breites Grinsen zog sich über Antons Gesicht. »Morrie's Soda Fountain, meinen Sie?«

Leo nickte. Der Laden war ihm vor ein paar Tagen aufgefallen, als er bei der Apotheke der Rosensons Aspirin gekauft hatte. »Gibt's da nicht Eiskrem? Nur wenn du Zeit hast, natürlich.«

»Die haben jede Menge verschiedene Eisbecher, Mr. Perlstein.« Anton bremste, kuppelte aus, gab Zwischengas, kuppelte in den ersten Gang wieder ein, um vorschriftsmäßig am Halteschild auf die Hauptstraße einzubiegen.

»Ah«, machte Leo. »Und was würdest du nehmen?«

»Ein Root Beer Float«, sagte Anton glücklich und hupte, weil ein Traktor vor ihm in der Mitte der Straße entlangtuckerte, anstatt den Weg zum Überholen freizumachen.

»Ein –« Leo schüttelte sich. Er holte tief Luft. »Also gut. Das werde ich auch probieren. Du bist eingeladen! Aber, Anton«, sagte er. »Eines musst du mir verraten.«

»Mr. Perlstein?«

»Warum schläfst du eigentlich im Auto, Anton?«

Der Junge wurde rot. »Das – das kann man nicht so richtig erklären, Mr. Perlstein.«

»Versuch's, Anton.«

Anton lief noch röter an. »Sie dürfen es auf keinen Fall Miss Dora sagen. Damit sie sich keine Sorgen macht. Sie weiß nicht, dass ich im Auto schlafe.«

»Versprochen, Anton.«

»Es ist nämlich so …« Er schluckte. »Unter der Treppe spukt's.«

XII

Samstag, 17. Juli und Sonntag, 18. Juli

Es war spät; im Casino hatte der übliche Wochenendtrubel geherrscht. Leo war früh auf sein Zimmer gegangen und hatte zu lesen versucht, doch er hatte sich nicht konzentrieren können. Dauernd klappten irgendwo Zimmertüren, erklang freundliches Schimpfen und Gelächter, während die Erwachsenen sich mühten, den Nachwuchs ins Bett zu bekommen, um selbst noch ein bisschen tanzen gehen zu können. Und dauernd war das Badezimmer im zweiten Stock in Betrieb, die Tür verriegelt, und kleine nasse Fußspuren zogen sich über den Flur. Es war schon fast Mitternacht, als Leo es endlich leer fand.

Im Schlafanzug tappte er aus der Dusche zurück in seine Mansarde, das nasse Handtuch über der Schulter. Es war eine sternklare Nacht, und über dem Feld und den runden Rücken der Appalachen hingen niedrig die Sterne, ein herrlicher Anblick, obwohl er ihn durcheinanderbrachte. Die Sternbilder standen hier alle ganz anderswo als an dem hohen Himmel überm Strand von Tel Aviv.

Es war jetzt fast völlig still; ein paar Ochsenfrösche quakten dumpf in der Marsch, und die Hühner im Gehege tief unter seinem Fenster gurrten im Traum. Die letzten Spaziergänger, die die helle Nacht genutzt hatten, waren von der Bahntrasse zurückgekehrt, nur die Silhouette eines einzelnen Nachzüglers war noch zu sehen.

Er tastete nach einem Bleistift und einem Blatt vom Schreibmaschinenpapier, um ein paar Ideen zu notieren, die ihm gerade eingefallen waren. Die Pilgerväter hatten doch einen ganz ähnlichen Himmel wie diesen sehen müssen, einen amerikanischen Himmel? Obwohl sie ja erst spät im Herbst angekommen waren. Wie kalt es gewesen sein musste! Sogar jetzt, in dieser Julinacht, fröstelte es ihn schon wieder. Er nahm das feuchte Handtuch von der Schulter und drehte sich um, um seinen Sweater aus der Kommode zu holen.

Da lag sie. Auf seinem Bett, unzweifelhaft im Licht der Sterne zu erkennen. In ihrem blau geblümten Kittel, mit ihrem im Nacken geknüpften Kopftuch. Sie lag auf der Seite, von ihm abgewandt, völlig regungslos. Hatte sie sich in sein Zimmer geschlichen, während er im Bad gewesen war? War er einfach an ihr vorbeigelaufen auf dem Weg zum Fenster, schon in die Sterne vertieft?

Leo ließ das Handtuch fallen, der Sweater war vergessen. Fast ohne zu wissen, was er tat, hechtete er zur Tür und polterte die Treppen hinunter, zum ersten Stock, zum Erdgeschoss. Er riss die Haustür auf. Nur fort aus dem Haus, vielleicht würde die frische Luft –

Noch in der Tür prallte er mit Dora zusammen, die erschrocken zurückfuhr. Sie trug lange dunkle Hosen und ihre Füße steckten in Tennisschuhen.

»Dora!«, keuchte er. »Miss Dora, was machen Sie denn hier?«

Sie musterte ihn missbilligend. »Dasselbe könnte ich Sie fragen, Mr. Perlstein.«

»Ich meine …«, stieß Leo hervor, »wo kommen Sie her?«

Eine kleine Falte bildete sich zwischen ihren Augenbrauen. »Es geht Sie zwar nichts an, Mr. Perlstein, aber ich habe einen Spaziergang gemacht, auf den Gleisen. Ich mache das öfter, spät am Abend. Wenn sich die Gäste zurückgezogen haben.«

»Sie waren nicht …« Er zögerte. »Sie waren nicht gerade in meinem Zimmer?«

»In Ihrem Zimmer?«

»In meinem Bett, genau genommen«, sagte er matt.

»Mr. Perlstein, sind Sie von allen guten Geistern verlassen?«, rief sie aus. »Was würde ich in Ihrem Zimmer tun? In Ihrem … Ihrem Bett?«

»Das habe ich mich ja auch gefragt«, sagte Leo verlegen.

»Und überhaupt, was machen Sie denn hier mitten in der Nacht? Poltern herum, wecken die anderen Gäste auf, ich konnte es schon von draußen hören. Und noch dazu, dazu …« sie wedelte, das Gesicht abgewandt, mit einer Hand in seine Richtung, »… in so einem *Aufzug*.«

Er sah an sich hinab, auf den schief zugeknöpften gestreiften Pyjama. Einen Pantoffel hat er in der Eile auch verloren, den würde er auf der Treppe suchen müssen, bevor ihn womöglich am Morgen die Kinder fanden.

»Ich glaube, ich habe schlecht geträumt«, murmelte er und wandte sich zur Treppe. »Gute Nacht, Miss Dora.« Er stolperte im Dunkeln die Stufen hinauf, so aufrecht, wie es ihm mit einem Pantoffel möglich war.

»Mr. Perlstein«, hörte er ihre Stimme hinter sich. Sie klang jetzt weich, fast besorgt. »Sie haben sie gesehen, nicht wahr?«

Er erstarrte. »Wie gesagt, ich glaube, es war einfach ein schlechter Traum«, sagte er, ohne sich umzudrehen. Er zögerte. »Aber wenn Sie sie auch sehen …«

»Ich sehe sie nicht«, korrigierte Dora mit ihrer weichen Stimme. »Ich *höre* sie. Aber ich … ich bin froh, dass …« Sie stockte. »Dass Sie verstehen, was ich meine. Gute Nacht, Mr. Perlstein.«

Ihre Schritte entfernten sich durch den Flur.

»Menschenskind, das ist ja großartig, dass Sie Starling schon ein halbes Dutzend Kapitel schicken können!«, rief Geringer und schüttelte einen großzügigen Klacks Worcestersauce auf den Tellerrand neben sein Steak. »Ich sage es ja immer, Landluft macht produktiv.«

Leo ließ sein Besteck sinken. »Wie bitte?«

»Wenn Sie eine Abschrift brauchen, kann ich Ihnen gern beim Tippen helfen«, erbot sich Asha.

»Sie beherrscht das Zehnfingersystem«, sagte der Professor stolz.

Leo sah von einem zum anderen. »Wovon reden Sie denn eigentlich?«

»Von Ihrem Roman natürlich«, sagte Geringer.

»Alma hatte ganz recht, der Tapetenwechsel tut Ihnen gut.«

Leo glaubte, sich verhört zu haben. Hatte er nicht gerade erst am vergangenen Abend eine Handvoll Notizen über Sternbilder auf ein Blatt Papier gekritzelt? In seinem vergilbten Notizbuch lauerten allenfalls die jahrealten Entwürfe der ersten zwei Kapitel des Mayflower-Romans. Und getippt hatte er, da war er sich ziemlich sicher, noch nicht eine Silbe. Trotz der frischgeölten Schreibmaschine, die ihm Dora so vorsorglich ins Zimmer hatte stellen lassen.

»Nun ja, so allmählich komme ich voran«, sagte Leo vage und dachte an den Großen Wagen über den Kuppen der Hügel.

»Stellen Sie Ihr Licht doch nicht so unter den Scheffel, Perlstein«, sagte der Professor. »Wir warten schon alle darauf, dass Sie einen kleinen Leseabend geben.«

»Sie ... alle?«

»Vielleicht in der Leihbücherei? Da gibt es einen hübschen Raum«, meinte Asha. »Und Ellie hat vorgeschlagen, dass –«

»Ellie? Die Telefonistin?«

»Ja, sie meinte, dass man kleine Plakate für die Lesung aufhängen könnte, in der Bank, bei Rosensons in der Apotheke, und so weiter.«

Leo warf einen hastigen Blick über die Schulter, als suche er nach einem Fluchtweg. »Aber woher weiß denn Ellie ...«

»Sie hat es uns doch erzählt«, sagte Asha. »Wir sind uns gestern im Kaufladen begegnet. Alma musste ja Pete anrufen, wegen der neuen Fenster, was offenbar ziemlich kompliziert war, zweimal ist die Leitung zusammengebrochen, bis sie dann endlich –«

»Alma«, sagte Leo. Alma in der Gemeinschaftsleitung. Jetzt verstand er. Er würde sich wehren! »Nun«, fuhr er mit fester Stimme fort. »Ich lese ungern aus halbfertigen Sachen vor. Und ich müsste mir diese Bücherei auch erst einmal anschauen. Viele Räumlichkeiten eignen sich nicht zum Lesen, obwohl Bücher drinstehen.«

»Das kann ich gut verstehen«, sagte Asha. »Wenn ich das nächste Mal nach Amenia fahre, Leo, kann ich Sie mitnehmen und der Bibliothekarin vorstellen.«

Leo nickte. »Vielleicht könnte ich dann das Buch leihen, das Sie neulich gelesen haben«, lenkte er vom Thema ab. »Von diesem – Mailer? Sie schienen ja ziemlich beeindruckt davon. Wie ist denn der Titel?«

»*Die Nackten und die Toten*«, sage Asha. »Es ist auf Wochen und Wochen vorbestellt.« Sie dachte einen Moment nach. »Aber Sie können es von mir haben, wenn Sie wollen, Leo. Ich bin nicht fertig geworden, bis ich es in der Bücherei wieder abgeben musste, es ist sehr dick, und dann habe ich mir von meinem Buchhändler in New York ein Exemplar schicken lassen.«

»So, ihr Lieben«, sagte Geringer, als sie das Schulhaus erreicht hatten. »Ein großes Steak und ein Spaziergang durch die Nachmittagssonne – mir reicht's. Ich brauche eine Siesta.« Er streifte die Schuhe von den Füßen und ließ sich auf ein Sofa fallen.

»Lassen wir den müden Krieger«, sagte Asha. »Kommen Sie mit nach oben, Leo, wir holen Ihr Buch. Und Katy kann uns eine Tasse Kaffee machen, den trinken wir dann auf der Veranda.«

Sie ging ihm voran die steile Holztreppe hinauf. Für das Sonntagslunch hatte sie ein gestreiftes Sommerkleid angezogen, das bei ihren flinken Bewegungen raschelte. Er folgte ihr zögernd. Am Treppenabsatz drehte sie sich nach ihm um und winkte ihm. »Kommen Sie rauf, Leo, es ist in meinem Arbeitszimmer.«

Das Zimmer, zu dem sie die Tür aufstieß, war nicht groß. Unter dem Fenster, das auf den mit Klematis gefüllten Garten führte, stand ein kleiner Schreibtisch mit einem Stuhl, über dessen Lehne ein buntbedruckter Seidenschal hing. An einer Wand stand ein schmales Bett mit einer Tagesdecke darüber, an der anderen ein Bücherregal, das mit allen möglichen Sporttrophäen gefüllt war. An dem Regal lehnte ein Cellokasten.

Asha stand vor dem Regal; sie hielt ihm das Buch hin. »Es ist ein Erstling«, sagte sie. »Das ganze Land ist völlig verrückt danach.«

»Die Leute wollen junge Autoren?« Leo blätterte in dem Buch.

Asha nickte. »Das auch. Aber es hat auch vor Mailer niemand so über – über das Thema –«

»Es ist ein Kriegsroman!« Leo sah überrascht von dem Klappentext auf.

Sie nickte wieder. »Er beruht auf den eigenen Erfahrungen des Autors im Pazifik, er hat –«

»Sechshundert Seiten«, murmelte Leo. »Über eine kleine Insel im Pazifik?«

»Er hat sehr viele Briefe nach Hause geschrieben«, vollendete Asha ihren Satz.

Leo blätterte eine Weile. Dann schob er die Brille auf die Stirn und sah auf. »Asha«, sagte er leise, »warum lesen Sie das?«

Sie wandte sich ab. »Dora hat Ihnen von Joseph erzählt, oder?«

»Warum tun Sie sich das an, Asha?«

Sie drehte sich wieder zum ihm. »Weil ich es verstehen will, Leo. Er hätte sich nicht zu melden brauchen. Und im Gegensatz zu Norman Mailer hat Joseph nicht sehr viele Briefe geschrieben. Ich kann also nur versuchen, vielleicht von anderen zu erfahren, warum … warum er das getan hat. Und was ihm zugestoßen ist.«

Leo strich mit der Hand über den Instrumentenkasten. »Hat er Cello gespielt?«

»Joel *wollte*, dass er Cello spielt. Als wir nach Amenia zogen, hatten wir ihm gerade sein erstes ganzes Cello gekauft. Und kaum waren wir angekommen, fing der Bengel an, mit den Jungens aus der Dorfschule Baseball zu spielen. Das ist eine Art Religion in der Gegend hier.«

»Ja, das habe ich schon gehört«, sagte Leo.

»Er war ziemlich gut. Sehr gut sogar, als er älter wurde. Das Cello landete in der Ecke. Und da steht es immer noch.«

Leo sagte nichts.

»Er war so gut in der Schülermannschaft, dass sie ihn

schon mit sechzehn in die Herrenmannschaft geholt haben. Und auch dort war er der absolute Star. Sie haben keine Meisterschaft mehr gewonnen, seit Joseph – seitdem er …«

Sie griff nach einem Foto, das auf dem Schreibtisch stand. Es zeigte das Porträt eines sehr jungen Mannes, der die Gesichtszüge des Professors hatte, aber die dunklen Augen und die geschwungenen Brauen darüber von seiner Mutter.

»Hätten Sie ihn nicht – nicht aufhalten können, Asha?«, sagte Leo.

Sie lachte bitter. »Joseph aufhalten? Er entschied immer für sich selbst. Schon als Kind. Ich will nicht sagen, dass er impulsiv war, im Gegenteil. Er dachte genau über seine Entscheidungen nach, aber er machte immer alles mit sich selbst aus.« Sie stellte das Foto auf den Schreibtisch zurück. »Der Sportplatz hinter der Schule in Amenia war eigentlich nur eine Lehmkuhle. Aber unterhalb des Stausees lag ein Stück Land brach. Joel hat es gekauft und ein richtiges Baseballfeld anlegen lassen. Jedes Jahr stellt er es den Mannschaften zur Verfügung, auch die Teams aus Sharon und Millerton trainieren dort.« Sie schwieg einen Moment. »In dem Sommer, in dem wir die Nachricht erhielten, dass Joseph … dass er nicht mehr zurückkommt, hat der Stadtrat beschlossen, das Feld den ›Joseph-Geringer-Gedächtnispark‹ zu taufen. Es gab eine große Zeremonie mit Fahnen und Blaskapelle.«

»Die Leute hier in Amenia schätzen Sie und Ihren Mann sehr, oder?«, sagte Leo.

Sie zuckte die Achseln. »Ich glaube schon. Joel ist damals hingegangen, Dora und Anton sind mitgekommen, zur seelischen Unterstützung. Ich selbst … ich mache mir nicht so viel aus Fahnen und Zeremonien.« Sie zwang sich zu einem Lächeln. »Und das als Diplomatentochter! Kommen Sie.« Sie zog ihn am Arm aus dem Zimmer und schloss die Tür. »Mir scheint, es duftet nach Kaffee.«

»Der Junge, Anton, ist ganz begeistert, dass Sie sich seiner annehmen«, sagte Geringer. Er hatte das Schachbrett auf die Veranda herausgebracht und sich zu ihnen gesetzt.

»Nun, ›annehmen‹ ist vielleicht nicht das richtige Wort«, gab Leo zurück. »Ich spiele alle paar Tage mit ihm Schach. Bringe ihm ein paar Eröffnungen bei, zeige ihm ein paar Stellungen. Er stellt sich gar nicht so dumm an.«

»Er freut sich, wenn ich das so sagen darf«, mischte sich Asha ins Gespräch, »er freut sich, denke ich, dass endlich mal wieder ein Mann im Haus ist. Nicht einer von diesen schnöseligen Wochenendgockeln, meine ich. Einfach da.«

»Obwohl ich nicht Auto fahren kann?«, meinte Leo zweifelnd.

Geringer lachte, doch Asha blieb ernst. »Nein, ich meine es wirklich, Leo. Es tut ihm gut.« Sie sah ihn scharf an. »Anton hat mir heute Mittag erzählt, dass Sie Dora diese Woche zum Abendessen ausführen?«

Leo spürte, wie er rot wurde. »Na ja, das war so eine Idee«, sagte er. »Wir werden sehen, ob es tatsächlich etwas wird. Sie hat ja auch immer so viel um die Ohren.«

»Es wird schon etwas werden, Leo«, sagte Asha, ohne den Blick von ihm abzuwenden. »Es wird ihr guttun. Und Ihnen übrigens auch.«

XIII

Dienstag, 20. Juli, und Mittwoch, 21. Juli

Zum Nachtisch wurde im Lakeview Hotel Käsekuchen serviert.

»Ich glaube, wir nehmen Kaffee dazu«, sagte Leo zu dem Jungen, der bediente. Er schien kaum älter als Anton. Überhaupt war dieses Restaurant auch nur Teil eines Gästehauses, wenngleich es größer und besser in Schuss zu sein schien als das Roxy. Auf dem Weg zum Eingang waren sie an einem Tennisplatz vorbeigekommen, und von ihrem Fenstertisch aus hatten sie einen Blick auf den großen Stausee mit seinem Bootssteg. Einige Ruderboote waren daran festgemacht und sogar ein paar kleine Jollen, deren Segel zusammengerollt auf dem Steg lagen.

Leo betrachtete das Stück helle Torte auf seinem Teller, eigentlich konnte er schon gar nicht mehr essen. Die Portionen in Amerika waren immer riesig, nicht nur dann, wenn es sich um Doras Kaninchenfutter handelte. Vorsichtig probierte er ein Stückchen.

»Nicht so gut wie Ihr Mohnstreusel«, befand er.

Sie lächelte. »Aber das Kalbskotelett hat Ihnen besser geschmeckt als mein Steak, geben Sie es zu, Mr. Perlstein.«

»Sie sagen immer Mr. Perlstein zu mir, und ich nenne Sie schon den ganzen Sommer über beim Vornamen.«

»Jeder nennt mich Dora. An meinen Nachnamen erinnere ich mich selber kaum.«

»Ja, aber – dann könnten Sie doch vielleicht auch Leo zu mir sagen?«

Da war das Funkeln in ihren Augen. »Nur wenn Sie das ›Miss‹ in Zukunft weglassen, Mr. Perlstein.« Plötzlich ließ sie fast erschrocken die Gabel auf den Kuchenteller fallen. »Du liebe Güte, das habe ich ja ganz vergessen! Pete hat heute Nachmittag angerufen. Er hat wieder einen Brief von der Post abgeholt, aus Indien. Vielleicht wieder von Ihrer Tochter?«

Leo nickte. »Vielleicht. Sonst schreibt sie nicht so oft.«

»Er bringt ihn morgen vorbei, sagt er. Sie haben doch sicher Ihrer Tochter die neue Adresse geschickt, nach dem vorigen Brief?«

Leo senkte schuldbewusst den Blick. »Ich bin noch gar nicht dazu gekommen, ihr zu antworten.«

»Mr. Perlstein!«, rief Dora empört. »Leo, meine ich. Wie können Sie so etwas sagen? Sie müssen ihr doch schreiben!«

»Es ist etwas kompliziert«, sagte Leo. »Wir – wir sind uns nicht sehr nah. Um ehrlich zu sein, ich kenne sie kaum, als ich sie zuletzt gesehen habe, war sie sieben. Und jetzt ist sie erwachsen.«

Dora rührte heftig in ihrer Kaffeetasse. »Aber sie schreibt Ihnen. Dann will sie sicher auch von Ihnen hören. Sie ist doch Ihr Kind!«

»Das verstehen Sie nicht, Dora«, sagte er, und sofort tat es ihm leid. Er sah den Schatten auf ihrem Gesicht; sie wandte sich ab. »Entschuldigen Sie bitte, Dora«, sagte er. »So habe ich es nicht gemeint. Ich meinte nur … Ich weiß ja, dass Sie Anton aufgezogen haben.«

Sie sah weiter aus dem Fenster. Unter dem Restaurant glitzerte der Stausee; es war Vollmond.

»Anton ist mein Sohn«, sagte sie schließlich.

»Ja, ja, natürlich ist er das«, sagte Leo beschwichtigend. »Aber vielleicht ist es ein bisschen anders, vielleicht verstehen Sie doch nicht ganz …«

Mit einem Ruck wandte sie sich ihm wieder zu. »Nein, *Sie* verstehen nicht, Leo! Sie verstehen überhaupt nichts! Haben Sie nicht gehört, was ich gesagt habe? Anton ist mein Sohn.«

Er starrte sie an. Er hatte sie schon öfter ärgerlich gesehen, aber jetzt war sie wirklich aufgebracht. Er brauchte eine Weile, um zu verstehen, was sie meinte. Dann begriff er. Ihr Mann war ums Leben gekommen, sie war schwanger gewesen …

»Die Epsteins waren kinderlos«, sagte er. »Sie haben Anton angenommen.«

Dora nickte.

»Und Sie sind in Amenia geblieben, um sich um ihn zu kümmern«, folgerte Leo.

Sie nickte wieder.

Er dachte eine lange Weile nach. »Dora, hätten Sie nicht zu Ihrer Familie zurückfahren können? Nachdem« – er räusperte sich – »nachdem Ihr Mann verunglückt war?«

»Es war etwas kompliziert«, sagte sie bitter. »Ich habe nicht sehr viel Familie, nur meine Eltern, in Collinwood, das ist in der Nähe von Cleveland. Wir hatten uns – entfremdet. Ich hatte ihnen eine ganze Weile nicht geschrieben. Sie wussten gar nicht, wo ich war.«

»Und deshalb …«

»Deshalb« – sie schwenkte die Gabel in seine Richtung – »deshalb, Leo, ist es wichtig, dass Sie Ihrer Tochter schreiben. Gleich morgen früh.«

»Ich verspreche es, Dora.« Waren das Tränen in ihren Augen? Ohne zu bedenken, was er tat, legte er seine Hand auf ihre. Sie ließ sie einen Moment dort liegen, dann zog sie ihre Hand zurück und sah auf ihre Armbanduhr.

»Anton wartet bestimmt schon auf uns«, sagte sie.

»Danke für den netten Abend, Mr. Perl - Leo«, sagte Dora förmlich, als sie wieder im Aufenthaltsraum des Roxy standen. »Es ist wirklich schon spät«, fügte sie, an Anton gewandt, hinzu.

Im Schein der Petroleumlampe, die sie angezündet hatte, glitzerten die Ohrringe, die sie an diesem Abend trug. Ihr Kleid war geschnitten wie ihre anderen auch, durchgeknöpft und mit einem kleinen Kragen, doch dieses war aus einem schimmernden, dunkelgrünen Stoff, und Leo hatte es an ihr vorher noch nicht gesehen. An den Füßen hatte sie etwas altmodische schwarze Riemchenschuhe mit einem kleinen Absatz.

»Ich geh dann mal schlafen«, sagte Anton gehorsam. Bevor er im Keller verschwand, zwinkerte er Leo zu, wie um ihr Einverständnis zu bestätigen, Dora nicht zu beunruhigen. Ein paar Momente später hörte Leo leise die Autotür klappen.

»Es war mir wirklich ein Vergnügen«, sagte Leo, plötzlich auch förmlich geworden. Er zögerte. »Vielleicht könnten wir –«

Es klapperte, laut und vernehmlich. Aus Doras Schlafzimmer, hinter der Küche.

Dora wurde blass. »Nein. Bitte nicht schon wieder.«

Leo runzelte die Stirn. »Da muss man doch etwas machen können.«

»Sie glauben mir also, Leo?«

Er hörte nicht richtig zu. »Ich hab da doch neulich etwas gelesen ... Wenn ich mich nur erinnern könnte ...«

Plötzlich machte er einen Satz in Richtung eines Ohrensessels. Er kniete sich hin und wühlte in einem Stapel Zeitschriften, der daneben am Boden lag. »Wo ist denn – wo hat denn dieser verflixte Frottie-Bengel ...«

»Flottie-Bengel. Freddie.«

Er sah zu ihr auf. »Flottie-Bengel. Mit ›Bengel‹ stimmen Sie mir zu?« Er wühlte weiter.

»Dass Sie mir das nur alles wieder aufstapeln, Leo, bevor morgen die Gäste herunterkommen!«, sagte Dora, aber es klang nicht besonders streng. »Was suchen Sie denn eigentlich?«

Leo grub weiter. »Hier!«, rief er plötzlich und schwenkte das etwas verknitterte Magazin mit der diamantengeschmückten Nobelpreisträgerin auf der Titelseite. »Hier ist er drin!«

Hastig blätterte er im Schein der Petroleumlampe durch das Heft und riss ein paar Seiten heraus. »Ein blauer Löwe«, sagte er bestimmt. »Sie brauchen einen blauen Löwen.«

»Einen blauen -?«, fragte sie verwirrt. »Leo, Sie reden Unsinn.«

»In diesem blödsinnigen Artikel wird vorgeschlagen, dass man sich blaue Löwen in den Garten stellen soll, zur Dekoration. Sie schützen angeblich vor Geistern. Hier, sehen Sie?« Er deutete auf die beiden Seiten, die er herausgerissen hatte. Auf jeder war ein Foto einer blauglasierten Keramikstatue zu sehen, zwei aufrecht sitzende Löwen mit gelockter Mähne und aufgerissenem Maul.

Dora trat näher und studierte die Bilder. »Aber, Leo, das ist doch Aberglaube«, sagte sie schließlich.

»Schaden kann es nicht«, beharrte er.

Ein Lächeln zuckte in ihren Mundwinkeln, und sie legte zustimmend eine Hand auf seinen Arm. »Nein, schaden kann es nicht«, sagte sie.

»Haben Sie Reißzwecken?«, fragte Leo.

»Eigentlich, Leo, brauchen Sie doch auch einen blauen Löwen«, meinte Dora, während sie in einer Küchenschublade kramte. »Wegen – Sie wissen schon. Und schaden kann es nicht, das haben Sie selbst gesagt.«

Er dachte einen Moment nach. »Sie haben recht«, sagte er. »Soll ich Ihnen …«

Sie schüttelte den Kopf, ließ ein paar Reißzwecken aus der Schachtel in ihre linke Hand fallen und nahm eine der beiden Zeitschriftenseiten, die er ihr hinhielt. »Ich mach das schon, Leo«, sagte sie. »Hier, für Ihren Löwen«, fügte sie hinzu und gab ihm die Schachtel. »Und – noch einmal danke für heute Abend.«

Er sah sie an. »Gute Nacht, Dora.« Leise strich er noch einmal über ihre Hand. Dann hob er sie an die Lippen. »Hoffentlich schlafen Sie gut.«

Und mit seinem blauen Löwen und den Reißzwecken machte er sich auf dem Weg in die Dachmansarde.

Der Brief aus Indien war, wie sich am nächsten Morgen herausstellte, von Helene. Er war nicht länger als der von Gabriele, aber er enthielt das genaue Gegenteil: Gabriele habe im Abschlusszeugnis sehr gute Noten bekommen, und die Leiterin von Queen Mary's empfahl dringend, sie in England ihre Studien fortsetzen zu lassen, sie könne ihr Empfehlungen geben. Deutschland hingegen oder Österreich, schrieb Helene, das sei doch ganz ausgeschlossen, und wie Gabriele überhaupt darauf komme? Er möge doch bitte auf sie einwirken und ihr diese Idee ausreden. Er könne sich doch sicherlich auch nicht vorstellen, jemals nach Wien zurückzukehren.

Er ließ den Brief sinken. Konnte er sich das vorstellen? Seit der Krieg zu Ende war, hatte er vage Überlegungen angestellt, nach Wien zurückzugehen. Aber was sollte er dort, wenn keiner seine Freunde mehr dort war? Er hatte einen kleinen Versuch gemacht, einen Besuch in Wien zu planen, ungefähr vor einem Jahr. Er hatte Alma, ein bisschen als Flirt getarnt, in einem Brief gefragt, ob sie – und natürlich auch Hugo – nicht Lust hätten, sich mit ihm auf einer Reise nach Wien zu treffen. Der Versuch war komplett nach hinten losgegangen, er würde ihre Antwort nie vergessen.

»Das Reiben, Leo – das Reiben wird mir nicht mehr aus dem Kopf gehen. Jeden Tag, ob ich einen Brief schreibe, ein Radieschen schneide oder ein Glas Champagner trinke, jeden Tag sehe ich auf die Hand, die schreibt oder schneidet oder das Glas hält und denke: Die hat die Straßen ihrer eigenen Stadt reiben müssen. Nie mehr, Leo, werde ich meine Füße auf die Straßen setzen, die diese Hand hat reiben müssen.«

Das war das einzige Mal, dass sie die Maske hatte fallen lassen. Er wusste sonst nur von Hugo, dass sie an einem Märztag von einer Kontrolle auf der Straße angehalten worden war, gleich in der Nähe ihrer Wohnung. Sie selbst hatte es nie erwähnt, nicht vor jenem Brief und nicht hinterher.

Leo sah gedankenverloren aus dem Fenster. Ein leichter Dunst lag über den Appalachen, sie waren Schemen am Horizont. Wer wusste, wohin das Leben Gabriele führen würde. Als er achtzehn war, hatte Tel Aviv aus ein paar hundert Häuschen in der Wüste bestanden. Und Helene hätte in dem Alter mit Sicherheit Bombay nicht auf einer Landkarte finden können, so, wie jetzt wahrscheinlich Gabriele auf einer Landkarte nach München oder Hamburg suchen musste. Interessant, dass sie ihn nun beide als Schiedsrichter anriefen. Interessant auch, dass sich ganz offensichtlich Helene und Paul in dieser Sache alles andere als einig waren. Und dass Gabriele auf clevere Art versuchte, alle so gegeneinander auszuspielen, dass sie am Ende das bekam, was sie sich wünschte.

Er hatte nicht die geringste Ahnung, was er antworten sollte. Und in die Sache hineingezogen werden wollte er auch nicht. Vielleicht war es am besten, er tat erst einmal gar nichts. Er würde noch ein paar Tage nachdenken.

Eine ordentliche Menge Briefschulden war in den letzten Tagen entstanden. Wenigstens Alma sollte er zurückschreiben, dachte er mit schlechtem Gewissen. Einen nicht unbeträchtlichen Teil ihres Bankschecks hatte er bereits in Zigaretten, Root Beer Floats und das Abendessen mit Dora investiert. Wenn er ihr nur erklären konnte, warum es mit dem Schreiben nicht vorwärtsging. Warum ihm die Pilgerväter jeden Tag ferner und unwichtiger schienen. Warum er sich eigentlich überhaupt nicht mehr daran erinnern konnte, was ihn an dem Thema je interessiert hatte. Dass er sich viel eher vorstellen konnte, den Rest seines Lebens mit Risikoberechnungen bei der Sphinx-Versicherung zuzubringen als mit einem historischen Roman, in dem ein Gespenst auf einem lecken Schiff über den Atlantik segelte.

Er schraubte das Tintenfässchen auf; seine Stahlfeder kratzte über das Papier. Doch nach wenigen Zeilen ließ er sie wieder sinken. Wenn er schrieb, dass er mit dem Thema nicht vorankomme, würde sie versuchen, ihn vom Gegenteil zu überzeugen, ihn zum Weiterschreiben von etwas zu bewegen, das er in Wahrheit noch gar nicht richtig begonnen hatte. Nein, er musste es anders anstellen, dachte er. Es war sie, die ihn davon überzeugen musste, die Pilgerväter aufzugeben.

»Das Land hier ist wirklich herrlich, genau, wie Du gesagt hast«, schrieb er weiter. »Sobald man die Straßen verlässt, ist es praktisch unberührt, so, wie es gewesen sein muss, bevor die Europäer sich ansiedelten. Was für eine wilde Natur! Kupferkopfschlangen, Giftefeu, und die Sterne hängen so tief … Genauso wie uns Heutige muss es damals die Pilgerväter fasziniert haben, so sehr fasziniert haben, dass …« Er warf einen Blick auf das Maisfeld, das die Eingänge zum Reich der Murmeltiere verbarg.

»… dass ihnen vielleicht ihre eigenen alten Werte und Vorstellungen fremd wurden. Nachdem also Bradfords erste Frau umgekommen ist, was wäre naheliegender, als dass er sich in eine Frau verliebt, die ihn an das neue Land bindet? Die Tochter oder Witwe eines vornehmen lokalen Stammesführers. Sie bringt ihm ihre Lebensweise nahe, lehrt ihn Fischen und Kanufahren etc. Doch dann stirbt sie, vielleicht ertrinkt sie, aber sie hat sein Leben und seine Sicht auf die Welt für immer verändert. So eine Art neuenglische Pocahontas. Was hältst Du von der Idee?«

So müsste es klappen, dachte er. Alma würde entsetzt die Hände über dem Kopf zusammenschlagen. Einen solch kompletten Unsinn würde sie ihm nicht durchgehen lassen, und dann wäre es vorbei mit den Pilgervätern. Zufrieden las er den Brief noch einmal durch, unterschrieb ihn mit einem großen Schnörkel und stopfte ihn in einen Umschlag.

XIV

Mittwoch, 28. Juli

Gleich nach dem Lunch machten sie sich auf den Weg zum Badesee. Dora hatte den Schokoladenkuchen dabei, in einer Korbtasche, die sie an den Lenker hängte. Es hatte sich herausgestellt, dass auch Dora ein Fahrrad besaß, selbst wenn sie es nie benutzte, weil es für ihre Besorgungen unpraktisch war. Anton hatte es aus dem Schuppen geholt, es sorgfältig geputzt und einen der Reifen geflickt. Sogar die Klingel hatte er entrostet, falls ihnen auf der Straße ein unvorsichtiger Autofahrer begegnete, wie er sagte.

Die Geringers waren schon an der Badestelle. Sie saßen auf ihren Badetüchern im Schatten der Bäume und lasen. Leo lehnte sein Fahrrad gegen einen Baum und dann Doras gegen seines, während sie den Korb abnahm. Er legte vorsichtig beide Handtücher auf den Boden, nachdem er sich vergewissert hatte, dass nicht eines davon auf einer Schlange landete. Es war ein angenehm warmer Sommernachmittag, nicht zu heiß oder schwül.

»Jetzt fehlt nur noch eine kleine Meeresbrise«, sagte er und ließ sich ächzend fallen.

Geringer blickte auf. »So schlecht kann es doch in

Tel Aviv gar nicht sein, Perlstein«, sagte er. »Mit Meeresbrise.«

»Und ohne Giftefeu«, ergänzte Asha. Sie reichte Dora eine Hand, um sie sanft neben sich auf das Badetuch zu ziehen.

»Nein, ich meine das ganz ernst«, widersprach ihr Mann. »Das Meer, die Uferpromenade, die moderne Kultur … Die Menschen! Da sind doch ganz phantastische Leute zusammengekommen.«

»Die waren auch vorher schon zusammen«, sagte Leo bitter. »Falls Sie mir ein Kompliment machen wollten und mit ›phantastischen Leuten‹ meinesgleichen meinen.«

»Die Akademiker, die Künstler …«

»Nun«, sagte Leo, »was da in Tel Aviv zusammenkommt, ist eher ein kleines Häufchen derer, die übrig geblieben sind. Gelegentlich korrespondiere ich mit Chile. Oder mit Australien. Oder höre, dass Freunde in Übersee verstorben sind, oft Monate nach ihrem Tod. Und das sind ja auch nur die, die …« Er brach ab.

»Die – die Sie nicht schon vorher verloren haben?« Dora hatte die Falten des Kleides um sich herum geordnet. Jetzt hob sie den Blick und sah Leo an.

»Die nicht gleich umgebracht worden sind, Dora, totgetreten, verschleppt. Die nicht Gift genommen haben oder aus dem Fenster gesprungen sind. Da atmet man schon auf, wenn man erfährt, dass jemand eine ganz normale Herzattacke hatte. Oder sich, wie der Kuh in New York, zu Tode gesoffen hat. Das ist, sozusagen, eine gute Nachricht.«

Eine Pause entstand. Er spürte noch immer Doras Blick auf sich.

»Viele Ihrer Bekannten sind in Hollywood, nicht wahr, Leo?«, fragte Asha. »Sagt Alma jedenfalls.«

»Sagt sie das?«, gab Leo zurück. »Sie sagt bestimmt auch, dass alle dort erfolgreich und sehr wohlhabend geworden sind.«

»Na ja, so ungefähr«, gab Asha zu. »Die Filmindustrie durchläuft ja einen richtigen Boom.«

»Aber ich bin kein Skriptschreiber, Asha«, erwiderte Leo. »Ich schreibe Romane. Ich lese mich jahrelang ein. In die Schriften von Danton und Desmoulins oder in Dokumente zur russischen Revolution oder in die Tagebücher der Pilgerväter, je nachdem, an welchem Thema ich gerade arbeite. Meine Bücher leben von der Sprache. Daraus sind keine Filmskripte zu machen. Das hat mich auch nie interessiert.«

»Nun, die Zeiten ändern sich«, gab der Professor zu bedenken. »Ihre Stoffe, Perlstein, Ihre Stoffe! Die sind doch für populäre Filme wie gemacht!«

»Wie Sie richtig sagen, Professor, die Zeiten ändern sich. Vielleicht waren meine Stoffe vor zwanzig Jahren populär. Aber jetzt? Kriegsfilme. Western. Und dieser bunte Musical-Quatsch. Nein danke. Da sitze ich lieber an meinem Schreibtisch bei der Sphinx-Versicherung. Oder im Kaffeehaus mit dem, da haben Sie recht, phantastischen Häufchen der Übriggebliebenen. Der Gronemann hockt am liebsten im Genati oder in einem Strandcafé an der Promenade. Er liebt den Wein, der in Palästina angebaut wird. Die Qualität dieses Weins ist

Ansichtssache, und deshalb kann man gut darüber debattieren, stundenlang. Der Brod ist recht eingebildet, aber seine Schwägerin führt einen netten literarischen Salon.«

»Aber da muss doch eine ungeheure Energie in der Stadt stecken!«, beharrte Geringer. »Wir wollten immer schon mal nach Tel Aviv fahren, Asha, nicht wahr, und wenn sich die Lage dort jetzt erst stabilisiert ...«

»Ist es nicht ein recht einsames Leben, Leo?«, unterbrach ihn Dora.

»Einsam?«, sagte Leo. »Ja, vielleicht ist es etwas einsam. Ich denke nicht darüber nach. Meine Tage sind ausgefüllt mit der Arbeit, und danach gehe ich meist in ein Kaffeehaus in der Gordon Street, das ist nur ein paar Minuten von meiner Wohnung. Und am Sonntag ins Genati. Abends lese ich, bei meinem Buchhändler in Wien habe ich vor meiner Abreise glücklicherweise noch einige Dünndruckausgaben ergattert. Die nehmen im Gepäck nicht viel Platz weg, jeder wollte vor der Flucht unbedingt noch Dünndruckausgaben kaufen. Ich hatte Glück, ich habe Dickens erwischt, Tolstoi, Balzac. Man hat jahrelang etwas davon.«

»Aber ist es nicht ...«, beharrte Dora.

»Man kann es sich nicht aussuchen, Dora«, sagte Leo. »Geboren bin ich in einem großen Kaiserreich. Als ich aus dem Krieg zurückkam, fand ich mich plötzlich in einer kleinen Republik, ohne auch nur die Wohnung wechseln zu müssen. Dann bin ich in einem britischen Protektorat gelandet ...«

»Ich kann ein Lied davon singen«, warf Asha ein.

»… und seit Neuestem lebe ich in einem von Hatikva-schmetternden Eiferern betriebenen Nationalstaat. Auch dieser Wechsel hat sich vollzogen, ohne dass ich auch nur die Wohnung gewechselt hätte. Und hat mich jemals jemand gefragt, ob mir all diese Wechsel recht sind? Nicht, dass ich mich erinnern könnte. Nein, es ist besser, sich damit einzurichten. Ein Kaffeehaus wird sich immer finden. Ich bin schon ganz zufrieden, wenn man mich da einfach in Ruhe sitzen lässt und mir nicht den Stuhl wegschießt.«

»Ich meinte eigentlich eher«, sagte Dora, »ob Sie nicht Ihre Familie vermissen.«

»Wie ich sagte«, wiederholte Leo. »Man kann es sich nicht aussuchen.« Er sah starr auf den See hinaus, er spürte das Glitzern in seinen Augen.

Ashas Blick folgte seinem. »Was sitzen wir hier faul herum!«, sagte sie rasch und sprang auf. »Als hätten wir den ganzen Tag Zeit! Wir sind doch zum Schwimmen hergekommen. Kommen Sie, Dora, machen wir den Anfang!« Sie griff wieder nach Doras Hand, um sie hochzuziehen, doch dann stockte sie. »Stimmt ja, Dora, Sie schwimmen nicht? Noch immer nicht?«

Dora schüttelte heftig den Kopf.

»Nun, dann –« Asha überlegte einen Moment. »Vielleicht ein Spaziergang rund um den See? Es ist ja nicht so heiß. Und die Bewegung wird uns guttun.«

»Perlstein, ich wollte Sie nicht …«, fing der Professor an, nachdem die beiden Frauen zwischen den Bäumen verschwunden waren. »Verstehen Sie mich bitte nicht falsch. Es klingt vielleicht merkwürdig, aber es ist doch so, dass ich Sie um Ihr Kaffeehaus – nun, ein bisschen beneide.«

»Trinkt man in New York keinen Kaffee?«, sagte Leo trocken. Er fischte in seiner Hemdtasche nach dem Zigarettenetui und hielt es Geringer hin.

»Nun, schon, natürlich«, räumte der Professor ein. »Aber man trinkt ihn oft sehr schnell, auf einem Hocker an einem Tresen in einem Schnellrestaurant. Oder neuerdings sogar im Auto, eine schreckliche Unsitte. Selten mit – mit seinesgleichen. Wenn Sie verstehen, was ich meine.«

Leo nickte. »Ich glaube schon.« Er gab ihnen beiden Feuer.

»Sehen Sie, Perlstein, in New York, im akademischen Betrieb lief das subtiler ab. Als in Deutschland die Bücher brannten, konnten wir es alle erst einmal gar nicht fassen. Aber dann kamen die ersten Briefe von deutschen Kollegen. Ob es bei uns eine Stelle gebe. Ob wir irgendeine Idee hätten, wo sie sich bewerben könnten, ganz gleich wo, sie müssten nur unbedingt nach Amerika. Und was macht der Präsident unserer Universität? Lädt den Nazi-Botschafter aus Washington auf unseren Campus ein.«

Sie rauchten einen Moment schweigend.

»Es gab einen Protestbrief gegen den Besuch«, fuhr Geringer fort. »Ein paar der besten Studenten sind daraufhin rausgeflogen, weil sie ihn unterschrieben hatten. Ein paar junge Kollegen auch, die noch keine Festanstellung hatten. Wir Älteren waren besser geschützt.

Aber die Fronten waren klar. Wissenschaft sei unpolitisch, beharrte unser Präses. Was für Kokolores!«

Er schwieg wieder einen Moment.

»Wir haben Geld zusammengelegt, einen Teil unserer Gehälter, Forschungsstipendien gegründet, Gastdozenturen. Wir haben endlos mit Kollegen an anderen Instituten korrespondiert, nach Stellen gesucht. Für die Geisteswissenschaftler war es besonders schwer.«

»Sprache«, sagte Leo.

»Sprache«, bestätigte Geringer. »Und der Druck auf uns wuchs. Irgendwann hieß es, wir würden unsere Forschung vernachlässigen, unsere Studenten. Das stimmte auch. Aber was war denn wichtiger, verdammt nochmal?«

»Jeder musste für sich selbst sehen, wo er blieb«, sagte Leo. »Jeder kämpfte für sich allein bei uns in Wien, suchte seine eigenen Papiere zusammen, überlegte, ob er irgendwo einen Cousin hatte.«

»Ein Kollege in Harvard, der sich sehr engagierte, hat es gut formuliert«, sagte Geringer. »Er war der Leiter der Sternwarte. Er gab zu, dass die Akademiker, die aus Europa flüchten mussten, ihn erheblich von den Sternen ablenkten. Aber er gab zu bedenken, dass uns die Sterne egal sein könnten, wenn wir nicht die Köpfe retteten, die sie uns erklären können.«

Er drückte die Zigarette an einer Baumwurzel aus. »Nun, wie gesagt, für die Astronomen war es etwas einfacher. Bei uns – wurde es immer schlimmer. Die Kritik, die Anfeindungen. Die besten Leuten emeritierten, rausgeekelt. Ich hatte noch einige Jahre vor mir, natürlich, aber ich ging auch. Ich konnte es mir glücklicherweise leisten.«

»Sie forschen noch immer«, sagte Leo.

»Ja, und gern. An allem, was mich interessiert. Ich habe sogar ein paar botanische Abhandlungen geschrieben. Ich sitze auch im Beirat des Botanischen Gartens in Brooklyn. Aber ich sage Ihnen, Perlstein …« Er sah über den See, wo Dora und Asha den kleinen Badestrand erreicht hatten. »Ich sage Ihnen, in der Zeit damals hätte ich gern öfter im Kaffeehaus gesessen. Mit den Kollegen. Den gleichgesinnten Kollegen jedenfalls. So viele waren das am Ende gar nicht.« Er lachte bitter. »Hier kämpft auch jeder für sich. Das ist eine Lebenseinstellung, und das ist die Kultur. Sonst bringt man es nicht sehr weit.«

»Haben Sie es weit gebracht, Professor?«, fragte Leo.

Geringer zuckte die Achseln. »Mir reicht es, Perlstein. Sie haben ja gesehen, wie gut es uns geht. Ob Sie es glauben oder nicht, die Klematis sind eine wahre Passion von mir. Und ich habe – Asha.«

»Sie ist eine bewundernswerte Frau«, sagte Leo.

»Das ist sie«, sagte der Professor. »Das ist sie. Sie geht jetzt nur nicht mehr so gern unter Leute wie früher. Seit – nun, Sie wissen ja. Unsere Wohnung in der Stadt hatten wir immer noch behalten, für Konzerte, Einladungen sind wir oft nach Manhattan gefahren. Nach Josephs Tod haben wir sie aufgegeben.« Er stand mit einem Seufzer vom Boden auf. »Kommen Sie, Perlstein. Asha hat recht. Wir sind schließlich zum Schwimmen hier, nicht zum Jammern.« Er begann, Schuhe und Socken auszuziehen.

»Sehen Sie!«, rief Leo und deutete auf das Wasser. »Ich glaube, Ihre Frau ist in Richtung Floß unterwegs.« Ein gelber Schatten kraulte vom kleinen Strand durch den See.

Geringers Blick folgte seinem ausgestreckten Arm; er nickte. »Nun, vielleicht –«

»Nur hinein mit Ihnen, Professor«, sagte Leo. »Ich warte hier auf Dora und leiste ihr Gesellschaft. Ich würde ohnehin gern noch eine Zigarette rauchen.«

Er hatte kaum die Hälfte der Chesterfield geraucht, als Dora aus dem Wald trat, Ashas Kleider über dem Arm. »Ich weiß doch, wie gerne sie schwimmt«, sagte sie und stellte sorgfältig Ashas Schuhe neben ihr Fahrrad. »Wenn sie sich bloß nicht immer Sorgen darum machen würde, dass ich es nicht tue.«

Sie strich ihren Rock glatt und setzte sich wieder neben ihn auf die Handtücher. »Warum schwimmen Sie nicht, Dora?«, fragte er und hielt ihr das Zigarettenetui hin.

Sie runzelte die Stirn. »Sie wissen doch ganz genau, Leo, dass ich nicht rauche.«

Er nickte. »Ich weiß. Aber vielleicht täte es Ihnen hin und wieder ganz gut. Es entspannt. Wirklich.«

»Wirklich?«

»Ich weiß das aus jahrzehntelanger Erfahrung, Dora.«.

Sie seufzte. »Also gut. Aber nur eine.«

»Nur eine«, bestätigte er und fischte eine Zigarette aus dem Etui. Mit der Hand beschirmte er das Flämmchen aus seinem Feuerzeug, während er sie für sie anzündete.

Dora inhalierte tief und strich eine Haarsträhne aus der Stirn. Leo musterte sie.

»Das ist aber nicht Ihre erste, oder? Zigarette, meine ich.«

Ihr Mund verzog sich zu einem Lächeln. »Nein, ich gebe es zu. Aber ich bin ganz aus der Übung. Es ist sehr lange her, dass ich – dass ich geraucht habe. Und auch damals nur sehr wenig!«, fügte sie hastig hinzu.

Leo nickte wieder. »Natürlich, Dora. Auch damals nur sehr wenig.« Einen Moment lang rauchten sie schweigend.

»Sind Sie sicher, Dora«, fragte Leo zögernd, »dass Sie nicht doch gern schwimmen? Nur ein wenig vielleicht? Vielleicht wie – wie damals?«

Sie schüttelte vehement den Kopf. »Ganz sicher!«, stieß sie hervor. »Und selbst – selbst wenn, in diesem See würde ich niemals schwimmen. Niemals!« Sie drückte heftig die Zigarette im Moos aus.

Leo schwieg betreten. »Bitte ... bitte entschuldigen Sie, Dora«, sagte er schließlich. »Das hätte ich nicht fragen sollen. Ich wollte doch nicht – ich meine, ich weiß doch –« Himmel, wie er sich verhedderte! Er drückte die eigene Zigarette aus, sie war vollkommen heruntergebrannt.

»Es ist schon gut, Leo«, sagte Dora leise. »Sie können ja nichts dafür, dass ich – nun, dass es so gekommen ist.« Sie richtete sich auf. »Aber wenn es Sie wirklich interessiert ... Sehen Sie, damals ... Als ich ein Kind war, lernte man nicht schwimmen, schon gar nicht als Mädchen.«

»Aber der Erie-See«, sagte Leo.

»Ach, Leo, der Erie-See«, sagte Dora. »Der war zwar nur ein paar Meilen entfernt von Collinwood, aber er hätte auch einen Kontinent entfernt sein können. Wir waren zu arm, um an einen solchen Luxus wie Schwimmen auch nur zu denken. Wir waren schon froh, wenn wir bei Regen oder Eis nicht in die Kloakegräben rutschten.« Sie lächelte, aber er sah, dass es ein gezwungenes Lächeln war. »Und soll ich Ihnen ein Geheimnis verraten, Leo? Ich bin wasserscheu, wirklich und wahrhaftig.«

Leo sah zu den Geringers hinüber, die auf dem Badefloß in ein animiertes Gespräch vertieft schienen. »Vielleicht ein Boot, Dora? Haben Sie es schon mal mit einem Boot versucht? Es ist wirklich sehr schön draußen auf dem Wasser. Auf einem See oder einem Meer ...«

Dora nickte. »Das glaube ich Ihnen gern. Obwohl – obwohl ich ein Meer, ein richtiges Meer, noch nie gesehen habe.« Sie lächelte wieder, und diesmal lächelten ihre Augen mit. »Leo? Hätten Sie vielleicht – hätten Sie noch eine Zigarette für mich?«

Sie nahm die Zigarette, die er für sie anzündete, und sah, wie er, zum Floß hinüber. Dann rückte sie näher an ihn heran. »Ich glaube, es funktioniert nicht«, sagte sie flüsternd, als könne man sie bis in die Mitte des Sees hören.

Leo verstand sofort, was sie meinte. »Kann es nicht einfach sein, dass Sie schlecht träumen, Dora?« Unwillkürlich legte er den Arm um ihre Schultern und erschrak fast über seine eigene Geste.

»Wie kann ich schlecht träumen, wenn ich nicht mal schlafen kann?«, gab sie zurück. »Und Ihnen geht es doch genauso.« Seinen Arm wies sie nicht zurück, dachte Leo erleichtert. Vielleicht schmiegte sie sich sogar ein bisschen hinein?

Er nickte langsam. »Ich sehe sie zwar nicht mehr«, sagte er. »Aber ich weiß, wann sie da ist. Es wird immer noch kalt in meinem Zimmer, ganz plötzlich, mitten in der Nacht.«

»Das Kruzifix fällt nicht mehr runter.« Dora flüsterte noch immer. »Aber es hängt dauernd schief.«

Sie schwiegen wieder. Dora blies eine Rauchwolke übers Seeufer. Vom Badefloß machte Asha ihren eleganten Kopfsprung ins Wasser. Sie sahen ihr zu, wie sie auf das Ufer zu kraulte. Der Professor stieg die Leiter vom Floß hinab und folgte ihr.

»Sie haben ihm nichts gesagt, oder?« Doras Flüstern klang dringlich. »Anton, meine ich.«

Leo schüttelte den Kopf.

»Ich will nämlich nicht«, sagte sie, »dass er sich Sorgen macht.«

»Natürlich sage ich ihm nichts«, versicherte Leo.

»Er ist doch noch so jung«, sagte sie. »Und er hat niemanden außer mir. Ich will ihn nicht erschrecken.«

Lieber Anton, dachte Leo. Liebe Dora. Wann hatte er je zwei Menschen gekannt, die mehr darum bemüht waren, einander keine Sorgen zu bereiten?

»So, liebe Leute«, sagte Asha und schüttelte, während sie ans Ufer stieg, das Wasser von ihrem Körper ab. »Wer möchte eine Tasse Kaffee? Ich habe Katy gesagt, dass wir gegen halb vier da sind. Sie haben doch noch Zeit für eine Tasse, bevor Sie das Abendessen vorbereiten müssen, nicht wahr, Dora?«

Dora nickte. »Wenn ich hinterher ganz schnell zurückradle«, sagte sie. »Und ich habe ja auch den Schokoladenkuchen dabei.«

»Köstlich!«, sagte Asha und streifte ihr Sommerkleid über. Sie beschirmte die Augen mit der Hand. »Joel ist auch fast hier, wie ich sehe. Dann mache ich mich mal auf den Weg und sage Katy Bescheid, dass sie das Wasser aufsetzt.« Sie ergriff den Lenker ihres Fahrrads und verschwand auf dem Waldpfad.

»Vielleicht ist es ja auch gar nichts. Vielleicht träumen wir ja doch nur, Dora«, sagte Leo und drückte sie an sich. Unwillkürlich hatte auch er geflüstert, obwohl der Professor noch ein gutes Stück vom Ufer entfernt war. »Kommen Sie mit zu den Geringers. Eine Tasse Kaffee wird Ihnen guttun. Und – und um das Abendessen kann sich doch wohl Frau Kniffel auch gut alleine kümmern.«

Er holte tief Luft. Er hätte nicht gedacht, dass er jemals freiwillig ein solches Zugeständnis an Frau Kniffels Kochkünste machen würde.

XV

Donnerstag, 29. Juli

Es klopfte an seine Zimmertür, leise, aber dringend. Leo fuhr hoch. Wie spät mochte es sein? Draußen war es stockdunkel.

»Leo?« flüsterte eine eindringliche Stimme. »Leo, wachen Sie auf!«

Gleichzeitig öffnete sich die Tür. Ein heller Schatten, der Dora sein musste, glitt ins Zimmer.

»Ich hab's, Leo!«, flüsterte sie und stieß die Tür hinter sich zu. »Haben Sie kein Licht?«, fuhr sie fort, ohne eine Antwort von ihm abzuwarten, für die er ohnehin zu schlaftrunken war.

Leo fummelte im Dunkel nach dem Lichtschalter, fand ihn endlich und knipste die trübe Nachttischlampe an. Zu seinem Erstaunen stand Dora im Nachthemd vor seinem Bett, ein Tuch um die Schultern geworfen. Ihr Haar hing in einem wirren Zopf auf ihren Rücken. In der Hand schwenkte sie ein Blatt Papier.

»Sehen Sie, Leo, hier«, sagte sie eifrig und setzte sich unaufgefordert auf seine Bettkante. Er rappelte sich hoch und tastete nach seiner Brille.

In der Hand hielt sie die Seite, die er aus der Zeitschrift herausgerissen hatte.

»Dora«, sagte er verwirrt. »Hat – hat das nicht bis morgen Zeit?« Halt, dachte er. War das wirklich das, was er hatte sagen wollen? Da saß Dora, auf seinem Bett.

»Es *kann* gar nicht funktionieren«, sagte sie, seine Bemerkung ignorierend. Eine Spur von Triumph lag in ihrer Stimme. »Mit den blauen Löwen.« Sie schüttelte das Papier.

»Dora …«

»Seien Sie still, Leo, lassen Sie mich erklären. Sie haben recht gehabt, in dem Artikel steht, dass die blauen Löwen vor Geistern schützen.«

Leo nickte müde. »Aber Sie haben doch gerade selbst gesagt, Dora, dass es nicht funktionieren kann. Können wir das nicht morgen nach dem Frühstück –« Verflixt. Wenn er sich doch nur etwas weniger überrumpelt fühlen würde, etwas wacher. Wenn er nicht den Schlafanzug anhätte, an dem ein Knopf fehlte. Vielleicht fiele ihm dann etwas Gescheites ein, das er –

»Sie haben den Artikel nicht zu Ende gelesen, Leo!«, rief sie und warf das Blatt auf seine Bettdecke. »Sehen Sie? Da steht, dass es nur funktioniert, wenn die beiden Löwen *zusammen*stehen. Mit einem alleine geht es nicht.«

Leo ließ sich auf sein Kissen fallen. »Dora, das ist doch alles nur Aberglaube, das wissen wir doch beide.«

Sie sah ihn an. »Aber wir haben es noch nicht einmal versucht. Und wir wissen auch beide, was … was wir wissen.«

Entschlossen kniete sie sich neben ihn auf sein Bett. Sie deutete auf die Wand über seinem Kopf. »Da, Ihr

Löwe, der mit der Kugel unter der Pfote, das ist der männliche. Der steht immer rechts. Der andere, also das Weibchen, hat ein Löwenjunges unter der Tatze. Die Löwin muss auf die linke Seite. Rutschen Sie mal ein Stück, Leo.«

Seufzend rutschte er. Sie beugte sich über ihn, und jetzt erwies es sich, dass sie in der anderen Hand die Reißzwecken hielt, mit der die Zeitschriftenseite zuvor über ihrem eigenen Bett befestigt gewesen war. Sie roch gut, nach Zahnpasta und frisch gebügelter Wäsche.

»So«, sagte sie, nachdem sie eine Weile herumhantiert hatte. »Das wäre geschafft.« Sie lehnte sich zurück und betrachtete ihr Werk.

Leo legte den Kopf in den Nacken und sah zu den Löwen hoch. Dann sah er Dora an, und plötzlich fühlte er sich hellwach. »Dora«, fragte er leise, »aber was passiert denn jetzt – ich meine, wer schützt denn jetzt Sie? Wenn Sie in Ihrem Zimmer überhaupt keinen blauen Löwen mehr haben.«

Sie schwieg einen Moment, dann sagte sie: »Darüber habe ich mir … noch gar keine Gedanken gemacht.«

Leo sah nachdenklich zur Decke. »«Vielleicht«, sagte er schließlich, »sollten Sie hierbleiben. Jetzt, wo es hier sicher ist.«

»Ja«, sagte Dora ebenso nachdenklich. »Vielleicht sollte ich hierbleiben.«

Wie hatte er sie je mit einem Gespenst verwechseln können? Oder was auch immer es gewesen war. In ihrem weißen Nachthemd sah sie noch lebendiger aus als bei Tageslicht. Da war das Blitzen in ihren Augen, und sie war noch ein bisschen aus der Puste, vielleicht, weil sie die Stufen hinaufgerannt war, vielleicht vor Stolz über ihre Geisteraustreibung.

Zaghaft legte er eine Hand auf ihr Knie; durch den dünnen Stoff des Nachthemds fühlte es sich knochig an. Mit der anderen Hand stützte er sich ab, um sich aufzusetzen.

»Vorsicht!«, rief Dora. »Ich glaube, ich habe –« Sie wurde etwas rot. »Ich fürchte, ich habe eben eine Reißzwecke fallen lassen.«

Leo schüttelte das Oberlaken ein wenig, während sie mit den Händen über die Matratze fuhr. »Da ist nichts, Dora«, sagte er und schüttelte den Kopf. »Die ist bestimmt auf den Boden gefallen. Peggy kann sie morgen unterm Bett herausfegen.«

Sie sah ihn an. »Sind Sie sicher?«

»Ganz sicher, Dora.« Er räusperte sich. »Nun, wo wir uns ja einig sind, dass es für Sie sicherer ist, hier zu schlafen, da könnten Sie doch …« Er hob das Oberlaken an und rutschte wieder ein bisschen zur Seite.

Sie nickte und wurde wieder ein bisschen rot. »Ja, dann könnte ich ja …« Sie drehte sich um und tastete mit den Füßen, um sie unter die Decke zu schieben. Doch plötzlich sprang sie vom Bett und lief zur Tür.

»Herrje, kann man die Tür denn noch immer nicht abschließen?«, rief sie und rüttelte an dem Knauf. »Ich wollte doch schon vor Jahren …«

»Dora.« Leo wandte sich zur Seite, um die Nachttischlampe wieder auszuknipsen. Einen Moment blieb alles still. Dann hörte er ihre Füße tappen, das Laken raschelte, und er spürte, wie sich ihr Körper neben seinen schob. Seine Hand tastete nach ihrer.

»Noch irgendwo Reißzwecken, Dora?«

»Keine Reißzwecken mehr, Leo.«

Er nahm ihre Hand und küsste sie, die Knöchel, die Fingerspitzen, die Innenseite. Wie lange schon hatte er sich gewünscht, diese Hand zu küssen, dachte er. Vielleicht schon seit dem ersten Tag auf der Veranda.

Dora fuhr hoch. »Was ist denn mit dem Bett los? Merken Sie das nicht, Leo? Es ist ja ganz schief!«

Er seufzte.

»Ich hab das Gefühl, ich rutsche zum Fußende hinunter!«

»Vielleicht sitzt da unten das Gespenst«, murmelte Leo in ihre Handfläche hinein. »Oder es sind Murmeltiere.«

»Murmeltiere?«

»Ja, diese tunnelgrabenden Ungeheuer, die immer im Feld herumhoppeln?«

»Aber da muss man doch – ich kann doch nicht zulassen, dass das Fundament –«

»Dora«, sagte Leo und zog sie an sich. »Jetzt sei doch endlich mal still.«

Sie lagen nebeneinander im Dunkeln, eng aneinandergeschmiegt. Ein halber Mond war am Himmel vor dem Fenster erschienen; langsam ging er unter.

»Dora«, flüsterte Leo, »erzähl mir, wie er war.«

Sie bewegte den Kopf an seiner Schulter. »Konrad?« Sie dachte eine Weile nach. »Er war – anders. Er hatte

Ideen, Pläne. Seine Eltern waren aus der Nähe von Triest. Kennst du Triest, Leo? Er hat mir erzählt, es sei eine herrliche Stadt.«

»Es ist eine herrliche Stadt«, bestätigte Leo, obwohl ihm dabei ein Stich durch den Magen fuhr. Er sah den Hafen wieder genauso vor sich, als stünde er an Bord der *Marco Polo*, die ihn aus Europa fortbrachte.

»Seine Eltern waren ganz jung«, fuhr sie fort. »Sein Vater ging zuerst, er hatte im Hafen gearbeitet und fand Arbeit im Rangierbahnhof von Cleveland, in Collinwood. Ich hab dir doch von Collinwood erzählt? Aber seine Mutter war schon schwanger. Es gab eine Ferntrauung, in Collinwood war ein paar Jahre zuvor eine Kirche für die slowenische Gemeinde eingeweiht worden. Dann kam sie ihrem Mann nach, und dann wurde Konrad geboren.«

»Das klingt etwas umständlich«, meinte Leo.

Er spürte an seiner Schulter, wie Dora nickte. »Konrads Vater machte sich nicht viel aus der Kirche. Eine ganze Reihe von Männern in unserer Gemeinde gingen bald nicht mehr hin. Die Arbeitsbedingungen in unserer Gegend waren hart, Leo, bei der Bahn und in den Fabriken, und alle waren arm, in Amerika noch genauso arm wie vorher. Sie brauchten das Geld. Aber es gab Streiks, Demonstrationen ... Viele der Arbeiter organisierten sich, oder sie versuchten es wenigstens. Konrads Vater auch.«

Sie schwieg wieder eine Weile. »Seine Eltern wollten, dass Konrad es besser hat. Eine neue technische Hochschule war gerade eingerichtet worden. Aber als er mit seinem Abschluss fertig war, gab es nicht mehr viel Arbeit.«

»Die große Depression«, sagte Leo.

»Die Depression«, bestätigte Dora. »In Cleveland wurden ein paar kleine Hafenbecken zugeschüttet, für eine Ufererweiterung. Ein Freund von Konrad von der Hochschule, einer der reicheren Jungen, war Mitglied in einem Segelclub, der wegen der Zuschüttungen umziehen musste. Konrad hatte so eine Weile Arbeit – er half, neue Stege anzulegen und ein neues Clubhaus zu bauen. Als es fertig war, wurde er dort zu einer Hochzeit eingeladen. Und ich habe serviert, so haben wir uns kennengelernt. Dann haben wir herausgefunden, dass wir aus derselben Nachbarschaft sind.« Sie lachte ein wenig. »Wenn sein Vater nicht Sozialist geworden wäre, hätten wir uns wahrscheinlich schon in der Sonntagsschule getroffen.«

»Aber nun hattet ihr euch getroffen«, sagte Leo. »Und dann?«

»Weil Konrad den Club mit aufgebaut hatte«, sagte Dora, »hatte er die Erlaubnis, eine der Jollen zu benutzen, wenn niemand sonst sie brauchte. Er lernte ziemlich gut Segeln. Und er fing an, mich mitzunehmen.«

»Dora!« rief Leo erstaunt. »Ich dachte, du bist wasserscheu?«

»Ja, ich hatte schreckliche Angst vor dem Wasser, das weißt du«, gab sie zurück. »Ich wollte es mir nicht anmerken lassen. Aber ich glaube, er hat es doch gemerkt. Er gab mir immer eine Schwimmweste.« Ihre Stimme wurde weich. »Das waren die schönsten Stunden meines

Lebens, Leo. Draußen auf dem See, na ja, eigentlich ist es ja gar kein See, er ist groß wie ein Meer … Sonne, Wind, frische Luft … Vor allem frische Luft, in Collinwood stank es nach Kloake und Lack und Kohle, mein Vater hustete jede Nacht, wenn er aus der Farbenfabrik kam, schon als ich ein Kind war. Konrad und ich nahmen belegte Brote mit und eine Thermoskanne Kaffee, manchmal ein paar Flaschen Bier. Er las viel, und er hatte immer ein paar Bücher dabei. Upton Sinclair, Theodor Dreiser … *Das Kommunistische Manifest* hatte er ständig in der Jackentasche. Meistens ließ er mich vorlesen, wenn wir draußen auf dem Wasser waren, denn er musste ja ein Auge auf das Boot haben.«

»Du hast ihm beim Segeln *Das Kommunistische Manifest* vorgelesen?« Leos Stimme klang ungläubig. Sie nahm wieder eine kleine Wiener Färbung an.

Dora lachte. »Nein, das konnte er praktisch auswendig. Aber Bebel, *Die Frau und der Sozialismus*. Nicht das ganze Buch natürlich. Er hatte Kapitel für mich herausgesucht, er kannte es natürlich schon. Aber er wollte, dass ich so viel davon lese, wie es nur ging. Ich hätte es nie mit nach Hause bringen dürfen. Unser Haus war winzig, mein Vater hätte es gefunden.«

»Das klingt alles sehr romantisch«, sagte Leo trocken.

»Wir haben auch Gedichte gelesen«, gab Dora zurück. »Konrad liebte Gedichte. Shelley. Whitman.«

»Whitman?« Leo horchte auf.

»›Ich will nicht zu dir reden‹«, sagte Dora leise, es klang, als träume sie. »›Ich will an dich denken, wenn ich allein sitze oder nachts allein wache.‹«

»›Ich will warten, ich zweifle nicht, dass ich dir wieder begegnen werde‹«, fiel Leo ein.

Sie drückte sich an ihn. »›Ich will darauf achten, dass ich dich nicht verliere‹«, flüstere ihr Mund an seinem Ohr.

Unter Leos Fenster krähte laut und vernehmlich der Hahn.

XVI

Donnerstag, 5. August

Wien. Gabriele wollte also tatsächlich nach Wien an die Akademie gehen. Leo faltete das Aerogramm, bis es die Größe einer Spielkarte hatte und steckte es in die Jackentasche. »Paul hat schon alles mit dem Professor Bischofer arrangiert! Es ist sehr schwer, vom Professor Bischofer angenommen zu werden, er hat nur sehr wenige Privatschüler«, schrieb sie aufgeregt. »Der Professor Bischofer hat mir sogar schon ein Zimmer besorgt, bei seiner Mutter, sie ist eine alte Dame und hat Platz, schreibt er. Bitte, bitte, sprich mit der Mama. Ende August könnte ich losfahren!!!«

So, so. Paul hatte das also alles arrangiert. Mit dem Oboisten Bischofer. Genau demselben Bischofer, der gleich in der ersten Orchesterprobe nach jenem unseligen Märzwochenende 1938 den verdutzten Musikerkollegen stolz sein Mitgliedsbuch unter die Nasen gehalten hatte: schon seit 1932 war er bei den Nazis, und die Betriebszelle des Orchesters hatte er auch mitgegründet. Und wie gefährlich das gewesen sei, sie machten sich ja alle keine Vorstellung davon! Verhöre, Hausdurchsuchungen habe er in den letzten Jahren immer wieder über sich ergehen lassen müssen, klagte er, und ein paarmal sei er fast verhaftet worden, wenn nicht der

Herr Polizeioberkommissar Doktor Loos persönlich ihn geschützt hätte. Es sei eben doch von Nutzen, wenn ein hochrangiger Wiener Polizeibeamter gleichzeitig ein Liebhaber und Förderer der klassischen Musik sei, nicht wahr, haha, guter Witz.

Sie habe doch gewusst, dass es richtig gewesen sei, schon im Februar Wien zu verlassen, hatte Helene ein paar Jahre später aus Bombay an Leo geschrieben, in leicht triumphierendem Ton. Wie sehr sei Paul erschüttert gewesen, als er von ehemaligen Kollegen von dieser Szene erfahren hatte! Wie gefährlich hätte es für ihn werden können, wenn er länger abgewartet hätte!

Und wie erschüttert war Paul gewesen, als er nach dem Krieg vom Tod des zweiten Oboisten im Orchester erfahren hatte. Ein Dutzend Jahre hatte der Mann an dem Pult neben dem vom Bischofer gesessen, und dann hatte Bischofer keinen Finger für ihn gerührt, als er 1938 hinausgeworfen wurde, auch nicht in den bitteren Jahren danach, bis er schließlich in Auschwitz ins Gas geschickt worden war, ein siebzigjähriger Musiker. So erschüttert war Paul gewesen, dass er Leo darüber persönlich einen Brief geschrieben hatte, während er sonst Helenes seltenen Episteln immer nur Grüße hinzufügte.

Aber all das schien Paul inzwischen vergessen zu haben. Der Bischofer selbst hatte es vermutlich auch alles vergessen, zumal sich ja das Orchester nach dem Krieg in Windeseile selbst einen kollektiven Persilschein ausgestellt hatte, um die Integrität dieses in der Welt einmaligen Klangkörpers nicht zu gefährden.

Vielleicht hatte der Bischofer es allerdings doch nicht ganz vergessen und übte sich nun in persönlicher Wiedergutmachung, indem er eine jüdische Schülerin annahm. Vielleicht hatte er ein schlechtes Gewissen seinem ehemaligen jüdischen Kollegen gegenüber, dem Stiefvater der jungen Musikantin, der seit zehn Jahren in einem weit entfernten Land schnulzige Filmmusik heruntersägte.

Seine einzige Tochter zur Untermiete bei der Mutter vom Bischofer, dachte Leo. Besser ging es kaum. Und seit wann nannte sich der Bischofer eigentlich Professor? Er schnaubte. Er würde an Paul schreiben. An Helene, an Gabriele selbst. Er war immer noch ihr Vater. Er knallte die Zimmertür hinter sich zu; er brauchte frische Luft.

Am Fuß der Treppe wäre er fast über den Spielzeuglaster des Flottie-Bengels gefallen. Der Knirps selbst saß in der Mitte des Flurs und riss von dem Notizblock, den Dora beim Telefon liegen hatte, jede einzelne Seite ab und zerknüllte sie. »Peng!«, rief er und warf mit einer davon nach Leo. »Fleddie im Klieg!«, erklärte er und zeigte auf den Laster, der mit weißen Papierkugeln beladen war. »Wie Daddy.« Leo floh nach draußen.

Eine Gruppe junger Frauen lag in Liegestühlen, beschlagene Gläser mit Eistee neben sich. Eigentlich war es gar nicht sehr warm, sie hatten Sweater über ihren Kleidern und Shorts an, und ein Wind strich übers Grundstück. Aber es waren Sommerferien, Eistee musste offenbar sein.

Leo wandte sich dem Garten zu. Er spähte nach dem Hahn, er wollte gern zu seinem Spazierweg am Feldrain kommen, ohne von ihm angekräht zu werden.

»Mr. Perlstein? Juhu, Mr. Perlstein!« Flottie winkte von der Veranda, bevor sie die Stufen hinunterhastete, Freddie hinter sich. Der Junge hielt seinen Laster in den Armen.

Leo war stehen geblieben. »Miss Flottie, ich wollte eigentlich gerade …«

»Ich hab eine Nachricht für Sie, Mr. Perlstein«, sagte Flottie aufgeregt. »Ein Telegramm.«

Die Gespräche in den Liegestühlen verstummten. Leo streckte die Hand aus. »Das ist sehr nett, dass Sie es angenommen haben.«

Sie schüttelte den Kopf. »Nein, am Telefon, die Telefonistin hat angerufen, diese Ellie. Ich ging zufällig gerade am Apparat vorbei. Ich habe es nicht aufgeschrieben, es war ganz kurz. Ich konnte es mir merken.«

»Mmmw, mmmw, mmmmmw«, machte es laut neben Flotties Füßen. Freddie war am unteren Ende der Treppe angekommen und ließ seinen Lastwagen auf dem Kies in der Einfahrt fahren.

Flottie holte tief Luft: »Leo, tu etwas!«, deklamierte sie. »Helene.« Es war ihr anzusehen, wie sehr es sie interessierte zu erfahren, wer Helene war.

»Und sonst noch etwas?«, fragte er.

Sie schüttelte den Kopf. »Das war alles, Mr. Perlstein.«

»Mmmw, mmmw«, machte Freddie. Ein Windstoß fuhr durch den Garten. »Kugeln fliegen«, sagte der Junge glücklich und völlig fehlerfrei und sah den davonflatternden Papierbällen nach.

Nach dem Abendessen brachte Dora ihm eine Tasse Kaffee auf die hintere Veranda. Es war ein Ritual, dass sie sich in der vergangenen Woche angewöhnt hatten, seit der Nacht der blauen Löwen, ein kleiner Rückzug von den übrigen Gästen. »Nun?«, fragte sie. »Hast du ihn zurückgerufen?«

»Was?« Leo sah auf. Nachdem Anton das Geschirr in die Küche geräumt hatte, gab er ihm eine Schachlektion. Er erklärte ihm gerade etwas über die Bedeutung der Randbauern und ließ sich ungern aus der Konzentration bringen.

»Den berühmten William Starling. Was wollte er denn?«

Leo runzelte die Stirn. »Wer? Ich weiß von nichts.«

»Aber er hat doch ausdrücklich gesagt, es sei wichtig«, beharrte Dora.

»Dora, wer ist das, dieser Sperling? Und was will er von mir?«

»Starling«, sagte Dora. »Der Verleger. Er ist so bekannt, dass selbst ich weiß, wer das ist. Außerdem verkehrt er mit Geringers.«

»So«, machte Leo und wandte sich wieder dem Schachbrett zu.

»Warum hast du ihn denn nicht zurückgerufen? Er hat gesagt, dass er jetzt wieder in Sharon ist.«

Etwas dämmerte Leo. »Ist das der, der in Argentinien auf Entenjagd war? Mit Alma und Hugo?«

Dora zuckte die Schultern. »Kann schon sein. Davon weiß ich nichts.«

»Und was will er?«

»Mit dir sprechen, offenbar. Sagt Frau Kniffel.«

»Frau *Kniffel*?«

»Ja, sie hat das Telefon abgehoben, als er heute morgen anrief. Warte, ich frage sie.« Dora verschwand in die Küche und erschien kurze Zeit später mit der von Seifenlauge dampfenden Köchin.

»I hon Ihne doch n Zettel hinglegt. Dass Sie zrückrufe sollet«, sagte Frau Kniffel gekränkt.

»Ich habe keinen Zettel gesehen«, sagte Leo.

»Er hot aber unbedingt mit Ihne rede wolle«, beharrte Frau Kniffel. »Wege dem Buch.«

»Dem Bu–« Herrje, was mochte Alma jetzt schon wieder erzählt haben? Hatte sie seinen letzten Brief denn noch nicht bekommen? Sie musste die Pocahontas-Idee doch einfach fürchterlich finden. Aber womöglich hatte er in ihrem Kopf bereits eine Trilogie vollendet. Schuldbewusst dachte er an den immer noch akkurat aufgeschichteten Stapel Schreibmaschinenpapier, blütenweiß und fast unberührt.

Unwirsch schüttelte Leo den Kopf. »Schon gut, Frau Kniffel. Ich brauche den Zettel nicht. Also, Anton, wo waren wir …«

»Sie ist beleidigt«, sagte Dora, nachdem der Salon sich geleert hatte und Anton schlafen gegangen war; Leo hatte wieder leise die Autotür zuklappen gehört. »Sie denkt, du glaubst ihr nicht. Du glaubst, sie hat sich das mit dem Zettel nur ausgedacht und in Wirklichkeit vergessen, dir eine Nachricht aufzuschreiben.«

»Meine Güte, was für eine empfindliche Person!«, grummelte Leo. Plötzlich sah er wieder den Flottie-Bengel vor sich, mit dem Spielzeuglaster und seinen papiernen Kanonenkugeln. Er ahnte, was passiert war. »Es ist wirklich egal, Dora. Ich werde den Mann nicht anrufen. Da steckt nur wieder so eine Umtriebigkeit von Alma dahinter.«

Dora öffnete eine Bierflasche und schenkte zwei Gläser ein, die sie auf die Veranda hinausgebracht hatte. Sie zog einen Korbstuhl an seinen heran und setzte sich neben ihn.

»Du beschwerst dich ziemlich viel über Alma«, sagte sie. »Dabei ist sie doch deine Agentin. Sie scheint sich viel Mühe zu geben.« Sie akzeptierte die Zigarette, die Leo für sie angeraucht hatte.

Er trank einen Schluck. »Nun, genau das, was eine gute Agentin ausmacht, sind auch Eigenschaften, die – die jemanden zur Weißglut treiben können. Zumindest jemanden wie mich.«

»Einen Autor«, stellte Dora fest.

»Einen Autor«, nickte Leo. »Besonders einen Autor, dem nichts einfällt.«

»Ich dachte, ihr seid auch Freunde«, sagte Dora. »Du musst zugeben, dass sie sehr großzügig ist.«

»Dora!« Das Bier in Leos Glas schwappte gefährlich, als er es abstellte.

Dora senkte den Kopf. »Entschuldige. So habe ich es nicht gemeint. Es geht mich ja auch nichts an.«

Auch er senkte den Blick. »Nein, ich muss mich entschuldigen. Es gibt keinen Grund, heftig zu werden. Du hast recht. Alma ist sehr großzügig. Vielleicht eher –«

»– zu großzügig?«, vollendete Dora seinen Gedanken.

»Ich dachte, es sei eine gute Idee von ihr«, gestand Leo. »Die Einladung in das Haus in Sharon, um ein Buch fertig zu bekommen. Alma sagte, ich bräuchte den Tapetenwechsel. Seit zehn Jahren, Dora, sitze ich in Tel Aviv und bin damit beschäftigt – *nicht* zu schreiben. Es stimmt, ein Quartalsschreiber war ich immer schon. Lange gar nichts, und dann plötzlich – dann fließt alles aufs Papier, was sich seit Jahren in meinem Kopf angesammelt hat. Aber so lange … so lange hat es noch nie gedauert.«

»Es war eine schwierige Zeit«, wandte Dora ein. Sie nahm seine Hand.

»Es *ist* eine schwierige Zeit, Dora. Und für mich wird es – wird es wohl nie wieder eine einfache Zeit geben. Alma und Hugo tun ihr Bestes. Aber wohin verkaufen sie die Rechte an meinen Büchern? Manchmal nach Argentinien. Hin und wieder eine Übersetzung nach Finnland oder Portugal. Aber was sagen die Verleger, die mich in Deutschland und Österreich publiziert haben? Historische Romane sind *out*, sagen sie. Man will die Erfahrung des Kriegs aufarbeiten. Und vor allem mit neuen Formen experimentieren. Die Formen müssen genauso zerbrochen sein wie die Charaktere, über die geschrieben wird. Aber ich, Dora – es tut mir leid, ich schreibe am liebsten in ganzen, kohärenten Sätzen.«

»Es wird sich wieder ändern, Leo«, sagte sie tröstend. »Deine Art zu schreiben wird wieder ein Publikum finden. Bestimmt.«

Leo lachte bitter. »Bestimmt hast du recht, Liebling, bestimmt. Aber nicht zu meinen Lebzeiten. Sieh mal, ich bin fünfundfünfzig Jahre alt. Und für Europa bin ich einfach ein *forgotten writer.*«

Dora richtete sich kerzengerade in ihrem Korbstuhl auf. »Was hast du gerade gesagt?«

»Es stimmt, Dora, und versuche nicht, es mir schön zu reden, auch wenn ich weiß, dass du es gut meinst. Ich sage es noch einmal: Ich bin für Europa ein *forgotten writer.*«

»Nein«, murmelte sie, »das meinte ich nicht. Vorher.«

»Vorher?«

»Hast du gerade – hast du gerade ›Liebling‹ zu mir gesagt?«

Eine Weile blieb es still. Leo sah in den schweren Nachthimmel, die Luft roch nach Regen. Die Hühner im Gehege unter der Veranda gluckten, und im Garten und im Feld zirpten sehr laute Grillen. Wenigstens waren in den ersten Augusttagen die Ochsenfrösche in der Marsch verstummt, dachte er. Aber irgendetwas war in Amerika immer laut.

Er drückte Doras Hand. »Ja«, flüsterte er. »Ich glaube, ich habe gerade ›Liebling‹ zu dir gesagt, Dora. Liebling.«

»Deine Tochter«, murmelte Dora. »Du hast ihr immer noch nicht die Adresse vom Roxy geschickt.« Sie lagen Arm in Arm auf dem schiefen Bett in seiner Mansarde. Es war sehr spät; durch das geöffnete Fenster hörten sie den Regen herunterrauschen.

»Du hast den Brief gesehen, den Pete heute gebracht hat?«, sagte Leo.

»Es waren so schöne Marken«, sagte Dora. »Dieser herrliche Tempel. Er sieht aus wie ein Bienenstock mit einer Mütze obendrauf. Was – was schreibt sie denn?«

»Ach, dummes Zeug«, sagte Leo unwillig. »Sie will an die Musikhochschule.«

»Das klingt nicht dumm«, sagte Dora. »Sie ist doch sehr musikalisch, oder?«

»Ihre Mutter ist dagegen«, sagte Leo. »Und ich habe keine Lust, mich da hineinziehen zu lassen.«

»Deine Frau? Helene?«

»Ex-Frau. Wir sind seit vielen Jahren geschieden.«

»Aber über die Zukunft eurer Tochter werdet ihr euch doch verständigen.«

»Versuch du mal, dich mit einer Schneekönigin zu verständigen. Das hat nicht einmal funktioniert, als wir frisch verheiratet waren.«

»In der Porzellangasse.«

»In der Porzellangasse«, knurrte Leo.

»Gab es – gab es da andere?«, fragte Dora zögernd.

Leo schwieg betroffen. »Na ja«, sagte er schließlich. »Doch, hin und wieder schon, es war … Und Helene hat auch –«

»Alma«, sagte Dora.

»Alma?«, fragte Leo erschrocken.

»Alma«, wiederholte Dora. »Du hattest mal ein Verhältnis mit ihr, oder?«

»Dora, ich …« Leo seufzte. Kannte sie ihn wirklich schon so gut? »Also – ja, ich hatte mal ein Verhältnis mit ihr. Aber wirklich nur ganz kurz.«

»Ich dachte es mir.« Sie kicherte leise. »Ihr geht miteinander um wie … wie ein altes Ehepaar. Wie man nur miteinander umgeht, wenn man sich sehr gut kennt. Alma liegt sehr viel an dir, weißt du.«

»Nun, vielleicht hast du recht«, räumte Leo ein. »Sie hat allerdings eine recht besitzergreifende Art, das zu zeigen.«

»Besser als eine Schneekönigin«, meinte Dora.

»Das stimmt«, sagte Leo. »Aber in diesem Fall gebe ich der Schneekönigin ausnahmsweise einmal recht. Ich möchte auch nicht, dass Gabriele Musik studiert.«

»Aber wenn sie doch …«

»Jedenfalls nicht in *Wien*«, sagte Leo.

Dora richtete sich auf. »Aber, Leo, das ist doch wunderbar. Dann könntest du sie bald sehen.«

Er schnaubte. »Möglich. Oder auch nicht. Wien ist – Wien ist nicht mehr Wien. Es ist ja niemand mehr da, den ich kenne.« Nur noch Leute wie der Bischofer, dachte er, die waren offensichtlich nicht wegzubekommen.

»Ich werde sie unterstützen müssen«, sagte Leo.

»Selbstverständlich musst du das«, bekräftigte Dora.

»Es widerstrebt mir nur …«, murmelte Leo. »Hm, wie soll ich es dir erklären? Es sieht so aus, als wolle sie ein Zimmer bei einer alten Nazi-Sympathisantin mieten. Und der soll ich die Rente aufbessern?«

»Leo«, sagte Dora, »dafür kann doch Gabriele nichts.

Sei doch froh, dass sie ein Zimmer gefunden hat. Und dass sie einen Plan hat. Ein Ziel.«

»Im Gegensatz zu mir, meinst du?«

»Du weißt genau, dass ich es nicht so meine. Ich denke nur, dass du dich für sie freuen solltest.«

»Aber es stimmt doch, Dora!«, sagte er, ihre letzte Bemerkung ignorierend. »Ich habe keinen Plan. Kein Ziel mehr. Ich bin seit Jahren einfach nur noch Versicherungsmathematiker. Gewiss, ich habe von meinem moderaten Gehalt meiner Tochter eine gute Erziehung ermöglichen können. Ich habe Helene immer Geld geschickt für Queen Mary's, Gabriele musste ja unbedingt auf so ein Internat gehen. Ein katholisches Internat, um genau zu sein. Und ich werde Gabriele weiter Geld schicken können für ihre Stunden bei einem Nazilehrer und für ihr Nazizimmer. Um das tun zu können, muss ich allerdings Versicherungsmathematiker bleiben. Ein kleiner Angestellter, der geträumt hat, dass noch ein Buch in ihm steckt. Und der dafür einen längeren Urlaub genommen hat, als für seine Finanzen gut ist. Für einen Roman, den wahrscheinlich sowieso niemand lesen will. Träume, Ziele, Pläne – irgendwann muss man mal realistisch sein, Dora.«

»Leo, Liebling«, sagte sie sanft, »vielleicht solltest du doch diesen Verleger zurückrufen. Starling. Vielleicht …«

»Um mir noch einmal sagen zu lassen, dass meine Ideen, meine Bücher altmodisch sind? Dass ich doch bitte diesen Mailer lesen soll, um zu verstehen, was das Publikum heutzutage will?«

»Es kann doch nicht nur Kriegsromane –«

»Dora – ich werde es nicht tun. Und damit basta.« Heftig drehte er sich auf die Seite.

Einen Moment lang blieb sie reglos neben ihm liegen. Dann spürte er, wie sie sich aufsetzte. Es raschelte leise, als sie mit den Füßen nach ihre Pantoffeln tastete. Ihre Hand tätschelte sanft seine Schulter, ihre Lippen streiften seinen Hals.

»Ich glaube, ich sollte besser runtergehen«, sagte sie. »Der Hahn kräht sowieso gleich.«

XVII

Mittwoch, 11. August

»Da ist ja Pete!« Anton trat heftig auf die Bremse. Leo schaffte es gerade noch, sich mit den Händen am Armaturenbrett abzustützen.

In der Tat, auf dem Bürgersteig, unter einem von zierlichen griechischen Säulchen getragenen Vordach, stand Pete Reynolds und winkte ihnen mit einem hellblauen Etwas.

»Ich glaube, er hat Post«, sagte Anton. Er ließ den Ford an den Straßenrand rollen und schaltete den Motor ab.

Er hatte recht. »Hab gerade das Postfach der Liebreichs ausgenommen«, rief Pete statt einer Begrüßung, während Leo und Anton die Straße überquerten. »Da war schon wieder was für Sie dabei, Mr. Perlstein. Das trifft sich ja prima, dass Sie gerade in Sharon sind. Wollte es eigentlich heute Nachmittag vorbeibringen.«

Leos Herz sank, als Pete ihm das Aerogramm hinhielt. Schon wieder ein Brief von Gabriele, kaum eine Woche nach dem vorigen. Und er hatte ihr noch immer mit keiner Zeile geantwortet. Leo, tu etwas!, dachte er bitter.

»Wir kaufen für Miss Dora ein«, hörte er Anton erklären. »Meistens macht sie ihre Besorgungen ja in Amenia. Aber sie hat einen Anruf bekommen, dass die guten Pflaumen reif sind, und die gibt's doch nur hier beim Kaufmann. Und den guten Kaffee auch.«

»Hab ich das richtig im Kopf, dass da bald jemand Geburtstag hat?«, brummte Pete und klopfte Anton väterlich auf die Schulter. »Nun nehmen Sie schon«, wandte er sich wieder an Leo und drückte ihm das Aerogramm in die Hand. »Mir macht es zwar nichts aus, für Sie den Postboten zu spielen, aber wenn Sie noch länger hier sind, lohnt es sich vielleicht doch, den Leuten, mit denen Sie korrespondieren, mal die Adresse vom Roxy zu geben. In diesem Jahr wird es mit Hugos und Almas Haus bestimmt nichts mehr.«

»So lange hatte ich ohnehin nicht zu bleiben gedacht«, sagte Leo, und er merkte selbst, dass sein Ton nicht nur Wienerisch, sondern auch ungerechtfertigt gereizt klang.

»Na, so hatte ich's doch nicht gemeint, Mr. Perlstein«, sagte Pete begütigend. »War ja nur ein gut gemeinter Rat.« Er zog seinen Autoschlüssel aus der Hosentasche. »Ich werd dann mal. Anton, sag Dora Grüße. Und heb mir ein Stück vom Geburtstagskuchen auf!« Er tätschelte dem Jungen noch einmal die Schulter und stiefelte davon.

»Ich könnte Miss Dora eigentlich auch gleich noch neue Briefmarken mitbringen«, meine Anton. »Wo wir schon mal hier sind.« Er stieß die Tür des säulenbestandenen Holzhauses auf; Leo hatte nicht realisiert, dass es das Postamt war, ebenso schmuck und frischgestrichen wie die anderen Gebäude, die den sorgsam geschnittenen Rasen des Dorfplatzes umstanden.

»Haben Sie das tatsächlich gerade so gemeint, Mr. Perlstein?« Anton sah ihn von der Seite an, während sie darauf warteten, dass der Schalterbeamte die Kunden in der Schlange vor ihnen abfertigte. »Sie reisen ab?«

»Nun, so genau steht das noch nicht fest«, sagte Leo ausweichend. »Aber irgendwann ist der Sommer ja vorbei.« Er musste sich eingestehen, dass er den Gedanken an die Abreise bisher vermieden hatte.

Anton nickte gedankenverloren. Dann hellte sich sein Gesicht auf. »Aber noch ist es ja Sommer, Mr. Perlstein! Und übermorgen habe ich Geburtstag, da sind Sie doch auf jeden Fall noch hier.«

Leo nickte ebenfalls. »Auf jeden Fall, Anton.«

Dora teilte aus. Leo sah zu, wie ihre flinken Hände die Handkarten austeilten, dann die Strohmänner. Er sortierte sein Blatt. »Ich passe«, sagte er.

»Ich mach das Spiel«, gab sie zurück. Sie deckten die obersten Strohmänner auf. Sie hatte ein paar Tarock dabei und nahm sie zu ihren Handkarten.

»Dora«, sagte er, »ich wollte dich schon lange etwas fragen, das – nun ja, es ist ziemlich persönlich. Aber du sagtest doch … Du hast mir erzählt, deine Eltern seien streng katholisch.«

»Sehr. Meine Mutter ging jeden Morgen in die Frühmesse.«

»Warum – also, was ich nicht verstehe … Warum hast du dann keine Geschwister?«

»Trull«, sagte Dora und hielt ihm die drei Karten hin. Leo nickte abwesend. Sie steckte den Sküs und den Pagat zurück in ihr Blatt und ließ den Mond liegen. Leo gab klein zu.

»Ich habe Geschwister, Leo«, sagte sie leise. »Hatte Geschwister. Und andererseits auch nicht. Ich habe sie nie kennengelernt.« Sie lächelte. »Du hast recht, Leo, dafür, dass meine Eltern katholisch waren, hatten sie sehr wenige Kinder. Zwei waren ihnen genug. Sie wollten, dass die Kinder es besser haben. Mehr konnten sie sich nicht leisten. Mein Vater hat in der Lackfabrik gearbeitet, sie hatten ein winziges Häuschen von der Kompanie gemietet. Es hätte in unseren Salon hier hineingepasst. Inklusive Gemüsegarten.«

Leo stach ihre Farbkarte und spielte den Pikkönig. »Zwei Kinder, sagst du.«

»Das waren meine Geschwister«, nickte sie und bediente seine Farbe. »Sie waren acht, neun Jahre älter als ich.«

Leo spielte weiter Pik; sie tarockierte seine Dame. »Zwei … Aber dann wart ihr doch drei? Was ist aus ihnen geworden?«

»Sie gingen zur Schule, wie alle Kinder in der Gegend. Es waren viele … Am Wochenende ging jeder in seine eigene Kirche, die Iren, die Italiener, die Deutschen. Die slowenische Kirche war die neueste.«

Sie hatte Glück, in ihren Strohmännern verbargen sich noch ein paar hohe Farbkarten, die sie nacheinander ausspielte. Den Blick hielt sie auf ihr Blatt gesenkt. »Es – es gab einen Brand. Das Schulhaus brannte komplett aus. Man hat nie richtig herausgefunden, wie es angefangen hat. Wahrscheinlich im Heizungskeller. Es war März, es war noch kalt.«

»Und deine Geschwister …«

»Hundertsiebzig Kinder sind verbrannt, Leo. Von den meisten blieb nichts übrig. Nichts.«

Leo holte tief Luft und schob die Karten in seiner Hand zusammen. »Dora, wenn du lieber aufhören möchtest, dann –«

Sie schüttelte den Kopf. »Nein, nein, es ist schon gut. Es ist so lange her. Ich – ich kannte sie ja gar nicht. Anton, das war der älteste. Nina war meine Schwester.« Sie zögerte einen Moment, bevor sie einen Tarock ausspielte. Leo fächerte seine Karten wieder auf. Er stach mit einem höheren Tarock.

»Und dann – dann wurdest du geboren.«

Sie nickte. »Fast jede Familie in der Nachbarschaft hatte ein Kind verloren, oder sogar mehrere. Meine Eltern wollten unbedingt noch ein Kind. Und sie hatten Glück, sie haben tatsächlich noch eines bekommen. Mich. Sie waren schon nicht mehr ganz jung.«

Sie tarockierte seinen Karo und spielte den Sküs. »Sie behüteten mich sehr, aber sie waren auch sehr streng. Sie hatten immer nur Angst um mich. Und sie wollten, dass ich so bin wie sie. Dass ich die Familientradition fortsetze. Aber was denn bitte für eine Tradition?«

Sie warf die Herzdame auf den Tisch; er hatte noch ein As, das er zugeben musste.

»Du weißt, dass ich von meinen Großeltern nichts kenne als ein Kochbuch. Und dass ich nie in meinem

Leben in Slowenien gewesen bin.« Sie warf ihre letzte Karte auf den Tisch, den Pagat. »Was es ja sowieso nicht mehr gibt. Slowenien, meine ich.«

»Trull eingestochen«, sagte Leo und legte die Tarock-Zehn auf den Pagat.

»Hab ich mich so verzählt?«, sagte Dora erschrocken. »Ich dachte, du hättest keine Tarock mehr.«

Leo lächelte. »Du warst nicht ganz bei der Sache, Dora. Und das war meine Schuld, fürchte ich.«

»Es ist schon gut, Leo«, sagte sie. »Es stimmt, ich hab nicht aufgepasst. Aber das Spiel hab ich gewonnen.«

»Haushoch«, bestätigte er.

»Hier, für den Trull.« Sie zählte ein paar Münzen aus ihrem Glasschälchen. »Du schuldest mir dreißig. Und du bist dran mit Geben, Leo.«

Leo sah nachdenklich auf den Pagat. Es war immer eine seiner Lieblingskarten gewesen, der Musikant mit dem Glockenspiel, das tanzende junge Mädchen mit dem Tamburin und den wehenden Zöpfen.

»Das muss ein großes Glück gewesen sein für deine Eltern«, sagte er. »Dass sie dich hatten.«

Dora seufzte. »Wie man's nimmt, Leo. Ja, sie hatten mich. Aber sie hielten mich so sehr fest, dass ich … dass ich an nichts anderes denken konnte, als davonzulaufen. Schon als Kind.«

»Und dann kam Konrad«, sagte Leo. Er schob den Pagat in den Talon und begann zu mischen.

»Dann kam Konrad«, bestätigte Dora.

»Ihr habt einfach heimlich geheiratet, ohne das Einverständnis deiner Eltern?«

Dora sah konzentriert auf den Talon, den er ihr zum Abnehmen hingeschoben hatte. »Na ja – eigentlich nicht so richtig«, sagte sie.

»Ihr hattet eine Feier?«, fragte Leo erstaunt, während er auszuteilen begann.

»Nein, das nicht«, sagte Dora. Sie sah ihm ins Gesicht. »Eher das Gegenteil. Wir … wir haben eigentlich gar nicht geheiratet.«

Leo ließ eine Reihe von Karten fallen. »Wie meinst du das, eigentlich gar nicht?«

Dora wurde rot. »Nun, eigentlich … gar nicht. Konrad … er fand das nicht wichtig. Er fand die Ehe kleinbürgerlich, überholt. Wir hatten ein Einverständnis. Das war uns genug.«

»Dora, willst du damit sagen, dass du mit deinem Mann – deinem ersten Mann – gar nicht verheiratet warst?« Irritiert warf er den Rest der Karten hin. »Ich mische noch mal.«

Dora nickte fest. »Das will ich damit sagen, Leo. Und weißt du was? Ich bereue es nicht. Wir waren uns völlig einig. Und er hatte doch recht, oder? Die Ehe ist doch eine eher kleinbürgerliche, überholte Institution.«

Unwillkürlich musste Leo grinsen. »Sicher, Dora. Wenn du meinst. Du hast deinen Bebel aber gut im Kopf behalten.« Er ließ sie zum zweiten Mal abheben.

Dora blieb ernst. »Ich weiß nicht, ob ich es heute noch genauso sehen würde«, sagte sie. »Wenn man älter wird, sieht man manches anders. Aber vor allem – vor allem denke ich, aus heutiger Sicht, dass ich damals vielleicht nicht einen Schritt hätte tun sollen, von dem es kein Zurück mehr gab. Absolut keines. Nein, nachdem ich mit Konrad fortgegangen war, konnte ich nicht mehr zurück. Nie mehr.«

»Deine Eltern hätten dir nicht verziehen?« fragte Leo.

Sie schüttelte den Kopf. »Ich habe ihnen das Herz gebrochen, da bin ich mir sicher«, sagte sie. »Es muss für sie fast das Schlimmste gewesen sein, auch noch ihr drittes Kind zu verlieren.«

»Fast das Schlimmste, Dora?« Er sah sie ungläubig an. »Was hätte denn noch schlimmer sein können?«

Sie sah auf den Kartentisch. »Wenn sie mir verziehen hätten, dann hätten sie – sie hätten infrage stellen müssen, worauf sie ihr ganzes Leben gebaut hatten.«

»Deine Mutter ging jeden Morgen zur Kirche.«

»Ja, genau.«

»Und deine Geschwister …«

»Wie hätten sie darüber hinwegkommen sollen, Leo? Sie waren überzeugt davon, dass es Gottes Wille gewesen sein musste.«

»Und dann hat Gott – hat Gott ihnen dich gegeben? So in etwa?«

Sie nickte, den Blick noch immer auf die Karten gerichtet. »Schon als Kind habe ich das immer gespürt, Leo. Es war nicht einfach, so aufzuwachsen. Als wäre ich ein … Ein Geschenk des Himmels. Das konnte ich einfach nicht aushalten.«

Er griff nach ihrer Hand. »Du hast aber auch ein Kruzifix. In deinem Schlafzimmer.«

Sie nickte wieder. »Du hast recht. Es hing schon

über meinem Bett, als ich ein Kind war. Ja, ich habe es damals mitgenommen. Aber mehr zur Erinnerung. Ich wusste ja, dass … dass ich sie nie mehr wiedersehen würde.«

Leo sah sie nachdenklich an. »Für wen war das schwerer, Dora? Für sie oder für dich?«

Sie lächelte traurig. »Das kann ich nicht beurteilen, Leo. Ich weiß ja nur, wie schwer es für mich ist. Und wie ist es mit dir?«

»Nun«, sagte er, »meine Eltern sind ja schon seit einer ganzen Weile verstorben. Wir waren eine völlig normale Familie, wenn ich das so sagen kann. Es ging uns gut. Mein Vater hatte eine Tuchfabrik, und im Krieg, im ersten Weltkrieg –«

»Das meinte ich nicht«, sagte Dora leise. »Ich meinte Gabriele.«

»Gabriele?«, sagte Leo überrascht. Er senkte den Blick. »Du weißt ja, es ist nicht einfach, sie ist so weit entfernt von mir aufgewachsen. Aber ich würde nicht sagen, dass es zwischen uns zu einem Bruch gekommen ist. Eher haben wir uns – nun, vielleicht entfremdet, ungewollt. Es lag einfach in der Natur der Dinge.«

»Aber jetzt kannst du ihr vielleicht wieder näherkommen«, sagte Dora. »Wenn sie erst in Wien ist.«

»Dora, ich habe dir doch gesagt – Wien kommt nicht infrage. Mit diesen alten Nazis. Das kannst du nicht verstehen, das sitzt tief …«

»Alte Überzeugungen sitzen immer tief, Leo. Und oft haben sie ja gute Gründe.«

»Sehr gute Gründe«, bekräftigte er.

»Aber ist das ein Grund – sind deine Überzeugungen es wert, dafür deine Tochter zu verlieren? Sie hat doch auch gute Gründe dafür, nach Wien gehen zu wollen. Wäre es … wäre es nicht besser, du würdest sie unterstützen? Ihr nicht nur das Zimmer zahlen, meine ich. Sondern – so richtig. Aus vollem Herzen.«

Leo schwieg betroffen. Er musste sich eingestehen, dass er die Sache in diesem Licht noch nicht betrachtet hatte. Und dass er froh war, Pete am Postamt getroffen zu haben. So wusste Dora wenigstens nicht, dass es schon wieder einen Brief von Gabriele gab.

»Ich … ich werde ihr schreiben, Dora«, sagte er schließlich. »Morgen. Sollte ich ihr auch ein kurzes Telegramm schicken, was meinst du? Sie soll ihre Entscheidung treffen, wie sie es will.«

»Ich möchte auf keinen Fall Anton einmal vor so eine Wahl stellen«, sagte Dora. »Dass er sich entscheiden muss zwischen seiner eigenen Zukunft und einer Beziehung zu seiner Mutter. Zu mir.«

»Anton hat mich heute eingeladen«, sagte Leo, während er mit dem Austeilen begann. »Zu seinem Geburtstag am Freitag. Er sagt, es gibt Kaffee und Kuchen im Garten.«

Dora nickte. »Pflaumenkuchen. Es ist immer der erste Pflaumenkuchen im Jahr, wenn Anton Geburtstag hat.«

»Ja, das hat er mir auch erzählt. Ein Rezept aus dem Kochbuch deiner Großmutter?« Er zählte die Strohmannpäckchen ab.

»Natürlich, was dachtest denn du?«

»Diese Einladung werde ich auf keinen Fall verpassen!«, versicherte Leo. »Und ich habe eine Idee. An dem See – dem großen See, meine ich, unterm Lakeview Hotel – lagen doch ein paar kleine Jollen. Hättest du Lust, dass wir vielleicht nach dem Kaffeetrinken mit ihm ein bisschen segeln gehen?«

Dora sah überrascht von den Karten auf, die sie in ihrer Hand sortierte. »Du segelst, Leo?«

»Nur ein wenig«, sagte er bescheiden. »Ich fahre besser Wasserski. Aber für einen Stausee in Amenia wird es reichen.«

»Na, dann abgemacht«, sagte Dora. Ihr Lächeln hatte sich aufgehellt; sie sah auf ihre Karten. »Ich mach das Spiel, Leo.«

XVIII

Freitag, 13. August

Dora hatte einen Tisch im Garten gedeckt, unter dem alten Nussbaum, den man aus dem Küchenfenster sah. Das war zwar nicht weit vom Hühnerstall, aber es war eine abgelegene Ecke des Grundstücks, unterhalb der Veranda, wo die Gäste nicht hinkamen. Man hörte die Tiere im Garten gurren und scharren, und die Junghennen, die inzwischen das allgemeine Gehege teilten und tagsüber frei über den Rasen spazieren durften, rannten zuweilen aufgeregt gackernd herum, was von den würdigen älteren Damen mit missbilligendem Glucksen kommentiert wurde.

Auf einem weißen Tischtuch war das gute Geschirr aufgelegt, Teller und Kaffeetassen, und in einem Weckglas stand ein Strauß von Phlox und Scheinastern. Daneben lag ein rechteckiges Päckchen, in Zeitungspapier eingeschlagen. Leo saß zurückgelehnt in einem Gartenstuhl, ein Kissen im Rücken, und rauchte behaglich eine Zigarette. Es war in den letzten Tagen angenehm kühl gewesen, was wahrscheinlich dem Wirbelsturm geschuldet war, der seit Tagen die Küste heraufzog, das Radio berichtete unausgesetzt davon. Auch heute war es bedeckt, und ein Wind strich raschelnd durch den Nussbaum und bewegte das Tischtuch.

Anton erschien mit einer Schüssel Schlagsahne, in einem frischgebügelten hellblauen Hemd, gefolgt von Dora, die einen Kuchenteller trug. »Die Geringers kommen etwas später«, sagte sie und stellte den Pflaumenkuchen auf den Tisch. Es duftete köstlich nach Hefeteig. »Sie sind noch in Amenia. Jack Rosenson – du weißt schon, der Apotheker – hatte das Rezept für den Professor noch nicht fertig. Oh, und, Leo, Mr. Starling hat vorhin schon wieder angerufen. Er lässt nicht locker.«

Leo schüttelte sich. »Ich habe doch gesagt, dass ich auf keinen Fall –«

Sie nickte beschwichtigend. »Ich weiß, ich weiß. Aber ausrichten wollte ich es dir doch. Du brauchst nicht gleich auf den Boten zu schießen.« Sie deutete mit der Hand auf den Kuchen. »Esst, warm schmeckt er am besten.«

»Außerdem müssen wir dann ja auch los«, sagte Anton, während er sich zwei Kuchenstücke auf den Teller lud. Der Plan war, nach dem Kaffeetrinken auf dem Stausee in Amenia eine Stunde oder zwei zu segeln, bevor im Roxy das Abendessen serviert werden musste.

Ein stärkerer Windstoß ließ eine Handvoll grüner Nüsse herabregnen. »Au«, sagte Anton erschrocken, den eine davon getroffen hatte. Die Hühner gackerten.

Dora sah besorgt zum Himmel hinauf. »Ich weiß nicht, Anton«, sagte sie. »Der Wirbelsturm vor der Küste soll zwar nachgelassen haben, aber im Radio haben sie gesagt, man soll trotzdem noch vorsichtig sein, auch weiter im Inland. In New Jersey hat es angeblich regelrechte Regenfluten gegeben. Vielleicht sollten wir das Segeln lieber verschieben.«

»Ohne Wind macht es doch gar keinen Spaß!«, rief Anton.

»Aber im Regen macht es auch keinen Spaß, Anton«, sagte Leo. Er runzelte die Stirn. »Sieh mal, der Himmel wird immer dunkler.«

Ein weiterer Windstoß fegte durch den Garten. Der Blumenstrauß kippt vom Tisch. Von den Hügeln her drang leises Donnergrollen.

»Huh«, machte Anton. Dora hielt die Tischdecke fest.

Auf der Veranda über ihnen erschien Frau Kniffel, mit aufgelöstem Haarknoten und fliegender Schürze.

»Miss Dora, der Professor ist wieder am Telefon!« keuchte sie. »Aus der Apotheke. Es regnet ganz fürchterlich in Amenia, und Sie sollen – Sie sollet auf koin Fall zum Segle gange«, fiel sie in ihr Schwäbisch, während sie drohend den Zeigefinger in Leos Richtung hob.

Leo sah Dora an. »Wieso regnet es fürchterlich in Amenia? Hier ist es trocken.«

»Leo, diese Gewitter sind unberechenbar«, sagte Dora. »Manchmal schüttet es überm Roxy, und auf der anderen Straßenseite, am Bahnhof, scheint die Sonne.« Über den Hügeln zuckte ein Blitz.

»Ist der Professor noch am Telefon?«, rief Leo zu Frau Kniffel hinauf.

Sie schüttelte den Kopf. »Die Leidung – die Leidung war plötzlich unterbroche, Doktor Perlstein.«

Ein Donnergrollen folgte aus Richtung der Hügelkette und ein paar nussschwere Regentropfen landeten auf dem Kaffeetisch. »Mein Kuchen!«, schrie Anton. Er riss die Tortenplatte an sich und lief damit zur Verandatreppe. Auch Dora war aufgesprungen; sie stellte in Windeseile das Geschirr auf dem Tablett zusammen. Leo steckte das in Zeitungspapier gewickelte Päckchen unter sein Jackett.

»Die Hühner, Leo!«, rief Dora besorgt. Sie drückte ihm das Geschirrtablett in die Hände, und er folgte Anton die Verandatreppe hinauf, während sie sich daran machte, die Hühner ins Gehege zu scheuchen.

Leo stellte das Geschirr im Flur ab und griff zum Telefon. »Ellie?«, rief er in die Muschel. »Ellie, hören Sie mich? Hier ist Leopold Perlstein. Geben Sie mir Jack Rosenson, die Apotheke!«

Eine Kakophonie von Stimmfetzen, Fiepen und Misstönen drang ihm aus der Leitung entgegen. Leo hieb auf die Gabel. »Ellie?«, rief er noch einmal.

»Mr. Perlstein?«, drang es etwas abgehackt zurück. »Ich k -icht, alle wollen tel-. Amenia -lutet, ich glaube, d--brochen, und -« Dann wurde es still in der Leitung. Leo hielt den Hörer in der Hand.

Anton und Dora drängten in den Flur, beide mit feuchten Haaren. »Das hätten wir, Mr. Perlstein«, sagte Anton außer Atem. »Die Hühner sind alle im Stall.«

»Ist etwas nicht in Ordnung, Leo?«, sagte Dora besorgt. Er hielt noch immer den Hörer. »Das kommt öfter mal vor, dass bei einem Gewitter die Leitung unterbrochen wird.«

»Ich glaube«, sagte Leo, »ich glaube, Ellie hat gerade gesagt, dass der Damm vom Stausee in Amenia gebrochen ist.«

»Der Damm?« Sie sah ihn an. »Der Damm vom Stausee?« Sie schwieg einen Moment. »Vom alten Mühlwehr führt der Hang runter zum Ten Mile River, über die 22.«

»Wo die Bahn entlanggeht?«, fragte Leo. Er fühlte einen gewissen Stolz, er kannte sich in der lokalen Geographie inzwischen doch ganz gut aus.

Dora nickte. »Genau. Da unten, im Tal, liegt der Ort Wassaic. Wo die die Milchsammelstelle ist.«

»Arties Vater arbeitet da!«, mischte sich Anton erschrocken ein.

Dora nickte nachdenklich. »Und Arties Familie wohnt auch gleich nebenan. Wie viele der Familien, die für die Milchfabrik arbeiten. In diesen kleinen Holzhäusern, die haben nicht mal ein Obergeschoss, wenn da das Wasser …« Sie schwieg einen Moment. Dann schreckte sie auf. »Wir müssen hinfahren! Vielleicht können wir etwas tun.«

»Dora«, sagte Leo sanft. »Das ist ein großer See. Wenn der ausläuft, kommen wir vielleicht gar nicht bis …«

»Leo!« rief Dora. »Natürlich ist das ein großer See. Aber man muss kein Mathematiker sein, um zu verstehen, dass das Wasser den Hang runterläuft, nicht rauf! Natürlich kommen wir hin.« Sie war voller Energie. »Anton! Zieh das gute Hemd aus. Haben wir noch belegte Brote übrig vom Lunch heute? Leo, bitte sag Frau

Kniffel – ach, sag ihr irgendwas. Kartoffelsuppe ist heute Abend gut genug. Sie soll Mangold aus dem Garten holen für einen Salat, sobald der Regen nachlässt.«

»Kartoffelsuppe«, murmelte Leo. »Mangold für einen Salat.«

»Belegte Brote«, wiederholte Anton. »Miss Dora, sollten wir vielleicht auch den Pflaumenkuchen mitnehmen? Wir haben erst ganz wenige Stücke davon gegessen«, fügte er bedauernd hinzu.

Dora sah ihn einen Moment lang an, dann schloss sie ihn in die Arme. »Ich back dir einen neuen, Anton«, sagte sie. Dann richtete sie sich wieder kerzengerade auf. »Wir treffen uns in drei Minuten am Auto«, kommandierte sie. »Anton! Lass schon mal den Motor an.«

Anton ließ den Motor an. Der Regen trommelte aufs Dach der Fahrerkabine. Zwischen Leos Füßen stand ein Korb mit belegten Broten und ein paar Thermoskannen mit Kaffee, den Frau Kniffel gebracht hatte. Die Platte mit dem Kuchen hatte Anton auf den Sitz zwischen ihnen gestellt. Sie warteten auf Dora.

»Ich bin noch gar nicht dazu gekommen, dir zum Geburtstag zu gratulieren«, sagte Leo von der Beifahrerseite. »Ich hab ein Geschenk für dich.« Er zog das kleine Päckchen wieder unter dem Jackett hervor. »Na, Anton – nächstes Jahr kannst du dann ganz legal Auto fahren, was?«

»In zwei Jahren, Mr. Perlstein!« rief der Junge. »Jetzt bin ich endlich vierzehn!« Der Kleinlaster schüttelte sich im Wind. Anton wickelte das Zeitungspapier ab.

»*Die Meister des Schachbretts*!«, sagte er glücklich. »Mr. Perlstein, das ist wirklich –«

Dora riss die Tür zur Fahrerkabine auf, gefolgt von einem Regenschwall. Sie hatte ihre dunklen Hosen angezogen und die Tennisschuhe.

»Anton, mach keinen Quatsch, heute fahre ich! Mach Platz!«

Gehorsam rutschte Anton auf der Bank in Leos Richtung, den Pflaumenkuchen und das Schachbuch hielt er nun auf seinen Knien. Der Motor heulte auf, und der Wagen sprang förmlich aus der Einfahrt.

Die Straße hätte genauso gut von einem See überschwemmt sein können, dachte Leo. Es regnete so heftig, dass der Ford zentimetertief durch Wasser fuhr. Rechts tauchte der weiße Zaun auf, der das Grundstück der Geringers umgab, doch das rote Schulhaus war in dem Wetter überhaupt nicht zu sehen.

Sie erreichten die Hauptstraße, wo Dora vorsichtig nach links abbog. Sie hatte die Scheinwerfer angestellt, denn obwohl es mitten am Nachmittag war, war der Himmel über ihnen stockdunkel. Die Scheibenwischer schwangen nutzlos hin und her. Keiner sagte etwas, sie starrten alle drei angespannt voraus.

Schließlich tauchten die Häuser des Ortes auf, die Schule, die Kirchen. Der Brunnen in der Mitte der großen Kreuzung war nur als Schemen erkennbar, auch als sie direkt darauf zufuhren. Alfred Dubes Laden, die Apotheke der Rosensons, das steinerne Bankgebäude – alle Gebäude waren nur zu ahnen. Die Straßen waren leer.

Dora lenkte den Wagen auf die Straße, die den Hang hinauf zum Lakeview Hotel führte. Leo wandte den Kopf zu ihr.

»Ist das eine gute Idee? Kommen wir da überhaupt hoch?«

»Ich …«, sagte Dora fast keuchend, als müsse sie zu Fuß gehen. »Ich will mir einen Überblick verschaffen.«

»Bei der Suppe?«, fragte Leo zweifelnd.

Sie schaltete in den ersten Gang. Der Motor heulte unzufrieden auf. Meter um Meter schoben sie sich die Straße hinauf, auf der ihnen ein nicht endender Regenschwall entgegenkam.

»Wir schwimmen gegen den Strom!«, sagte Anton. Es klang fast andächtig.

Um ein Haar hätte Dora die Einfahrt zum Lakeview Hotel verpasst. Sie waren alle erleichtert, den Kies des Parkplatzes unter den Reifen knirschen zu hören. Aus dem Regen tauchten die Umrisse ein paar anderer Wagen auf. Dora hielt direkt vor der Eingangstür zum Restaurant, und alle drei krochen auf der Beifahrerseite aus dem Ford unter die Markise, die im Wind lautstark hin und her flappte.

An der Fensterfront des Restaurants, die den Stausee überblickte, standen ein paar Gestalten. Leo erkannte die Frau des Apothekers, die Restaurantbesitzer, und Asha, die sich umdrehte und ihnen winkte.

»Sie hätten nicht kommen sollen«, sagte sie kopfschüttelnd. »Auf den Straßen ist es richtig gefährlich, jeden Moment kann es einen Erdrutsch geben.« Sie warf einen Blick auf den schon durchnässten Jungen und zog ihn an sich. »Anton, meine Güte, was für ein Geburtstag!«

Dora sah angestrengt durch die Scheibe. »Man kann den See überhaupt nicht sehen«, sagte sie. »Was für ein Regen!«

»Ich glaub, es liegt nicht nur am Regen, dass du den See nicht sehen kannst, Dora«, sagte die Apothekersfrau. »Scheint, der See läuft aus.«

»Wo ist denn dein Mann, Pat?«, fragte Dora. »Und der Professor?«

»Alle sind unten am Wehr«, erklärte Pat Rosenson.

»Wir waren gerade in der Apotheke, als der Anruf kam«, ergänzte Asha. »Die Sirene im Ort ging auch los. Die ganze freiwillige Feuerwehr ist unten am Wehr, auch die Einheiten aus Sharon und Millerton sind angerückt. Mr. Rosenson und Joel sind auch gleich hin.«

»Aber ob bei dem Wetter noch was zu retten ist …« Hank Kaplan, dem das Lakeview Hotel gehörte, wiegte bedenklich den weißhaarigen Kopf.

»Lasst uns wieder runterfahren!«, sagte Anton plötzlich. »Ich möchte auch helfen.«

Leo nickte. »Ich komme mit dir. Dora, bleib doch hier. Du kannst mit Asha nach Hause zurückfahren.«

»Kommt nicht in die Tüte!«, rief Dora empört. »Ich lasse Anton bei dem Wetter nicht fahren. Und, Leo, nimm's mir nicht übel, aber du-«

»Wir fahren alle«, entschied Asha. »Und Dora, nehmen Sie mir das bitte auch nicht übel, aber wir nehmen unser Auto. Es ist viel neuer und hat bessere Bremsen. Pat?«

Die Apothekersfrau nickte. »Ohne Sie komm ich ja hier eh nicht weg, Mrs. Geringer. Wo die Männer unser Auto genommen haben.«

»Nehmen Sie die Seitenstraße«, mischte sich Hank Kaplan wieder ein, »am hinteren Ende vom Parkplatz, wissen Sie? Sie führt auf die andere Seite vom See. Sie ist zwar nicht geteert, aber dafür auch nicht so steil.«

Asha winkte den Kaplans zu, stieß die Tür auf und rannte über den Parkplatz. Eine Minute später waren sie alle in ihrem Auto verstaut. Dora und Anton hatten geistesgegenwärtig Korb und Kuchenplatte umgeladen.

Nein, die Nebenstraße mochte nicht so steil sein, aber sie war komplett ausgewaschen. In den tiefen Fahrrinnen schlingerten sie abwärts. Es gab mehrmals hässlich knirschende Geräusche, wenn der vollbeladene Wagen auf die steinige Wegnarbe aufsetzte. Leo klammerte sich an den Haltegriff, um seinen Rücken zumindest ein bisschen vor den Stößen zu schützen.

»So werden wenigstens die Bremsbeläge geschont«, seufzte Asha. »Könnt ihr etwas sehen?«

Niemand konnte. Nur hören konnten sie, wie der Regen weiter unablässig niederprasselte. Sie schienen nur zentimeterweise vorwärtszukommen.

»Der Bootssteg!«, sagte Dora plötzlich. »Da vorn!« Gleichzeitig spürten sie, dass sie das Ende des Abhangs erreicht hatte.

Der Bootssteg war ein dunkler Strich in dem verwaschenen Grau des Wetters. »Wo sind die Boote?«, fragte Anton.

Asha hielt an und beschirmte die Augen mit der

Hand, als könne sie so besser durch die nasse Scheibe sehen. »Ich glaube, der Regen lässt etwas nach«, sagte sie. »Ich werd mal aussteigen.«

Alle stiegen aus. Sie sprangen vorsichtig über die tiefen Pfützen bis zum Steg.

Da waren die Boote. Oder auch nicht. Die kleinen Jollen waren gekentert, ein paar hatten sich unter dem Steg verfangen. Bei ein paar anderen waren die Masten gebrochen oder sie hatten sich losgerissen und dümpelten weiter draußen im Wasser. Die Ruderboote und Kanus trieben wie Nussschalen auf dem See.

»Spürt ihr das auch?«, sagte Asha. »Ich glaube, der Wind lässt nach.«

Die Apothekersfrau nickte. »Und sehen Sie mal genau hin, Mrs. Geringer. Wie sehr der Wasserspiegel gesunken ist. Diese Kanus da? Die treiben doch in Richtung des Wehrs.«

Dora legte einen Arm um Antons Schultern. »Ich fürchte, mit dem Segeln wird es erst einmal nichts.«

Leo sah den treibenden Booten zu. Was für ein Sturm! Er hatte schon schlimme Gewitter erlebt, Winterstürme, Sandstürme – aber so etwas? Das hier sollten die Ausläufer eines abflauenden Wirbelsturm sein? Die Amerikaner mussten wirklich bei allem übertreiben. Und nach einer Stunde oder zwei war dann der ganze Spuk offenbar wieder vorbei.

»Lassen Sie uns zum Wehr fahren, Mrs. Geringer«, bat die Apothekersfrau. »Mal sehen, was unsere Männer dort haben ausrichten können.«

Bevor sie den Staudamm erreichten, parkte eine Reihe von Wagen am Rand des Schotterwegs. Auf beiden Seiten des Wehrs standen Gruppen von Männern beisammen; sie blickten auf einen reißenden Fluss zwischen sich. Die Trümmer des Schuppens, der einmal die Sägemühle gewesen war, wurden vom Wasser umspült.

Einige der Männer waren vom Feld gekommen; sie trugen Overalls und Arbeitsstiefel. Andere waren in Hemdsärmeln und Hosenträgern und trugen Hüte, die sie gegen den Regen tief ins Gesicht gezogen hatten. Leo erkannte den Bankdirektor, der noch seine Krawatte anhatte. Ein paar von ihnen rauchten, und er überlegte, wo sie wohl Zigaretten und Zündhölzer herhatten, denn alle waren völlig durchnässt.

»Da drüben ist Joel!«, sagte Asha plötzlich. Sie winkte heftig.

Der Bankdirektor hielt sie am Ärmel und deutete auf den reißenden Wildbach. »Da kommen Sie nicht rüber, Mrs. Geringer«, sagte er. »Die Strömung ist zu stark. Das Wasser hat sich schon eine Rinne durch den Sportplatz gegraben, zur 22. Die Straße ist komplett unterspült, ein ganzes Stück hat es einfach weggerissen. Jetzt fließt die ganze Suppe in den Ten Mile River. Die Feuerwehrwagen sind schon unten in Wassaic, mit den Sandsäcken. Wir haben's ja hier noch versucht, aber da war's schon zu spät. Wie 'ne Badewanne, bei der jemand den Stöpsel gezogen hat.« Er zog an seiner Zigarette. »Das Problem ist, wir kommen mit unseren Autos nicht nach Wassaic runter, der Weg ist abgeschnitten.«

»Aber wie ist denn das passiert?«, fragte Leo. Er

nahm die Brille ab, um die Regentropfen abzuputzen, was mit seinem schon sehr feuchten Taschentuch nicht besonders gut gelang. »Ich dachte, es gibt hier am Stausee ein Wehr. Hätte man das nicht aufziehen können?«

Der Bankdirektor schnaufte. »Hätten hätte man schon, Doktor Perlstein. Wir hatten sogar einen Mann abgestellt zur Wache, den Erntehelfer von McEnroes. Aber es ist ihm langweilig geworden, scheint's, und er hatte seinen Flachmann dabei. Als er schließlich das Wehr öffnen wollte, war's schon zu spät. Er sagt, die Kurbel ist ihm ins Wasser gefallen, und es ist ein Wunder, dass er nicht gleich hinterher ist, so blau wie er war, als wir kamen.«

Dora verteilte belegte Brote und Kaffee an die nassen Männer. Anton bot ihnen Pflaumenkuchen an. Der Professor machte Leo von der anderen Seite des Dammbruchs Zeichen.

»Asha«, sagte Leo. »Wir können hier nichts tun. Das Wasser muss einfach erst einmal ablaufen.«

Sie nickte und sah versonnen den schäumenden Strudeln nach. Der Himmel wurde heller, und man konnte jetzt über den überschwemmten Sportplatz bis zur Hauptstraße 22 sehen.

»Lassen Sie uns versuchen, den Weg zurückzufahren zum Restaurant, und dann fahren wir andersherum wieder zum See hinunter, wo Ihr Mann ist«, fuhr Leo fort.

Dora trat mit dem leeren Korb zu ihnen. »Genau«, sagte sie. »Dann holen wir Professor Geringer ab. Und, Pat, du bringst deinen Mann nach Hause. Sie sind doch alle pitschnass.« Unwillkürlich sahen alle an sich selbst hinunter. Auch ihr Schuhwerk war längst durchweicht und ihre Kleidung feucht. »Asha, was machen Sie denn da?«

Asha war in die steile Böschung gewatet, die das Seeufer vom Sportplatz trennte. Sie folgte dem Lauf des reißenden Baches, der sich zwischen dem See und dem Spielfeld gebildet hatte. Der Wind hatte den Zaun umgeworfen, der das Feld umsäumte; der Maschendraht schaukelte zwischen den halb gekippten Metallpfosten im letzten Wind.

»Asha, bitte seien Sie vorsichtig!« Dora griff Leos Arm. »Leo, was tut sie? Kannst du ihr nicht nachgehen?«

Asha bückte sich. Dann kam sie mühsam die rutschige Böschung wieder heraufgeklettert. Sie sahen, dass sie in beiden Händen ein paar Holzstücke hielt, eine zerbrochene Platte. »…eringer«, entzifferte Leo die weiße Inschrift. »…ächtnispark.«

Asha blickte Dora und Leo an; sie weinte. »Ich bin so froh«, stieß sie hervor, »so, so froh, dass die elende Gedenktafel zerbrochen ist.«

Mit aller Kraft schleuderte sie die Stücke zurück in die Flut.

XIX

Sonntag, 15. August

Es war ein merkwürdiges Wochenende gewesen, ohne die meisten der »Herren«, die nicht aus der Stadt hatten heraufkommen können, weil der Bahnverkehr wegen der Flutschäden noch unterbrochen war. Nur einige wenige, die ein Auto zur Verfügung hatten, waren über ein paar Umwege hergefahren. Nach dem Abendessen war im Roxy der übliche Sonntagabendfriede eingekehrt. Alle waren erschöpft von den Aufregungen, die der Sturm gebracht hatte. Die Kinder spielten leise murmelnd Karten; ein paar von ihnen zankten sich über dem Mensch-ärgere-dich-nicht. Die Mütter tranken Tee, tratschten über die Ab- und die Nicht-Angereisten, hatten die guten Schuhe abgestreift und die Füße auf die Sofalehnen gelegt.

Leo klopfte an die Küchentür. »Dora«, sagte er, »es hat so schön aufgeklart, und der Mond nimmt zu. Willst du – hast du nicht Lust auf einen Spaziergang auf dem Bahndamm?«

Dora warf einen fragenden Blick auf Frau Kniffel, deren Arme bis zu den Ellbogen im Spülbecken steckten. »Ha freilich, nehmet Sie sie nur mit, Doktor Perlstein«, sagte sie und machte eine großzügige Handbewegung, dass der Schaum nach allen Seiten spritzte. Dora band die Schürze ab.

Es war an diesem Abend außer ihnen niemand auf dem Bahndamm unterwegs. Der Mond stand niedrig; ihre langen Schatten wanderten neben ihnen her. Leo nahm ihren Arm, eine ganze Weile gingen sie still nebeneinander. Laut zirpten die Grillen in der Marsch.

»Ich muss Anton unbedingt einen neuen Kuchen backen«, sagte Dora schließlich. »Aber am Wochenende hatte ich einfach keine Zeit, nach Sharon zu fahren und neue Pflaumen zu holen. Ich mache es morgen, da muss ich ohnehin einkaufen.«

»Anton wird sich freuen«, sagte Leo. »Über seinen zweiten Kuchen.«

Dora nickte. »Versprochen ist versprochen.«

»Er ist sehr stolz«, fuhr Leo harmlos fort, »dass er jetzt vierzehn ist.«

»Ja, nicht wahr?«, sagte Dora. »Ich habe auch das Gefühl, dass er –« Fast erschrocken unterbrach sie sich.

»Dora«, sagte Leo leise. »Wenn Anton gerade vierzehn geworden ist, dann ist er – dann ist er nicht …«

»Ich weiß, was du sagen willst«, unterbrach sie ihn. »Anton ist mein Sohn.«

»Ja, das hast du mir gesagt, Dora. Das weiß ich. Aber dann ist er … Ich meine, dann kann er doch nicht …«

Plötzlich blieb sie stehen und begann zu weinen. Dora weinte? Einen Moment stand Leo ratlos vor ihr. Dann legte er die Arme um sie und zog sie an sich.

»Dora«, flüsterte er, »Dora, es ist doch alles gut. Ich wollte doch nicht …«

Ihr schmaler Körper zuckte, durch ihr Kleid konnte er die etwas knochigen Schultern spüren.

»Du kannst das nicht verstehen, Leo«, brachte sie schließlich hervor. »Wie soll das jemand verstehen?«

»Versuch's«, sagte er. »Wir sind hier vollkommen allein. Und ich bin nicht Jemand. Jedenfalls jetzt nicht mehr.« Er fühlte ein kleines Glücksgefühl, als er das sagte.

»Als – als Konrad verunglückte …« Sie stockte. »Leo, ich wusste nicht wohin. Ich konnte doch nicht zurück. Und ich kannte … keinen Menschen.«

Er nickte in ihr Haar.

»Ich – ich bin dann einfach geblieben. Es wurde ja gerade Sommer. Die Epsteins brauchten eine Hilfe im Haus, und sie fragten mich. Mir war eigentlich alles egal, ich konnte genauso gut bleiben, oder? Und Konrad war doch auf dem Friedhof in Amenia begraben worden, bei der katholischen Kirche.«

Leo schwieg. Mit einem Finger streichelte er ihren Nacken. Die Grillen waren sehr laut.

»Ich bekam die Kammer unterm Dach«, fuhr sie fort.

»Die ich jetzt habe«, sagte Leo. »Und die eigentlich Antons Zimmer ist.«

»Damals war sie aber noch nicht so schief weggesackt«, sagte Dora. »Jedenfalls erinnere ich mich nicht.«

Leo nickte. »Wir werden uns um die Murmeltiere kümmern, Dora«, versprach er. »Aber das hat bis morgen Zeit.«

Sie holte tief Luft. »Irgendwann im Sommer – vielleicht vier, sechs Wochen später … kam er zum ersten Mal in die Mansarde.«

»Schmuel«, sagte Leo.

Sie drückte ihren Kopf gegen seine Schulter. »Was konnte ich denn machen, Leo?« Sie weinte wieder. »Es war ja – eigentlich tue er es für Minna, sagte er. Er sagte, sie wisse es. Und dass sie beide – dass sie beide immer schon ein Kind wollten.« Eine Weile konnte sie vor Schluchzen nicht weitersprechen.

»Ich wusste auch, dass sie es wusste, er log nicht. Und sie hasste mich natürlich. Ich konnte es jeden Tag spüren.«

Leo hielt sie fester.

»Er kam nicht – nicht so oft«, sagte Dora stockend. »Oft genug. Und als ich schwanger war … hörte es auf.«

»Hat es denn niemand gemerkt?«, fragte Leo ungläubig.

Dora schüttelte den Kopf. »Ich hab doch gesagt, ich kannte niemanden. Im nächsten Sommer, in den Monaten vor der Geburt, als die Gäste wieder hier waren … Minna hatte lauter so scheußliche Kittelschürzen, richtig hineinwickeln musste man sich in die. Die hat sie mir gegeben. Ich sah aus wie ein Nilpferd, aber das machte nicht so viel, sie ließ mich in dem Sommer ohnehin fast nie aus der Küche. Kaum jemand sah mich.«

»Und dann …«, sagte Leo.

»Dann wurde Anton geboren. Nicht hier, Schmuel hat mich ganz bis nach Albany gefahren in die Klinik, nicht einmal Poughkeepsie war ihm weit genug fort.«

Sie schwieg einen Moment. »Danach – danach kam er nie wieder zu mir.«

»Du hast nicht daran gedacht, nach Antons Geburt wegzugehen?«, fragte Leo leise.

»Leo!«, rief sie aus und stieß ihn zurück. »Leo, Anton war doch mein Kind!«

»Das meinte ich doch gar –«, fing Leo an.

»Wenn ich ihn mit mir genommen hätte, meinst du das?«, unterbrach ihn Dora. »Und was dann? Ich hatte doch nichts. Ich hätte vielleicht eine kleine Rente bekommen, von Konrad, nachdem er verunglückt war, aber–«

»Aber ihr wart nicht verheiratet«, sagte Leo.

»Genau. Deshalb hatte ich keine Ansprüche. Hier hatte Anton ein Haus, es ging ihm gut, die Epsteins taten nach außen so, als hätten sie ihn an Kindes statt angenommen. Und für mich ...« Sie stockte wieder. »Für mich war ja das Schlimmste vorbei. Und ich hätte niemals – niemals! – mein Kind verlassen können.«

»Du hast dich um Anton gekümmert.«

Dora nickte.

»Minna hasste mich natürlich noch immer. Sie hasste mich, weil Anton mein Sohn war. Auf seiner Geburtsurkunde steht nur mein Name. Und ich hatte auch darauf bestanden, dass ich ihm seinen Namen gebe.«

»Den Namen deines Bruders«, warf Leo ein.

»Sie hasste mich aber eigentlich noch mehr, weil sie mich brauchte. Sie war ja nicht mehr jung, Leo. Sie konnte sich nicht gut um ihn kümmern. Und ich glaube, sie wusste schon damals, dass sie krank war.«

»Dann musstest du dich auch noch um sie kümmern, hat Asha mir erzählt«, sagte Leo.

Dora nickte wieder. »Ja, und das hat sie mir erst recht nicht verziehen. Anton war erst zwei, als sie gestorben ist.«

»Und kurz darauf hat Schmuel dann versucht, alles wieder ins Lot zu bringen, nicht? Und du wurdest Mrs. Dora Epstein.«

»Leo!«, rief sie empört. »Wie kommst du denn darauf?«

»Aber du musst dich doch dafür nicht entschuldigen, Dora«, sagte er besänftigend. »Du wolltest ins Antons Nähe bleiben, und Schmuel hat vielleicht versucht, etwas – etwas wiedergutzumachen?«

Dora schnaubte wütend. »Schmuel hätte das gern so gehabt, er hätte mich am liebsten sofort geheiratet. Er hat natürlich ein Testament gemacht, zu Antons Gunsten. Und es war einfacher, dass die Leute dachten, wir seien ein Paar, auch für Anton. Aber glaubst du – glaubst du im Ernst, ich hätte diesen widerwärtigen Gartenzwerg geheiratet?«

Leo musste unwillkürlich lächeln. »Die Geringers haben ihn auch einen Gartenzwerg genannt. Er scheint nicht sehr beliebt gewesen zu sein.« Er runzelte die Stirn. »Aber sie haben mir auch erzählt, dass er eine ganz gute Partie war mit dem Roxy und …« Er brach ab und starrte sie an. »Warte mal, Dora, willst du mir sagen, dass du *zweimal* nicht verheiratet warst?«

»Genau das«, sagte sie. »Ich war zweimal nicht verheiratet. Aber das braucht niemand zu wissen. Außer dir jetzt …«

Leo schüttelte den Kopf, fast musste er wieder lächeln. »Dora, Dora.« Er zog sie an sich. »Dora aus einer streng katholischen Familie. Mit einem Kruzifix an der Wand im Schlafzimmer.«

»In das Schlafzimmer bin ich erst eingezogen, als auch Schmuel gestorben war. Und trotzdem wirft sie das Kruzifix immer noch runter«, murmelte Dora bitter.

»Minna?« Es war mehr eine Feststellung als eine Frage.

»Minna«, sagte Dora.

»Aber das hast du mir gar nicht erzählt!«, rief er fast beleidigt. »Das hättest du mir doch sagen können, dass sie immer noch kommt!«

»Sie kommt nicht mehr so oft«, sagte Dora. »Und wenn sie kommt, dann ignoriere ich sie einfach. Ich geh dann rauf und schlafe bei dir in der Mansarde. Du hast ja die blauen Löwen. Das Kruzifix hänge ich am nächsten Morgen einfach wieder auf.«

»Ja, die blauen Löwen. Die scheinen jetzt gut zu funktionieren.« Er nickte gedankenvoll. »Ich könnte doch wirklich mal mit ihr reden. Ich mach das gern, wirklich.«

»Würdest du das tun?« Dora sah ihn an. »Vielleicht würde es tatsächlich etwas nützen.«

Es war spät geworden. »Weißt du was – geh einfach nach oben«, schlug Leo vor. »Ich komme nach.«

Fast zu seiner Überraschung erhob sie keine Einwände. Sie nahm ihre Schuhe in die Hand und lief leise die Treppen hinauf.

Leo seufzte. Er fand die Petroleumlampe und tastete nach den Streichhölzern. Der Aufenthaltsraum lag dunkel und verlassen; es war nicht sehr gut aufgeräumt, da standen noch ein paar Teetassen und der Mensch-ärgere-dich-nicht-Kasten lag offen auf dem Boden. Dora würde am Morgen ungehalten sein, dachte er, während er durch die Unordnung auf die Küche zu manövrierte.

Dort schien die Luft noch immer erfüllt von feuchter Seife, und die kleine Flamme spiegelte sich in den Töpfen und Pfannen, die Frau Kniffel an ihre Haken über der Arbeitsplatte zurückgehängt hatte.

Er drehte den Knauf der Schlafzimmertür. Kalte Luft schlug ihm entgegen, obwohl die Vorhänge vor den Fenstern geschlossen waren. Er hob die Lampe; das Kruzifix lag in der Ecke auf dem Boden, das sah er sofort. Mit der freien Hand schob er den Stuhl beiseite und hob es auf. Und nun?

Er setzte sich auf die Bettkante und stellte die Lampe auf dem Teppichläufer ab. Unschlüssig drehte er das kleine Holzkreuz in der Hand.

»Minna«, begann er. »Mrs. Epstein.« Er brach ab. Das war einfach zu idiotisch. Im Raum war es völlig still, nicht einmal die Grillen waren zu hören.

»Mrs. Epstein«, fing Leo wieder an. »Ich glaube, ich brauche mich Ihnen nicht vorzustellen. Wir hatten ja schon einige Male das Vergnügen. Obwohl ich, und das werden Sie verstehen, nicht gerade erpicht darauf bin, unsere Bekanntschaft weiterhin zu pflegen.« Er räusperte sich. »Und nicht nur das, Mrs. Epstein. Ich wäre Ihnen außerdem sehr – sehr verbunden, wenn Sie künftig auch Dora in Ruhe lassen könnten.«

Leos Blick schweifte über die Bilder an der Wand, den eleganten Baron de Hirsch, die Segelboote, den Hafen von Triest. »Wenn Sie Dora in Ruhe lassen könnten«, wiederholte er, »und auch den Jungen. Sie haben von ihm gehabt, was Sie konnten, nicht wahr? Und von Dora auch. Mehr, als Ihnen zustand, das werden Sie zugeben. Aber jetzt ist Schluss. Dora ist … Sie ist ein feiner Mensch, Mrs. Epstein.«

Leo stand auf. »Es ist bedauerlich, natürlich, dass, wenn ich das so ausdrücken darf, Ihr Leben recht schwer gewesen ist. Aber wessen Leben ist schon einfach? Ebenfalls ist es bedauerlich, dass Ihres so früh endete. Wir können es uns nicht aussuchen, nicht wahr? Für einige von uns geht das Leben weiter, auch wenn das ebenfalls nicht immer einfach ist. Für andere ist es halt – vorbei.«

Mit einem Ruck riss er die Gardinen zurück. Die kleine Flamme in der Lampe flackerte. »Ich werde jetzt diese Fenster öffnen« – er stieß beide Fensterflügel weit auf – »und dann hänge ich das Kreuz wieder auf. Zum letzten Mal.«

Er schob vorsichtig das Kruzifix auf den Nagel zurück. »Verstehen wir uns, Mrs. Epstein? Von jetzt an bleibt es hängen.«

Leo trat einen Schritt von der Wand zurück und betrachtete sein Werk. Er nahm die Lampe wieder vom Boden hoch und wandte sich zum Gehen. Sein Blick fiel in den Spiegel über dem Waschtisch. War er das? Ein ältlicher, bebrillter Herr mit einem Bartschatten auf den blassen Wangen, der allen Ernstes ein Gespenst ausschalt?

»Gute Nacht, Mrs. Epstein. Ich wünsche Ihnen angenehme Ruhe«, fügte er hinzu. Es klang selbst in seinen Ohren nicht sehr überzeugend.

Mit möglichst entschiedenen Schritten ging er zur Tür. Das Lampenlicht fiel auf den Kleiderhaken neben dem großen Mahagonischrank. Der blau geblümte Kittel war verschwunden.

Auf Zehenspitzen schlich Leo in das Mansardenzimmer. Es war dunkel, der Mond fast untergegangen. Gerade konnte er die Umrisse der schlafenden Dora in seinem Bett erkennen. Sie trug einen seiner gestreiften Pyjamas und gab kleine Schnarchtöne von sich. Sachte strich er ihr übers Haar und küsste sie aufs Ohr.

»Dora«, flüsterte er. »Tapfere, störrische Dora.« Er sah sie an. »*Meine* Dora.«

Auf dem kleinen Tisch am Fenster tastete er nach seinen Notizheften und Bleistiften. Den Anspitzer steckte er in die Hosentasche. Leise zog er die unverschließbare Tür hinter sich zu, und leise, leise tappte er die Treppen wieder hinunter.

Im Aufenthaltsraum – pardon, dachte er, *Salon* – räumte er den Spielkarton ins Regal und stellte die Teetassen zusammen. Dann setzte er sich an den Kartentisch, auf dem er die Petroleumlampe abgestellt hatte. Die Flügeltüren zur Veranda waren geöffnet, draußen zirpten unverdrossen die August-Grillen. Er fischte eine Zigarette aus seinem silbernen Etui und nahm sich als Aschenbecher eine Untertasse vom Teegeschirr. Dann öffnete er sein Notizbuch und begann zu schreiben.

XX

Samstag, 28. August

»So. Das hätten wir«, sagte Pete Reynolds und wischte sich mit seinem Taschentuch den Schweiß von der Stirn.

Zufrieden betrachteten sie ihr Werk. Das Ruderboot lag ein paar Meter vom Ufer des kleinen Badesees entfernt, dort, wo das Wasser tiefer wurde. Sie hatten es mit einem langen Tau an einen kleinen Baum gebunden, nachdem Pete eine Proberunde auf dem See gerudert war, um sicherzugehen, dass das Boot bei dem Transport auf seinem Anhänger keinen Schaden genommen hatte.

»Miss Dora wird Augen machen!«, sagte Anton und hüpfte vor Begeisterung wie ein kleiner Junge.

»Das war wirklich sehr nett von Ihnen, Pete«, sagte Leo. »Danke, dass Sie uns geholfen haben, den Kahn herzubekommen.«

»Keine Ursache, Mr. Perlstein.« Pete tupfte weiter mit dem Tuch auf seiner Stirn herum. »Heißer Tag das. Und so spät im Sommer!«

»Können wir Ihnen ein Bier spendieren? Im Roxy?«

Schnaufend winkte Pete ab. »Lassen Sie mal, aber danke. Ich muss meiner Frau noch im Garten helfen. Wir haben so viele Tomaten, sie macht schon seit Tagen ein. Und vielleicht gibt's ja heute Abend noch ein Gewitter. Wir wollen's mal hoffen.«

Sie gingen im Gänsemarsch den Pfad zurück zur Straße. Das Beerengestrüpp hatte ihn im Laufe des Sommers völlig überwuchert, doch sie hatten eine Art Schneise geschlagen, als sie vorhin das Boot zum See hinuntergezogen hatten, so dass sie jetzt leicht vorankamen.

»Soll ich Sie absetzen?«, fragte Pete und öffnete die Tür zu seinem Pickup. »Ich komm ja eh auf dem Rückweg am Roxy vorbei.«

Nun war es Leo, der abwinkte. »Schon gut, Pete. Es ist ja nicht weit.« Er konnte nicht gut sagen, dass er noch in einer wichtigen Mission unterwegs war. Tagelang hatten er und Dora debattiert. Sollte sie Anton sagen, dass sie seine Mutter war? Ihm die Umstände seiner Geburt erklären? Aber wie? Und wie würde er reagieren? Schließlich hatten sie beschlossen, dass Leo zuerst mit ihm sprechen sollte.

Pete winkte noch einmal, und der Wagen knatterte davon. Anton und Leo trotteten die Straße zum Roxy entlang. Pete hatte recht; sie hatten ein paar ungewöhnlich heiße Tage gehabt. Selbst jetzt, am späten Nachmittag, schien die Luft über der Straße in der Hitze förmlich zu flirren.

»Wann wollen Sie denn Miss Dora das Boot zeigen, Mr. Perlstein?«, fragte Anton.

Leo tat, als habe er sich darüber noch gar keine Gedanken gemacht. »Hm, ich bin noch nicht sicher, Anton«, sagte er. »Vielleicht heute Abend, wenn sie mit der

Arbeit fertig ist? Da ist es dann hoffentlich ein bisschen kühler.«

Anton dachte nach. »Vielleicht würde Miss Dora …«

»Anton«, unterbrach ihn Leo. »Warum – warum sagst du eigentlich immer Miss Dora?«

»Aber jeder sagt doch Miss Dora zu ihr«, sagte Anton.

»Das stimmt«, gab Leo zu. »Aber sie ist doch … Sie ist doch eigentlich deine Stiefmutter, oder?«

Anton hüpfte über die Schienen, die in der Sonne gleißten. »Na ja, das stimmt vielleicht. Aber das klingt so komisch. Wie in einem Märchen, nicht? Und da sind Stiefmütter immer schlimm.«

Leo nickte. »Du hast recht. Wäre es dann nicht … wäre es dann nicht besser, sie wäre gar nicht deine Stiefmutter, sondern –«

»Genau, Mr. Perlstein«, rief Anton. »Das meine ich ja. Sie ist eben einfach Miss Dora. Das ist sie immer schon gewesen, seit ich mich erinnern kann.«

Verflixt, er war immer noch keinen Schritt weiter, und sie hatten das Roxy fast schon erreicht. »Du, Anton, vielleicht sollten wir noch mal den Feldrain abgehen«, meinte er. »Ich habe es Miss Dora versprochen. Vielleicht finden wir den Eingang zum Murmeltierbau wieder, dann können wir ihn markieren. Sie hat gesagt, sie will es mal mit einer Essiglösung versuchen.«

»Ich muss mich beeilen, Mr. Perlstein«, sagte Anton. »Heute gibt es ja schon früher Abendessen.«

Leo seufzte. »Ach ja. Tanzabend.«

»Der letzte in diesem Sommer!«, sagte Anton.

Sie bogen in die Einfahrt zum Roxy. Es herrschte die übliche Wochenendstimmung, eine Erwartung, Vorfreude auf den Abend im Casino. Gleichzeitig lag auch eine Abschiedsstimmung in der Luft; viele der Gäste würden am nächsten Tag abreisen. Die Kinder rannten herum, einige schon herausgeputzt in ihren Sonntagskleidern, die Mütter waren noch im Morgenmantel und trugen Lockenwickler im Haar, und die Männer, in hellen Sommerhosen und kurzärmeligen Hemden, saßen fast reglos im Schatten und rauchten. Ein lautes Kichern drang zur Einfahrt herauf; Flottie, in weißen Hosen, hatte sich mit übereinandergeschlagenen Beinen auf die Seitenlehne eines tiefen Gartenstuhls drapiert, in dem das Pferdegesicht saß.

Ungerührt von dem Gewimmel und Gerufe stakste der Hahn über die Einfahrt. Er war ausnahmsweise einmal still, denn er trug etwas im Schnabel. Ein Wurm war es nicht, hatte er – hatte er einen Schmetterling gefangen? Einen großen Schmetterling, dachte Leo. Es sah genauer hin. Das war kein … Es war ein Stofffetzen, blassblau. Geblümt.

Leo stieß unwillkürlich einen kleinen Schrei aus.

Anton sah ihn verblüfft an. »Ist Ihnen nicht gut, Mr. Perlstein?«

»Nein – ich meine, doch, ich –« Er nahm sich zusammen und wandte den Blick vom Hahn ab, als habe er nichts bemerkt. »Anton, ich wollte dich schon eine Weile etwas fragen. Hast du manchmal das Gefühl … Ich meine, denkst du manchmal –«

Anton nickte. »Ich glaube, ich weiß, was Sie meinen,

Mr. Perlstein. Ja, oft sogar. Ich meine, sie läuft hier doch dauernd rum.«

Leo starrte ihn an. »Wer läuft hier dauernd rum?«

»Meine Mutter, glaube ich«, sagte Anton sachlich. »Ich meine, ich kann mich nicht besonders gut an sie erinnern, ich war ja noch ganz klein, als sie starb, aber ich habe ein paar alte Fotos.« Er stockte. »Ich glaube, sie war nicht sehr beliebt hier. Die Leute sagen nichts, jedenfalls nicht zu mir, aber … ich krieg trotzdem so dies und das mit. Mein Vater war auch nie besonders freundlich. Aber das macht eigentlich nichts. Ich hatte ja immer Miss Dora. Sie ist viel mehr wie eine Mutter als meine Mutter. Und ich glaube, das ärgert meine Mutter. Meine tote Mutter. Deshalb läuft sie hier immer rum.«

»Deine Mutter läuft –«

»Natürlich nicht wirklich, Mr. Perlstein, das weiß ich. Aber sie spukt hier eben. Das habe ich Ihnen doch schon gesagt, dass es im Roxy spukt.« Er deutete auf den Hahn. »Der Hahn sieht sie auch, glaube ich. Manchmal kommt sie mitten am Tag, und dann spielt er immer völlig verrückt.«

Er wandte sich zur Veranda. »In den letzten Tagen hab ich sie aber nicht mehr gesehen. Merkwürdig. Ich muss jetzt rein, Mr. Perlstein, die Tische sind noch gar nicht gedeckt.«

Leo sah dem Hahn nach, der sich auf dem Rückweg zum Hühnergehege befand. Von seinem Schnabel hing noch immer das geblümte Stück Stoff. Vorsichtig schlich er ihm nach. Kurz bevor der Vogel das Gehege erreichte, stürzte Leo sich auf ihn. Empört gackernd flatterte der Hahn vorwärts; er entkam. Aber den Stofffetzen hatte er dabei verloren. Leo hob ihn auf.

Er stolperte die Stufen zum Eingang hinauf und durch den Flur stracks in die Küche. Er klopfte nicht an.

»Leo!«, sagte Dora. »Ist dir nicht gut? Du siehst aus, als hättest du ein Gespenst gesehen.«

»Dora!«, ächzte Leo. Er nahm ihren Arm und zog sie in den Salon.

»Leo, ich habe jetzt gerade gar keine … Ich muss mich mit Frau Kniffel um das Essen kümmern. Und einen Streuselkuchen hab ich auch im Ofen, der –«

»Dora!«, sagte Leo wieder, leise und so eindringlich, dass sie verstummte. »Hat Minna – ich meine, ist sie hier auf dem Grundstück begraben?«

Sie sah ihn verständnislos an. »Natürlich nicht, Leo, wie kommst du auf so eine Idee? Sie ist auf dem Friedhof hinter der Synagoge begraben, in Amenia. Schmuel übrigens auch.« Sie erblickte den Stoff, den er noch immer in der Hand hielt. »Was hast du denn da, Leo? Woher hast du …«

Er hielt ihr den Fetzen hin. »Der – Hahn«, brachte er hervor.

»Ach du liebe Güte!«, rief Dora. »Der Hahn? Ich hab neulich so eine fürchterliche alte Kittelschürze zerschnitten, zu Putzlumpen, ich konnte das Ding nicht mehr sehen. Vielleicht ist der Fetzen in den Kompost geraten? Der arme Hahn! Er hätte ersticken können!« Sie wandte sich wieder zur Küche.

Der arme Hahn, dachte Leo ärgerlich, warum war er bloß nicht erstickt?

»Leo?«, rief Dora ihm nach, die Klinke zur Küchentür in der Hand. »Ehe ich es vergesse. Peggy hat gesagt, sie kann in deinem Zimmer überhaupt nicht mehr ausfegen, überall auf dem Boden liegen Papiere herum. Vielleicht könnte sie zumindest einfach alles auf einen Stapel …«

Heftig wandte er sich um. »Sie wird die Papiere auf keinen Fall anrühren! Auf keinen Fall! Sag ihr einfach, dass sie das Zimmer in Ruhe lassen soll. Betreten verboten!« Er bemerkte Doras betroffenen Blick und senkte die Stimme. »Das gilt nur für Peggy. Nicht für dich natürlich. Aber ausfegen darfst du auch nicht! Ich *arbeite*, Dora.«

Er warf den blass geblümten Lumpen in den Papierkorb und stapfte in Richtung der Mansarde davon, um zum Abend ein frisches Hemd anzuziehen.

Im Casino herrschte nach dem Essen mächtig Betrieb. Geringers waren früh gekommen und hatten einen Tisch gesichert; der Professor winkte, als Leo eintrat. Asha trug einen Sari aus rot und blau changierender Seide und sah mit Perlenohrringen und einem glitzernden Reifen im Haar geradezu königlich aus. »Zu heiß für etwas anderes«, sagte sie, als sie Leos Blick auffing.

Das stimmte. An der Decke rotierte zwar ein großer Ventilator, und die Fenster waren geöffnet, doch die Schwüle des Sommerabends, die Menschenmenge und der Zigarettenrauch machten die Luft fast unerträglich stickig. Was allerdings niemanden zu stören schien. Die Musik spielte, Paare schoben über die Tanzfläche, und einige Männer, sämtlich ohne Jackett und mit schon gelockerten Krawatten, umlagerten die Bar.

»Na, Perlstein, hat es geklappt?«, fragte der Professor verschwörerisch. Er war es, der von dem Apotheker in Amenia erfahren hatte, dass ein paar der Boote im Stausee den Wirbelsturm mehr oder wenig unbeschadet überstanden hatten. Nicht die Jollen, aber ein paar der einfachen Ruderboote und Kanus. Sogar einige der Ruder hatten geborgen werden können. Der Professor hatte keinen Moment gezögert, sondern war sofort zum Bootsverleih gefahren, der außer Betrieb war, weil es keinen See mehr gab. Er hatte einen guten Preis für ein Boot verhandelt und Leo hatte versprochen, sich mit Pete um die Abholung zu kümmern. Alle waren sich einig, dass es eine Überraschung für Dora sein sollte.

Dora kam mit einer Servierplatte an den Tisch, über die sie ein kariertes Küchentuch gelegt hatte. Sie trug das dunkelgrüne Kleid, das sie zu dem Abendessen im Lakeview Hotel angehabt hatte, und die Riemchenschuhe. So elegant zog sie sich zu den Tanzabenden sonst eigentlich nicht an, dachte Leo.

»Dora, wie können Sie bei der Hitze bloß backen?«, sagte Asha bewundernd. »Ich hab nicht mal die Energie, die Kühlschranktür zu öffnen. Und wenn ich es doch tue, dann eigentlich nur, um ein bisschen in der kühlen Luft zu stehen.«

»Ich habe beschlossen, ihr zumindest für das Schlafzimmer so ein Klimagerät zu kaufen«, sagte ihr Mann. »Man kann es ins Fenster klemmen.«

Dora lachte. »Wenn ich damit anfange, wollen bald

alle Gäste in ihren Zimmern eines haben. Und dann ist das Roxy pleite.« Sie wandte sich zum Gehen. »Ich muss in die Küche zurück, wir haben sehr viel Geschirr heute.«

Leo hielt sie am Handgelenk fest. »Bleib doch ein bisschen und leiste uns Gesellschaft. Peggy und Frau Kniffel schaffen das schon.«

Sie zögerte einen Moment. »Also gut, ausnahmsweise. Es ist ja schließlich der letzte Tanzabend. Ich habe auch Anton erlaubt, dass er uns ein bisschen Gesellschaft leisten darf.« Sie sah sich um. »Ich dachte, er sei schon hier.«

»Da kommt er«, rief Geringer und winkte dem Jungen. »Du kommst gerade richtig«, wandte er sich an Anton und zog einen Stuhl für ihn unter dem Tisch hervor.

»Mohnstreusel?«, sagte Anton und sah Dora fragend an.

Sie nickte. »Nimm dir nur. Er ist noch warm. Wo warst du denn so lange?«

Anton wurde rot. »Ich hab … Ich musste da noch was aufräumen. Meine Schlafsachen und so weiter.«

»Unter der Treppe?« Leo sah ihn scharf an.

Anton gab den Blick zurück. »Genau, Mr. Perlstein. Da … da war es so unordentlich geworden. Ich schlafe ja schon den ganzen Sommer dort. Unter der Treppe, meine ich. Und jetzt habe ich es mir da wieder ganz gemütlich gemacht.«

Dora schob ihm einen Teller mit einem großen Stück Streuselkuchen hin. »Hier, iss, du ordentlicher

Junge. Damit du bei Kräften bleibst.« Anton ließ sich das nicht zweimal sagen.

Leo sah sie an. »Dora – tanzt du eigentlich?«

»Ich – ich bin ziemlich aus der Übung«, sagte sie verlegen.

Leo stand auf. »Ich auch«, sagte er. »Aber bei dem Gedränge wird das nicht auffallen.«

»Hast du Anton etwas gesagt?«, murmelte Dora an sein Ohr, während sie vorsichtig von einem Fuß auf den anderen traten. Es ging gar nicht so schlecht, dachte Leo. »Etwas über mich, meine ich.«

Leo schüttelte den Kopf. »Nein. Ich wusste erst nicht, wie ich es anfangen sollte. Und dann – weißt du, Dora, ich glaube, du hast recht gehabt. Vielleicht braucht er es gar nicht zu wissen. Ich glaube, eigentlich weiß er es schon.«

Jemand zupfte an seinem Ärmel: Flottie. Sie blieben stehen. »Mr. Perlstein? Ich wollte mich verabschieden, falls wir uns morgen nicht mehr sehen. Wir fahren mit dem Frühzug.« Sie zögerte. »Es war sehr angenehm, Sie im Roxy zur Gesellschaft zu haben. Ein berühmter Schriftsteller! Nicht wahr, Dora? Es gab dem ganzen Sommer etwas … so etwas Kultiviertes.«

»Gute Heimfahrt, Miss Flottie«, sagte Leo. Er fühlte sich geschmeichelter, als er zugeben wollte. Fast gerührt.

»Fahren Sie auch demnächst?«, fragte Flottie. »Dora macht ja nach Labor Day immer zu.«

Er warf Dora einen raschen Blick zu, aber sie sah ihn nicht an. »Hm, ja«, sagte er mit einem Räuspern. »Ich habe auch Reisepläne. Alles Gute, Miss Flottie.«

Er nahm wieder Doras Hand, doch dann ließ er sie sinken. »Weißt du was, Dora? Lass uns frische Luft schnappen. Draußen kann es unmöglich so heiß sein wie hier drinnen.«

Sie traten an den Tisch der Geringers zurück, wo Asha gerade Anton ein zweites Kuchenstück auf den Teller tat.

»Wir wollten einen Moment an die frische Luft gehen«, sagte Leo.

Der Professor zwinkerte ihm wieder verschwörerisch zu. »Reisende soll man nicht aufhalten«, sagte er. »Wir sehen uns morgen zum Lunch.«

Leo hatte eine Taschenlampe mitgenommen; sie gingen die Straße hinunter und überquerten die Bahngleise. Es war stockfinster, eine mondlose, bewölkte Nacht. Dora protestierte, als er in den Pfad zum See abbog. »Ich habe die falschen Schuhe an! Ich werde mir die Knöchel brechen!«

»Halt dich einfach gut an mir fest«, sagte Leo. Er ging voran und nach ein paar Minuten hatten sie den kleinen Baum am Ufer erreicht, an dem das Boot vertäut lag. Er löste den Knoten und zog es heran.

»Jetzt solltest du die Schuhe ausziehen«, sagte er zu Dora. »Ein paar Schritte wirst du schon durchs Wasser waten müssen.« Er zog selbst Schuhe und Strümpfe aus und krempelten seine Hosen bis zu den Waden hoch.

»Ein Boot«, sagte Dora überrascht. Leo hielt den Rand fest, um sie einsteigen zu lassen.

»Kein Segelboot«, entschuldigte er sich, während er selbst hineinkletterte und sich auf die Ruderbank setzte.

»Die Jollen waren leider komplett hinüber nach dem Sturm.« Er legte die Ruder ein.

»Man muss es nehmen, wie es kommt. Für ein Segelboot ist unser Badesee ohnehin zu klein«, sagte Dora. »Dafür ist er tief. So ein alter Minenschacht läuft nicht einfach aus. Leo, was machst du denn da?«

Leo hatte zu rudern begonnen, was aber nur dazu führte, dass sich das Boot um sich selbst drehte. Und, autsch! Seinem Rücken gefiel die Ruderei auch nicht.

»Du musst auf beiden Seiten gleichmäßig … Pass auf, du lässt ja gleich ein Ruder fallen!«

Selbst unter dem dunklen Nachthimmel sah Leo unglücklich aus. »So hatte ich mir das nicht vorgestellt«, sagte er. »Ich hatte eher ein bisschen Romantik geplant.«

»Leo, kannst du nicht rudern?«

»Offensichtlich nicht«, gab er zurück. »Das ist nun wirklich etwas, das ich noch nie versucht habe. Aber es sah immer ganz einfach aus.«

»Leo«, sagte Dora, »lass uns die Plätze tauschen. Ich werde rudern.«

»Auf keinen Fall!«, rief er. »Ich kann mich doch nicht von dir rudern lassen!«

»Es hat aber auch keinen Sinn, wenn wir uns auf der Stelle drehen«, sagte Dora.

»Kannst du denn rudern, Dora?«, fragte Leo.

Sie senkte den Blick. »Offen gestanden – ich habe es auch noch nie versucht. Aber, wie du gesagt hast, es sieht eigentlich ganz einfach aus. Einfacher als Segeln jedenfalls.«

»Oder Wasserski laufen«, seufzte Leo.

Dora plätscherte nachdenklich mit einer Hand im Wasser. »Vielleicht können wir es gemeinsam versuchen? Zieh die Ruder ein. Und dann mach mir ein bisschen Platz.«

Mit einer geschmeidigen Bewegung landete sie auf der Ruderbank neben ihm. Das Boot schwankte. Leo kontrollierte, ob sein Ruder richtig eingelegt war. »Aber gleichzeitig, Dora.«

Sie nickte. »Wir müssen darauf achten, dass wir die Ruder gleich stark bewegen.«

Die Ruder platschten ein bisschen aufs Wasser, aber nach einigen Zügen hatten sie den Bogen heraus und bewegten sich in gemächlichem Tempo über den See.

»Es kommt sogar eine kleine Brise auf, wenn man schnell genug fährt«, sagte Leo überrascht. »Sehr angenehm.«

»Eigentlich genauso schön wie segeln«, bestätigte Dora. »Leo«, fügte sie nach einer Pause hinzu, »ich wollte –«

Er zog sein Ruder ein. »Dora, ich wollte dich etwas fragen.« Er sah sie nicht an.

Das Boot schaukelte leise in der Mitte des Sees, nicht weit vom Badefloß entfernt, als auch sie das Ruder anlegte. »Ich dich auch, Leo. Ich dachte … Ich meine, du hast doch vorhin gesagt, dass du bald abreisen wirst. Ich dachte, dass du vielleicht doch einmal wieder nach Europa reisen möchtest, vielleicht auf dem Rückweg nach Tel Aviv. Nach Wien? Ob du nicht vielleicht – vielleicht doch deine Tochter dort treffen möchtest?«

Leo unterbrach sie. »Ich wollte dich etwas ganz anderes fragen, Dora. Ich wollte wissen, ob du – ob du schon mal darüber nachgedacht hast, vielleicht ... vielleicht doch irgendwann noch mal zu heiraten. Wo du es doch schon zweimal nicht getan hast.«

Dora schwieg eine Weile. Auch sie sah geradeaus in die Dunkelheit. Die Grillen waren wieder lautstark an der Arbeit, ganz nah am Ufer. »Das hängt davon ab, Leo«, sagte sie schließlich. »Das hängt von vielem ab.«

»Ja«, sagte er, »das weiß ich. Von sehr vielem.«

»Ich habe das Roxy«, sagte sie.

»Natürlich, Dora«, sagte Leo. »Aber – aber würdest du nicht auch gern einmal ... eine Reise machen?«

»Eine Reise, Leo? Natürlich, wer würde nicht gern reisen. Aber da ist Anton. Und die Schule fängt bald wieder an.«

»Sieh mal, Dora«, sagte er leise, »ich habe nachgedacht. Ich habe eine Wohnung in Tel Aviv. Und eine Arbeit, von der ich mich habe beurlauben lassen.«

»Und eine Tochter, die nach Wien zieht«, warf Dora ein.

»Ja, eine Tochter, die in Wien leben wird«, sagte Leo. »Und außerdem habe ich – ich glaube, ich habe ein Buch im Kopf. Nicht nur im Kopf. Ich habe schon einen Teil davon geschrieben.«

»Ich habe in den letzten Tagen dauernd die Schreibmaschine klappern hören«, sagte Dora. »Und dann all die Zettelstapel auf dem Fußboden.« Sie seufzte.

»Genau. Die Zettelstapel. Ich glaube, ich könnte es

schaffen, dieses Buch zu schreiben. Ich könnte es veröffentlichen. Vielleicht hier in Amerika.«

»Du hast mir neulich noch gesagt, dass du es nicht fertig bekommst«, sagte Dora. »Wir haben sogar *gestritten.*«

»Das stimmt«, gab Leo zu. »Und es tut mir leid. Aber ich habe recht gehabt. Das war ein anderes Buch, und ich werde es nie fertig bekommen, aber das macht nichts. Es war eine fürchterliche Idee. Jetzt habe ich ein neues Buch im Kopf, und ich bin ziemlich sicher, dass ich es schreiben kann. Rasch schreiben kann.«

Er holte tief Luft. »Wenn ich es fertig bekomme, brauche ich vielleicht keine Versicherungsrisiken mehr auszurechnen. Dann fallen mir womöglich noch ein paar andere Bücher ein.«

»Dann könntest du nach Wien zurück, Leo«, sagte sie. »Vielleicht sogar in die Porzellangasse.«

»Vielleicht«, sagte er. »Ich glaube es eher nicht. Obwohl ich Wien gern besuchen würde, da hast du recht. Wenn Gabriele dort ist.«

»Und auch dein – wie heißt noch das Städtchen mit dem komischen Namen, an dem See?«

»Ischl«, sagte Leo. »Ja, das auch. Ich – ich würd's dir gern zeigen, Dora. Es ist im Herbst besonders schön.«

Das Boot schwankte ein bisschen, als Dora heftig den Kopf schüttelte. »Das geht doch nicht.«

»Warum nicht? Du machst in ein paar Wochen das Roxy zu. Da muss ich mir ohnehin eine neue Bleibe suchen. Oder zurückfahren.«

Dora zögerte. »Ich mache – es stimmt, ich mache das

Gästehaus zu. »Aber du könntest … Ich meine, du bist ja eigentlich kein richtiger Sommergast mehr. Wenn du willst, könntest du …«

Leo nickte. »Das hängt davon ab, Dora.«

»Ja«, sagte sie. »Ich weiß. Das hängt von vielem ab.«

Sie schwiegen wieder eine Weile. »Ich glaube, Anton würde sich freuen, wenn du noch etwas bleibst«, sagte Dora schließlich.

»Und ich glaube, Anton würde sich auch freuen, wenn du mal rauskommst und eine Reise machst«, gab Leo zurück.

»Und was soll aus dem Jungen werden, wenn ich nicht da bin?«, fragte Dora. »Er ist erst vierzehn!« Das Boot schwankte wieder.

»Ich glaube, Geringers wären sehr glücklich, wenn er eine Weile bei ihnen zu Gast ist«, sagte Leo. »Und der Professor spielt gar nicht so schlecht Schach. Anton könnte von ihm was lernen.«

»Leo!« Das Schwanken wurde heftiger, als sie sich ihm zuwandte. »Hast du – du hast doch nicht etwa mit Geringers darüber gesprochen?«

Er wiegte den Kopf. »Vielleicht … ein kleines bisschen«, räumte er ein.

»Und mit … *Anton*?«

»Nein«, sagte Leo entschieden. »Natürlich nicht mit Anton. Nicht, ohne vorher mit dir zu sprechen. Deshalb sitzen wir ja hier.«

»Wir sitzen in einem wackligen alten Ruderboot mitten auf dem Badesee in einer pechschwarzen Nacht …«

»... weil ich dich fragen wollte, ob du mit mir, einem alternden Versicherungsangestellten, der vielleicht wieder Schriftsteller wird, eine Reise ins Mittelmeer machen willst. Nach Europa. Und wir sitzen in einem Boot auf einem See, damit du nicht in die Küche oder in den Hühnerhof oder sonst wohin entkommen kannst, sondern mir eine Antwort geben musst. Es sei denn, du springst über Bord.«

»In meinem guten Kleid, Leo? Sei nicht dumm. Außerdem kämst du dann nie ans Ufer zurück, bei deinen Ruderkünsten.«

Eine sehr lange Pause entstand. »Die Überfahrt ist ziemlich lang, oder?«, sagte Dora schließlich.

»Ungefähr zehn Tage«, bestätigte Leo. »Oder sogar länger, je nachdem, wo genau man hinfährt.«

Dora richtete sich auf und griff nach ihrem Ruder. »Wir müssen die Karten mitnehmen«, sagte sie und legte es wieder ein. »Wir werden sehr viel Zeit zum Strohmandeln haben.«

XXI

Montag, 30. August

Wo war die verflixte Visitenkarte? Leo kroch auf allen Vieren durchs Zimmer. Sie war doch damals aus dem Umschlag gesegelt, zusammen mit dem Foto und dem Bankscheck … Das Foto stak als Lesezeichen in dem Kafka-Bändchen, und den Scheck hatte er ja längst zur Bank getragen. Aber die Visitenkarte, die war doch … Unter dem Schreibtisch hatte er schon gesucht, jeden einzelnen Stapel Papier hatte er hochgehoben und genau durchforstet. Es waren schon mehr als ein halbes Dutzend Stapel, einer für jedes Kapitel, das er in den letzten Tagen skizziert hatte. Er sah unter dem Bett nach – Apfelbäckchen müsste tatsächlich wieder einmal ausfegen, dachte er –, unter der Kommode, und er öffnete die Tapetentür zum Einbauschrank. Seufzend richtete er sich auf die Knie auf, was er sofort bereute, sie knackten gewaltig.

Da! Unter dem Waschbecken. Ein kleines weißes Eckchen ragte unter der Fußleiste hervor. Er angelte mit dem Zeigefinger danach, aber damit erreichte er nur, dass das Kärtchen fast völlig verschwand. Er dachte nach, dann sprang er auf. Aus seinem Waschbeutel nahm er die Pinzette, und zog damit den ersehnten Gegenstand hervor.

»William F. Starling III« stand in goldener Reliefprägung in der Mitte der Karte. Und eine Telefonnummer darunter: Sharon 300. Sonst nichts.

Auf Zehenspitzen schlich Leo ins Erdgeschoss. Es war Mittagsstunde, die noch verbliebenen Feriengäste in ihren Zimmern oder Sommerhäuschen verschwunden, nur ein paar Kinder konnte man draußen bei den Schaukeln hören. Auch Dora pflegte sich um diese Zeit ein wenig hinzulegen, wenn sie mit dem Mittagsgeschirr fertig war.

Leo zog den Stuhl unter dem Tischchen hervor, auf dem das Telefon stand und nahm den Hörer ab. »Ellie?«, sagte er in die Sprechmuschel. »Sharon 300.«

»Sehr gern, Mr. Perlstein«, kam es zurückgeflötet. »Oh, da wird leider gesprochen, Mr. Perlstein.«

Leo runzelte die Stirn. »Das ist ärgerlich, Ellie. Es ist dringend.«

Eine kleine Pause entstand. Ellie dachte nach. »Mr. Perlstein?«, sagte sie dann. »Ich kann Sie mit der anderen Leitung von Mr. Starling verbinden.«

»Mit der anderen Leitung?«

»Mit der privaten Leitung, Mr. Perlstein, Sharon 134. Mr. Starling hat zwei Nummern. Die 300 ist seine Geschäftsnummer.«

Manche Leute lebten im Überfluss, dachte Leo. »Also gut, Ellie. Dann geben Sie mir die private Leitung von Mr. Starling.«

Er wartete. Plötzlich tönte eine klare, selbstbewusste Stimme durch die Leitung. »Ja bitte?«

»Guten Tag, Mr. Starling, hier spricht Perlstein. Leopold Perlstein.«

»Perlstein?« Der Mann hatte einen feinen, fast näselnden Akzent. »Leopold Perlstein?«

»Genau der, Mr. Starling.«

»Ist Ihnen klar, Leopold Perlstein, dass ich seit Wochen versuche, Sie zu erreichen? Ich dachte schon, ich müsste persönlich zum Roxy rüberfahren.«

»Nun, ich –«

»Allerdings habe ich jetzt gerade ein Gespräch auf der anderen Leitung, Mr. Perlstein.«

»Nun, dann könnte ich –«

»Bleiben Sie dran, Mr. Perlstein! Rühren Sie sich nicht von der Stelle. Eigentlich trifft es sich gut. Warten Sie kurz.«

Ein klackendes Geräusch ertönte, Leo ahnte, dass Starling den Hörer hingelegt hatte. Wahrscheinlich saß er am Schreibtisch.

»Alma? Sind Sie noch da? Ja? Gut. Hören Sie mal, Sie ahnen gar nicht, wer gerade in der anderen Leitung ist. Raten Sie mal. Was? Ja, genau! Köstlicher Zufall, was?«

Leo starrte aufs Telefon. Alma?

»Mr. Perlstein? Hallo? Also, hören Sie, das trifft sich wirklich gut, ich habe gerade Ihre Agentin in der anderen Leitung. Sie hat mir schon erzählt, wie Sie sich das Ende vorstellen. Sehr interessant. Gefällt mir sehr, wie sich Bradford in die Tochter des Stammeshäuptlings verliebt. Wie sie zusammen fischen gehen.«

»Sie tun was?«, rief Leo erschrocken. Das konnte doch nicht wahr sein.

»Aber Sie können das Mädchen doch nicht einfach

umbringen, Mr. Perlstein! Ein Happy End muss sein. Sonst brauchen wir die Filmrechte überhaupt nicht anzubieten.«

»Mr. Starling, das – das ist überhaupt nicht das Ende, das ich mir vorstelle.«

»Ist es nicht?« fragte die vornehme Stimme zurück. »Also –« Es klackte wieder, und ein entfernterer Starling rief: »Alma? Er sagt, er will das Ende so nicht. Aber wir brauchen doch ein Happy End … Ja, genau. Gut. Ich sag's ihm. Mr. Perlstein?« Die Stimme war unvermittelt so nah, dass Leo zusammenzuckte. »Mr. Perlstein, Alma ist ganz meiner Meinung. Ohne Happy End geht's nicht. Das müssen Sie einsehen.«

»Aber, Mr. Starling …«

»Was, Alma?« Die Starling-Stimme hatte sich wieder entfernt. »Ja, in Ordnung. Das ist sicher gut … Mr. Perlstein?« Leo zuckte zusammen. »Also, Alma lässt Ihnen ausrichten, dass sie Ende September zurück sein wird. Und dann können Sie das Manuskript noch mal gemeinsam durchsehen, Alma hat selbst auch ein paar Ideen. Wie gesagt, der amerikanische Markt verlangt …« Klack.

Es klickte in der Leitung, leise. Das Geräusch kam Leo vertraut vor. War das …? Sharon 134. Er war in der Gemeinschaftsleitung.

»Alma, ich möchte ihn ja sehr gern kennenlernen … Ja, natürlich soll er auf einen Drink rüberkommen. Aber er muss doch einsehen …«

»Maisy«, sagte Leo streng. »Maisy, sind Sie das?«

»Ja, Mr. Perlstein«, kam es aus der Leitung zurück.

»Brauchen Sie die Leitung dringend? Gibt's ein Rezept, das Sie Ihrer Cousine unbedingt sofort in dieser Sekunde geben müssen?«

»Nein, Mr. Perlstein«, sagte sie.

»Sehr gut. Dann würde ich nämlich gern mit Mr. Starling meine Buchidee fertig besprechen.«

»Natürlich Mr. Perlstein«, klang es kleinlaut.

»Sie dürfen gern in der Leitung bleiben, wenn Sie Lust haben«, sagte Leo großzügig.

»Jawohl, Mr. Perlstein«, sagte Maisy. »Ich meine natürlich – so etwas würde ich nie tun!«, fügte sie erschrocken hinzu.

»Also, passen Sie mal auf, Mr. Perlstein«, drang Starlings Stimme wieder aus der Leitung. »Wir besprechen die Sache. Schicken Sie meiner Sekretärin –«

»Mr. Starling, das ist nicht das Buch, das ich schreibe«, sagte Leo fest. »Es kommt überhaupt keine Häuptlingstochter vor, und niemand geht fischen. Ich schreibe ein anderes Buch. Etwas Modernes.«

»Moderne Pilgerväter?«, fragte Starling zweifelnd. »Das haben schon viele versucht, es klappt fast nie, ein historisches Thema in einen modernen Kontext-«

»Es kommen in meinem Buch auch keine Pilgerväter vor«, unterbrach ihn Leo.

»Keine Pilgerväter?«, rief Starling. »Kein Gespenst?«

»Ein Gespenst schon«, gab Leo zu. »Auch ein Schiff. Aber es fährt in die andere Richtung.«

Mit einem Knall schien Starling den Hörer wieder fallen zu lassen. »Alma! Wieso haben Sie mir nicht erzählt ...«

»Wie aufregend, Mr. Perlstein!«, wisperte Maisy. »Ich liebe Gespenstergeschichten!«

»Ellie!«, sagte Leo. »Warum haben Sie mir nicht gesagt, dass William Starling Teilnehmer in der Gemeinschaftsleitung ist? Er wird sich doch wohl einen privaten Privatanschluss leisten können?«

Ellie kicherte. »Er sagt, er findet die Gemeinschaftsleitung amüsant, Mr. Perlstein. Er hofft immer, dass ihm eine Idee für ein Buch kommt, wenn er die anderen Teilnehmer belauscht.«

»Mr. Perlstein?« Starlings Stimme war jetzt ungeduldig und weniger vornehm. »Hören Sie, ich schicke Ihnen nachher meinen Fahrer vorbei, um das Manuskript abzuholen.«

»Es gibt kein Manuskript, Mr. Starling«, sagte Leo ruhig. »Jedenfalls noch nicht. Wenn Alma Ende September wiederkommt, wird es sicher schon einen guten Teil geben. Ich werde dann allerdings nicht hier sein. Ich muss noch eine Rechercherreise machen.«

Geräuschvoll landete der Hörer wieder auf dem Schreibtisch. »Alma? Er hat noch gar nicht …«

»Verlassen Sie uns, Mr. Perlstein?«, flüsterte Maisy. »Das wäre aber sehr schade. Dora würde sicher –«

»Mr. Perlstein, wie lange werden Sie denn brauchen? Wir hatten fest damit gerechnet, im Frühjahr von Ihnen ein Buch herausbringen zu können, und nun haben Sie noch gar nichts geschrieben.«

»Es wird fertig, Mr. Starling. Ich verspreche Ihnen, im November haben Sie ein Manuskript. Ich bin ein Quartalsschreiber. Fragen Sie nur Alma.«

Starlings Stimme seufzte. »Haben Sie denn wenigstens einen Titel, Mr. Perlstein?«

»Den habe ich«, sagte Leo. »Es wird heißen: Romanze in Triest.«

»Eine Liebesgeschichte?«

»Eine Liebesgeschichte«, bestätigte Leo. »Mit einem Gespenst.«

»Das klingt nicht uninteressant, Mr. Perlstein. Könnte man verfilmen, so wie sich der Titel anhört. Lässt sich sicher viel billiger produzieren als diese historischen Stoffe. Kommen Sie auf jeden Fall noch auf einen Drink vorbei, bevor Sie wieder abreisen. Nächste Woche Mittwoch? Mein Chauffeur holt Sie ab.«

»Gern, Mr. Starling. Ist Alma noch in der anderen Leitung?«

»Ist sie«, sagte Starling.

»Ich will nicht länger stören«, sagte Leo. »Sie haben sicher noch andere Dinge zu besprechen. Aber bitte grüßen Sie Alma doch schön von mir. Sagen Sie ihr, sie hat recht gehabt. Roxy guter Stoff.«